狼與辛香料 XIV

WORLD MAP
溫菲爾王國
多蘭平原
堂斯格
伊克
凱爾貝
樂耶夫山
紐希拉
樂耶夫河
約伊茲
普羅亞尼國
雷諾斯
羅姆河
特列歐
恩貝爾
卡梅爾森
N
W
E
S
拉姆特拉
崔尼國
波羅遜
留賓海根
帕茲歐
約連
斯拉烏德河
帕斯羅村

地圖繪製／出光秀匡

序幕

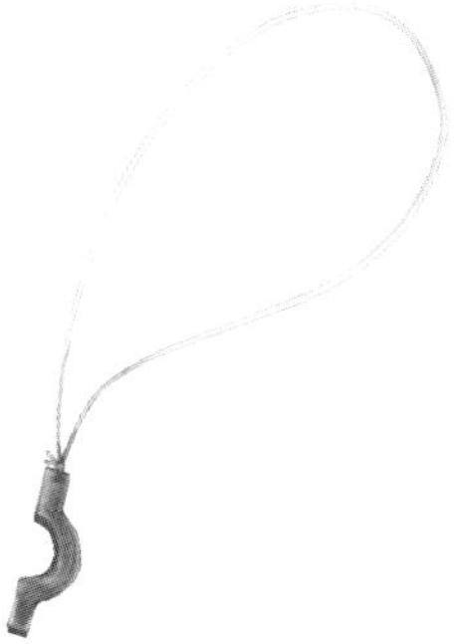

——有事相談。

收到訊息而走進房間的那一瞬間，不禁為眼前的光景看得出神。

那模樣真是美極了。

對方只是在床上挺起上半身，悠哉地望著窗外。

就只是如此而已。

然而，這份美麗並非如此單純。對方的五官端正，罕見的褐色肌膚也散發出充滿異國風情的魅力。

但和這些美感相比，對方的側臉散發出像是掙脫了無形枷鎖的美。或許用銳角磨平的水晶球來形容更顯貼切。

如果將人與人的衝突與傷痛歸咎於欲望兩字，那麼她的側影就像是與悲劇絕緣般豁達。

羅倫斯找了張椅子靜靜地坐了下來。

她就這麼看向窗外，在羅倫斯坐下來的那一刻說道：

「雷諾斯鎮上有個名為費隆的雜貨商。」

雖然對方的話語來得突然，但羅倫斯沒有反問。

對著如此美麗的側臉發問就太不解風情了。

「雖然費隆對外只是個雜貨商，其實暗地裡從事以傭兵為對象的牽線人。」

這時，她總算轉向了羅倫斯。

「只要報上我的名字，我想一定能夠幫上你的忙。」

「妳……」

為了不受到宛如羽毛般飄渺的氣氛影響，羅倫斯緩緩開口說話。

「妳把這麼重要的秘密告訴我，不會有事嗎？」

傭兵世界有其獨特的規則。那規則不像單純的損益計算，也不像騎士那樣受到嚴格名譽枷鎖的束縛，如果不是置身於傭兵世界裡的人，就感受不到那獨特的氛圍。

商人這個外來者如果闖進了他們的世界，真的能順利行事嗎？

起碼也會給坐在床上的這個人帶來困擾吧。

「我讓他欠我很多人情，他當然會肯幫這點小忙。」

然而，對方在床上露出微笑，然後再次看向窗外。

那笑臉讓羅倫斯想起初出茅廬時遇見的修女。那次原本打算只借一晚棉被來取暖，但那位修女說自己已經用不著，而把老舊的棉被送給了羅倫斯。

「有一些不怕死的商人願意為傭兵調度物資，或加入運輸服務隊搬運物資，而費隆會把他們介紹給傭兵們。如果北方地區發生了戰爭，費隆應該非常清楚哪些人去了戰場，資金又是從哪些地方輸入。」

如果是負責供應物資的人，對傭兵而言應該是重要性相當於心臟的存在，也應該會盡可能地對外來者保密。

所以說，她會說出這個秘密，應該是打算毅然決然地告別過去吧。雖然只是面無表情地望著窗外，對方的側臉看起來卻像在微笑，看來她確實向前邁出了步伐。

或許就是因為她表現得如此鎮定——

羅倫斯忍不住抱著惡作劇的心態，刻意拐彎抹角地說：

「非常感謝妳提供這份額外的酬勞。」

她露出有些訝異的表情看向羅倫斯。

然後，她又露出可愛的苦笑說：

「我並不打算用這個取代原有的酬勞。您放心，我會確實遵守當初的約定。」

聽到對方這番話語後，羅倫斯刻意露出安心的表情，還誇張地嘆了口氣，結果引來對方一陣輕笑。

要是在前幾天，羅倫斯根本想像不到能與她這樣對答。

這位女性當初之所以會一心一意地朝向目標前進，是為了尋找葬身之地。

看見她成功地找到葬身處，卻還能夠像現在這樣面帶笑容，讓人忍不住想說「這正是所謂的解脫」。

「只是，我現在的身體狀況……」

對方一邊說道，一邊舉起右手，那模樣顯得十分虛弱。

從對方的衣服領口看得見一小部分纏至腹部的繃帶，而且只要仔細一看，也會發現其實對方的雙頰凹陷，只是沒那麼明顯而已。

「可能要花點時間？」

「不是的。」她展露微笑說道：

「我會請攸葛代我執筆。他現在正在準備畫具。聽說攸葛的繪畫功力深厚，如果只是請他畫地圖，應該靠口述就能夠畫出來吧。」

「所以說……？」

「是的。聽說他也曾拿起畫筆走訪過各國。」

羅倫斯之所以說不出話來，是因為他知道自己看扁了攸葛。

這裡是畫商的宅邸，而話題中出現的攸葛就是宅邸主人。羅倫斯一直認為攸葛是因為沒有勇氣拿起畫筆，才會從事畫商來取代親自畫圖。

每個人一定都會有過去。

「我告訴攸葛想請他幫我畫地圖時，他整個人充滿了幹勁。不過……」

說到一半時，對方壞心眼地停頓一下，才笑著繼續說：

「他可能是因為我說要在這裡待一陣子，可以多賺一些盤纏，才會那麼開心吧。」

她是一位銀飾品工藝師，而不少有權人士都垂涎其作品。說到其作品價值，就是羅倫斯也猜不出有多高。

「我想您應該急著上路，所以一畫好地圖，就會立刻寄給您。如果派出快馬，應該能在幾位乘坐馬車抵達雷諾斯時送達。」

從這裡坐馬車到雷諾斯，大約要走上四到五天的路程。

如果不需要等地圖畫好再出發，便能省下許多時間。

「謝謝妳。」

羅倫斯表達感謝之意後，對方有些難為情地露出微笑。

雖然此刻的氣氛很適合繼續閒聊，但對方可是身受重傷；而且儘管對方表現得很自然，但許多動作都看得出來她在逞強。

羅倫斯簡潔地表達了告辭之意。

她疲憊地笑笑後，讓身體陷入原本墊在腰上的大枕頭之中，喘了口氣。

她果然是在逞強。

前從軍祭司的頭銜果然並非浪得虛名。
羅倫斯背著身子打開房門後，帶著敬意靜靜地關上了房門。
走出走廊後，羅倫斯就這麼望著前方說道：
「就是這麼回事。」
羅倫斯身旁的旅伴像森林裡的動物一樣，躡手躡腳地走著。
旅伴露出極度不悅的表情，不知道在不開心什麼。
「是嗎？」
旅伴的口吻也明顯表現出不滿。
羅倫斯試著思考了各種可能性，但想不出一個合理的原因。
難道旅伴是因為羅倫斯與其他人獨處，而感到嫉妒？
就在羅倫斯甚至思考起如此愚蠢的可能性時，旅伴忽然停下腳步，羅倫斯還來不及反應，她便開口這麼說：
「咱還沒辦法露出那種表情。」
雖然還不到讓羅倫斯驚訝的程度，但旅伴的話語確實觸動了他的心。
超前的羅倫斯往後退了幾步，然後直接隔著兜帽，粗魯地摸著旅伴有些垂下的頭。
「妳是覺得因為自己很難取悅，所以沒什麼勝算？」

下一秒鐘，傳來「叩」的一聲。那是旅伴想要咬羅倫斯的手，但沒有得逞的聲音。

旅伴帶有紅色的琥珀色眼珠，閃閃發亮地瞪著羅倫斯。

不過，羅倫斯無畏地一邊笑笑，一邊牽起旅伴的手說：

「我是個商人，商人的顧客永遠都不會滿足。如果像她那樣滿足於一切，就不會想要得到任何東西。這樣生意就沒得做了。」

就這點來說，赫蘿有一個「想去約伊茲」的明確欲望。如果說欲望強烈的人，就是商人渴望交易的對象，那赫蘿可說是難得一見的好客人。

被羅倫斯牽起手後，赫蘿一副心不甘情不願的模樣踏出步伐。不過，赫蘿很快地就緊貼在羅倫斯身邊詢問說：「真的嗎？」

「妳不是看得出來我有沒有說謊嗎？」

羅倫斯一臉受不了地反問後，赫蘿的兜帽顯得不自然地晃動著。

兜帽因為晃動而偏了位置，底下隱約露出毛髮比髮色深了一些的動物耳朵。

「就暫時相信汝唄。」

赫蘿吐出不可愛的話。

「這樣啊。」

「嗯。」

這樣的對談讓兩人覺得愚蠢極了，不約而同地發出竊笑聲。

不過，如同露出笑容就會出現皺紋一樣，凡事都會有一層陰影。

的確，赫蘿不可能露出像是掙脫了無形枷鎖的表情。多虧了這點，羅倫斯才找得到繼續與赫蘿一起旅行的理由。

不過，這樣的狀態是暫時性，還是永遠不變呢？

一旦赫蘿滿足於一切，就不會再有羅倫斯上場的機會；話雖如此，羅倫斯也絕對不可能樂於見到無法滿足的赫蘿。可能的話，羅倫斯希望赫蘿能夠一直保持笑容。

羅倫斯知道這樣的願望很任性，也受不了自己的庸俗。

不僅如此，歷經風波的羅倫斯明白自己有多麼地無力，這也讓他感到厭煩。

不過，話雖如此，如果因為這樣就退縮，那就不叫商人了。商人既然已經願意面對難題，就一定想得出解決方法。

走下樓再穿過走廊後，羅倫斯伸出手準備開門時，這麼詢問：

「我想增添旅途上的用餐樂趣，妳覺得吃什麼好？」

羅倫斯在這時窺見旅伴露出了笑容，那笑臉讓人百看不厭。赫蘿表現出有些得意的樣子，或許她早就預料到羅倫斯會這麼提議也說不定。

赫蘿厚顏無恥地又是提議小麥麵包，又是要求上等葡萄酒，但羅倫斯根本生不了氣。赫蘿沒有告別過去，相信也不打算告別過去。

還有，方才羅倫斯與人約定好的地圖，正是為了讓赫蘿連接上過去的地圖。這張地圖已近在咫尺，幾乎能夠確定赫蘿即將連接上過去。所以，赫蘿才會因為滿心的期待與不安，使得尾巴膨脹得甚至讓人覺得不忍。

羅倫斯的話語並無法撫平赫蘿那教人看了心痛、已經膨脹到極限的尾巴。

不過，如果能讓肚子膨脹起來，或許就能夠讓尾巴萎縮一些。

羅倫斯抱著這樣的心願，一邊閃避赫蘿提出的一大堆要求，一邊為旅途做準備。

第一幕

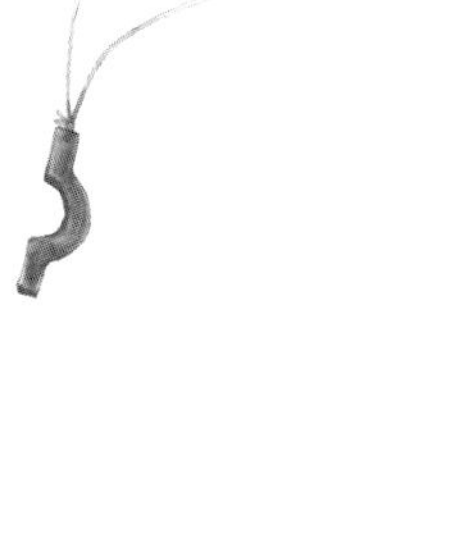

裝上貨台的物品，不是會讓人誤認為生皮的硬梆梆毯子，而是塞滿大量絨毛的棉被，還有蓋腳毯、外套、圍巾、帽子以及手套。裝完這些物品後，接著輪到了食物。食物包括了小麥麵包、鹽漬肉乾和魚乾，以及各式各樣的蔬菜，就連充當藥物的香草類也沒漏掉，而酒類當然是上等葡萄酒。

看見攸葛勤快地把貨物搬上馬車貨台，羅倫斯的心情已經超越了感謝，變成了苦笑。

羅倫斯與身為一流銀飾品工藝師，且善於描繪世界各地風景的弗蘭一起被捲進一場風波。從騷動結束到現在，已過了五天的時間。弗蘭在騷動期間受了重傷，儘管沒有生命危險，卻因為傷勢而高燒不退，直到幾天前才退了燒。

雖然弗蘭還沒依約畫出地圖，但她清醒之後，就立刻找了羅倫斯說明她的打算。羅倫斯此時如果再出言催促，將會辜負弗蘭的信賴。

不過，話雖這麼說，羅倫斯也沒有那麼多時間在這裡悠哉停留。所以，在弗蘭的提議下，羅倫斯三人決定在地圖完成之前出發。

為了前往約伊茲，羅倫斯三人必須先回到雷諾斯一趟。雖然羅倫斯把長年一起行商的馬車寄放在雷諾斯是一個原因，但更重要的是，在認真打算前往北方地區時，雷諾斯是最方便的入口。

從雷諾斯造訪凱爾貝時，只要搭船順著河川南下就好，但回程就沒這麼容易了。所以，羅倫斯向攸葛借了馬車。羅倫斯原本打算幫攸葛運送一些貨物充當租賃費，但似乎只有羅倫斯一人如此小家子氣。

大部分的商人都非常重情義，其中也有人重情義更甚利益。

就這點來說，攸葛似乎是屬於後者的典型商人。儘管羅倫斯強硬地拒絕，攸葛還是一樣接著一樣地把昂貴的旅行用品堆在貨台上。在這樣的氣氛下，即使是用開玩笑的態度，羅倫斯也不敢說要支付租馬車的費用。雖然赫蘿開心得不得了，羅倫斯卻因為對方過於親切，而有種近似困擾的感覺。

會覺得困擾是因為——既然借了人情，就一定要償還。

享受免費的恩惠時固然開心，但一想到日後，就讓羅倫斯感到鬱悶。

「呼……這樣應該差不多了吧。」

在最後放上尚未揉成麵糰的小麥麵粉袋後，攸葛這麼說。

如果就這麼把貨台上的物品轉手賣出，多少能賺個一筆，但對攸葛來說，想必只是一點零頭吧。而且，看見赫蘿在貨台上露出滿滿的笑容後，攸葛也露出比赫蘿更開心的表情，這讓羅倫斯打消了念頭。看見身為羊隻化身的攸葛勤快地獻給赫蘿貢品，讓羅倫斯覺得十分滑稽，但他知道自己也好不到哪裡去。

赫蘿已經叼起肉乾，並且倚在捲成一團的棉被上。

那模樣彷彿在說「接下來汝就自己好好安排，想辦法把咱帶到目的地去」。

羅倫斯多次道謝後，攸葛搖搖頭說：「應該的。」

不過，攸葛沒忘記貼近羅倫斯耳邊說：「如果把我得到的利益換算成貨幣，這些東西根本不夠與之相提並論。」

聽到這句話，得到滿山禮物的羅倫斯才終於感到輕鬆一些。

而且，攸葛的樣子不像在說謊。既然知道了這點，羅倫斯當然應該爽快地收下謝禮。

「謝謝。」

羅倫斯再次握住攸葛的手道謝說道。

「關於弗蘭師傅交代下來的地圖，繪製完成後，我會立刻快馬寄給您。」

攸葛表示會把地圖寄到「怪獸與魚尾巴亭」。怪獸與魚尾巴亭在凱爾貝似乎也是擁有不少忠實顧客的有名酒吧。

「對了，還有……」

說罷，悠葛瞥了貨台上的赫蘿一眼。

雖然赫蘿優哉游哉地叼著肉乾仰望晴空，但可不會漏聽兩人的對話。羅倫斯想給她小小的驚喜，所以拜託攸葛演了這場戲。

「那東西也幫您一起放上去了。」

攸葛不愧是經驗老到的畫商。他故作神秘地在羅倫斯耳邊這麼說，如此刻意的表現反而增添了幾分真實感。

寇爾一邊聆聽羅倫斯兩人的交談，一邊忙著罩住堆在馬車上的貨物，或撿起搬運途中掉在地上的菜葉或木箱屑。雖然寇爾露出了困惑的神情，但赫蘿表現出更納悶的模樣。為了保住賢狼的自尊，赫蘿應該不會打破沙鍋問到底吧。赫蘿明明會為了無聊小事追究一大堆，碰到要緊事時，卻又什麼也不問。

赫蘿這樣的個性有時會惹來麻煩，有時也會表現得格外謹慎，在想要隱瞞赫蘿小事情時，這種個性反而正好。

對於羅倫斯的要求，攸葛爽快地答應了。

「告辭了。」

讓寇爾坐上貨台，自己也坐上駕座後，羅倫斯簡短地這麼說。

下一秒鐘，馬車慢慢向前進，三人也隨著熟悉的馬蹄聲和車輪震動晃動起來。

商人不習慣說冗長的謝辭或道別話語。有句俗話說「時間就是金錢」，而且，難過的別離時間當然是越短越好。就像被箭射中時，也會希望能馬上把箭拔出。

雖然沒有回頭確認，但羅倫斯知道攸葛的身影肯定很快就消失在人群之中，從窗戶縫隙窺見的弗蘭的手肯定也很快就看不見了。寇爾先是一副依依不捨的模樣一直回頭看著，隨即就傳來赫蘿有些粗魯地拉他坐下來的聲響。

馬車穿過城牆走出城鎮不久後，城鎮也將埋沒於景色之中。

眼前則是直直延伸的道路。

於是羅倫斯甩著韁繩策馬前進。

時而吹來的風伴隨了河水的溫度，感覺冰冷徹骨。

天空烏雲密佈，映出天色的河川看起來就像結了冰一樣，讓人更覺寒冷。

不僅如此，因為空氣極度乾燥，所以能夠深刻感受到臉上的水分流失得有多快。

以前師父每到這個季節，就會不顧形象地在臉上塗抹含藥草成分的油脂，當時總覺得很不可思議，但最近自己只要稍微不注重保養，臉部很快就會乾燥脫皮。

從十八歲那年以旅行商人身分自立門戶至今，已進入第七個年頭，或許身體累積疲憊的程度已經到了極限。

所以，臉部會乾燥也是沒辦法的事情。

問題是，旅伴明明更加不注重保養，看起來卻像一點都沒有這類煩惱。

「大笨驢，咱怎麼可能不為此煩惱。」

坐在身旁的旅伴赫蘿說道。

赫蘿隨風飄動的頭髮不時碰到乾燥的眼角，又刺又癢的感覺讓她煩躁起來，羅倫斯轉頭看向赫蘿的側臉後，就這麼聊起了這個話題。

「汝等人類會顯現在臉上，但咱等狼會顯現在毛髮上。更何況咱每天晚上都要跟一直喊冷的寇爾小鬼搶尾巴取暖，問題當然會更嚴重了。」

說罷，赫蘿顯得不滿地嘆了口氣。赫蘿手中握著動物尾巴，對答之間也一直梳理著毛髮。

那是一條很大的狼尾巴，由長而濃密的褐毛構成，其前端呈現雪白色。

那尾巴絕非腰帶之類的配件，而是真的從赫蘿身上長出來的尾巴。

赫蘿擁有十來歲少女的外表，但其真實模樣是一隻能夠一口吞下羅倫斯的巨狼，也是寄宿在麥子裡，能夠掌控麥子豐收的存在。

如果掀開赫蘿頭上的兜帽，就會看見威武的三角形動物耳朵。

在相識之初，羅倫斯或多或少會流露出對於赫蘿的恐懼心，但現在已經不再感到害怕了。

羅倫斯有時會覺得赫蘿是個無法掉以輕心的對手而提高警戒，但她也是誰都無法取代的重要旅伴。

「是嗎？原本的色澤就很漂亮了，像我這種眼力不佳的人，根本就看不出有哪裡不好啊。」

聽到羅倫斯不帶感情地說出再刻意不過的奉承話語，赫蘿踩了羅倫斯一腳。即便如此，赫蘿還是驕傲地膨起尾巴。就是因為這樣，羅倫斯才會忍不住做出如此孩子氣的舉動。

隔了一會兒後，兩人都為彼此的愚蠢嘆了口氣。

就是因為在無聊透頂的馬車上沒有其他事情可做，兩人才會無可奈何地重複同樣的互動。

「沒有什麼好玩的事情嗎？」

正因為知道不可能有好玩的事情，所以赫蘿不是在梳理尾巴，就是在貨台上縮成一團睡覺。

羅倫斯思考了一會兒後，這麼說：

「妳看那條河川，不是有很多船從上游下來嗎？」

赫蘿原本百無聊賴地托腮倚在自己的膝蓋上，聽到羅倫斯的話，赫蘿一副不怎麼感興趣的模樣看了河川一眼，再看向羅倫斯。

「如果有很多船隻往下游走，總有一天上游會看不到船隻，下游也會擠滿了船隻，對吧？不過，實際上不會這樣。妳猜為什麼？」

羅倫斯聽見赫蘿嘀咕了聲：「咦？」

赫蘿自詡賢狼，對於動腦筋的速度也非常有自信。

聽到羅倫斯提出的問題後，赫蘿再次看向河川，又看向羅倫斯。

「妳猜為什麼？」

羅倫斯冷到連眼睛都快睜不開，所以只張開一隻眼睛看向赫蘿，重複剛才的問題。赫蘿露出有些苦澀的表情壓低下巴，並發出「嗚……」的呻吟聲。

從前羅倫斯的師父太無聊時，也經常這麼捉弄羅倫斯。

不過，想讓惡作劇成功，就必須有一個自認動腦筋速度很快的對象，再詢問對方極其理所當然的事情。

如果船隻不停順流而下，總有一天上游會看不見船隻，下游則會擠滿船隻。

這麼一來，當然只會有一個答案。

「咱、咱知道答案了。」

「喲？」

羅倫斯張著嘴看向前方。

然後，羅倫斯一副彷彿在說「請說」似的模樣，舉高韁繩拍打正準備吃草偷懶的馬兒屁股。

「應該是趁著船隻南下河川運送木材唄。」

「怎麼說？」

「嗯。也就是說，等到船隻抵達海洋後，就拆散船隻當成木材使用，不然就是將船挪到海上使用。河川上游不但能夠供應木材和船隻，還能夠運送貨物，可說是一石三鳥之計。」

赫蘿的答案聽起來相當合理。

剛開始回答時，赫蘿的表情還顯得有些不安，但等到回答完後，已經是一副彷彿在說「咱很厲害吧」似的得意模樣。

羅倫斯咳了一聲，以免自己笑出聲來後，簡潔地回答：「完全猜錯了。」

「答案是把南下的船隻再拉回上游。去了就回來，這是很理所當然的事情，不是嗎？」

聽到羅倫斯這麼說，赫蘿臉上果然露出像小狗被捉弄似的表情。

「這是說，世上不是什麼事情都要想得很複雜，才能夠找到正確答案。」

看見赫蘿露出像是遭人背叛似的表情，羅倫斯一邊說道，一邊用手指頂了一下她的眉間。

羅倫斯手上戴著向攸葛借來的厚重鹿皮手套，所以不怕被赫蘿咬。

赫蘿一臉厭惡地撥開羅倫斯的手，咧嘴露出尖牙。

羅倫斯露出笑容回應後，赫蘿不悅地別過臉去，身為賢狼的威嚴都不知道跑哪兒去了。

「當然了，依季節不同，也有可能像妳說的那樣分解船隻。不過，這種狀況幾乎都會採用木筏。而且，這條河川沿岸不是都沒有蘆葦之類的植物嗎？因為船隻交通量很大，所以拉回的船隻數量也很驚人。為了方便用繩子綁住船隻，再利用馬兒拉回上游，沿岸才會呈現這樣的狀況。」

因為船隻往返頻繁，所以準備將下游的船隻拉回上游時，會限制上游南下的船隻數量，然後一次大量拉回。此刻無論往前看還是往後看，都沒看見拉回船隻的團體，想必這次的旅途應該不會撞見拉回船隻的盛況。

倘若有機會撞見，或許能夠加入熱鬧無比的拖船團隊之中，享受愉快的嬉鬧氣氛也說不定。

從羅倫斯口中得知這件事後，赫蘿深深嘆了口氣，還嘔氣地說道：「太可惜了。唉～太可惜了。」赫蘿一半可能是為了掉入羅倫斯的陷阱而心有不甘，另一半想必是真的覺得可惜。因為在南下河川撞見事故時，赫蘿就體驗過往返這條河川的人們有多麼豪邁。

「難得有堆了滿山的美酒……」

聽到赫蘿這麼嘀咕，羅倫斯毫無顧忌地笑笑，赫蘿也露出壞心眼的笑容。

然而，吹過河面的風輕易地吹走了靜靜的笑意。

南下河川時的那場騷動明明只不過是幾個月前的事情，感覺卻像是很久很久以前發生的歲月如梭。

而且，一去不復返。

赫蘿就這麼揚著嘴角，靜靜地望著河川。

既然世上沒有永恆，就不應該浪費時間折磨自己。

明明了解這層道理，卻還是忍不住憂鬱起來。

羅倫斯舉高手準備抱住赫蘿肩膀。

但羅倫斯的手被擋住了。阻止他的居然就是赫蘿本人。

「躺進汝的懷裡當然也是很好的選擇，不過……」

赫蘿捏起羅倫斯戴上手套的食指，然後就這麼放在羅倫斯的膝蓋上。

雖然赫蘿臉上浮現淡淡笑意，像是在教訓愛毛手毛腳的小伙子，但表情還是帶了幾分嚴肅。

「那小子讓人有些在意吶。」

說著，赫蘿把臉貼近羅倫斯肩膀，輕輕揚起下巴指向後方貨台。

赫蘿平常總會在貨台上梳理毛髮，現在卻刻意來到駕座上。對於赫蘿的行為，羅倫斯當然不會樂觀地認為赫蘿是想陪在他身邊。

羅倫斯也發現寇爾這陣子的表現有些異常。

寇爾的個性本來就比較文靜，但不是那種會自己陷入沉思的文靜，而是會微笑著陪在別人身邊的文靜。

自從在凱爾貝停留之後，如此體貼的寇爾，卻老是安靜地不知道在思考什麼。

「他也沒有找妳商量啊？」

「嗯。不過，咱知道那小子是自從跟那個大笨驢說完話後，才變成這樣。」

與其說擔心，赫蘿的態度更像是感到不滿。

赫蘿口中的那個大笨驢想必是指弗蘭，除了她之外，還真想不到會有誰能影響寇爾那麼多。

不過，在凱爾貝向攸葛借住房間的店面兼住宅說悄悄話，即使隔著牆壁，也難逃過赫蘿那威風凜凜的尖耳朵。

羅倫斯本打算開口說：「妳只要豎耳傾聽，不是聽得到嗎？」但赫蘿馬上擰了他的大腿。

「咱是驕傲的賢狼赫蘿。不准把咱跟隨處可見的世俗女孩混為一談。」

「知、知道了啦。是我不對。」

赫蘿狠狠瞪了羅倫斯一眼後，才總算鬆開捏住大腿的手。

即便如此，赫蘿面向前方嘟起的嘴巴，還是忍不住說出如此消沉的話語：

「咱不值得被依賴嗎？」

羅倫斯當然能分辨赫蘿是不是在開玩笑。

赫蘿的琥珀色眼珠是最能夠照出真實心情的鏡子。赫蘿帶著紅色的琥珀色眼珠總是顯得自信滿滿又剛強，此刻看起來卻像是只要掉在地上，就會輕易破碎的蜂蜜糖果。

不再被人需要的痛苦泥沼，已經折磨了赫蘿好幾百年。

弗蘭把羅倫斯找去房間，談論了有關地圖的事情後，赫蘿會與羅倫斯有那段對話，想必也是受了此事影響。

羅倫斯回頭看向貨台後，以輕鬆的口吻這麼說：

「際遇會改變一個人。還是說，妳希望他永遠是個天真男孩？」

躲在母鳥羽翼下沉睡的雛鳥，總有一天也必須靠著自己的翅膀飛起。

更何況寇爾還曾經痛下決心，勇敢地離鄉背井。寇爾靠著自己的雙腳歷經苦難，已不是赫蘿

能夠永遠呵護的對象。而且，赫蘿也沒有自私到不願看見寇爾成長。
赫蘿保持一直注視著前方的姿勢，緩緩嘆了一口又細又長的氣。
然後，就在長長的白色氣息消散時，赫蘿不悅地微微傾著頭，露出了懷疑的眼神直瞪著羅倫斯說：
「所以咱才什麼話都沒說啊。」
羅倫斯沒有畏縮。
羅倫斯輕鬆帶過赫蘿的話語，故作諂媚地說：
「您說的是。」
赫蘿握起拳頭，朝羅倫斯的大腿用力一槌。
不過，赫蘿的手沒有舉起，就這麼放在羅倫斯的大腿上。
「不過，咱不是神明。」
赫蘿收起下顎並抬高視線說道，像個在鬧彆扭的少女。如果赫蘿以這般模樣自稱神聖又清廉無瑕的神明，未免也太過俗氣了。
不過，和清澈乾淨的清水相比，商人比較喜歡帶些瑕疵的汙水。
羅倫斯牽起赫蘿的手，再次說了句：「您說的是。」
這回赫蘿沒有生氣，而是把頭倚在羅倫斯肩上。

羅倫斯的個性不會積極去詢問別人有什麼煩惱，而赫蘿也一樣。然而，赫蘿愛操心的程度卻又高人一等，因此氣氛才會有些尷尬。

赫蘿的口才流利又愛捉弄人，所以經常給人強勢又任性的感覺，但事實並非如此。赫蘿不是那種不找她商量就會抓狂的雞婆個性，也不會強行灌輸自己的觀念給苦惱不已的人。

雖然赫蘿不厭煩於幫助別人，有些時候甚至樂於幫助別人，但她不愛出風頭，如果對方沒有開口要求，就絕對不會主動幫忙。

三人一同旅行後，羅倫斯終於有機會親眼看見赫蘿在意其他人的模樣，這才第一次理解赫蘿的這一面。

不過，既然赫蘿會這樣對待寇爾，對待羅倫斯時應該也是一樣。思及於此，羅倫斯才發現相同的狀況已經發生很多次了。赫蘿經常批評羅倫斯太遲鈍而不斷嘲弄羅倫斯，但在重新審視後，羅倫斯的遲鈍程度確實比他以為的更為嚴重。

由於心中多少產生了一點罪惡感，用餐之際，羅倫斯多分了一些食物給赫蘿。

赫蘿當然察覺到了羅倫斯刻意的舉動，一副彷彿在說「不要汝多管閒事」似的模樣板著臉。

這般稍嫌苦悶、沉默時間多於平常的旅途，直到在沿著河岸北上途中遇到打魚的一群人後，才恢復了些許元氣。

「預備，用力拉！」

咚、咚！許多男子配合大鼓聲，用力拉起撒在河川上的魚網。

有人在河川上用棒子對著魚網拍打水面，也有人像羅倫斯三人一樣一身旅行裝扮，坐在河岸邊看人捕魚。

河川是屬於該土地的領主所有，所以禁止私自捕魚。此刻也可看見攜帶短矛的士兵混在漁夫之中，並且嚴肅地拿著羊皮紙之類的文件，計算著打撈起來的魚有多少。裝了桶子的馬車就在一旁待命，計算好的魚一尾接著一尾地被丟進桶子裡。桶子上以石灰標上記號，只要桶子一裝滿，馬車就會立刻啟程。

想必是因為這條河川的通行量較大，人們才會在遠離城鎮的這個地方捕魚。仔細一看，也會發現上游設有關口，所以似乎是在關口禁止船隻通行，在這裡開放捕魚。

隨著魚網越拉越高，重量似乎愈來愈重，敲打太鼓的聲音以及拉動魚網的男子們聲音也逐漸加重力道。這時羅倫斯轉向貨台，發現不知不覺中赫蘿與寇爾也都站起身子，並緊握拳頭看著捕魚的過程。

羅倫斯聽見特別高亢的叫聲後，便看見宛如塞了巨大鯰魚似的鼓脹魚網被打撈上來。儘管正值寒冬，捕魚似乎還是有了豐碩成果。或許是因為在河川上往來的船隻會掉落食物，所以魚兒不怕找不到食物吃。

一陣歡聲雷動後，原本拉著魚網的男子們一齊衝向魚群。

漁夫爭先恐後地爭奪肥美的大魚，而官員的怒吼聲與圍觀者的歡呼聲也參雜其中，現場一片鬧哄哄。魚兒活蹦亂跳的聲音、魚兒被丟進桶子裡的聲音，加上滿載著魚兒的馬車一輛接著一輛駛離的聲音，交織成一首美妙的樂曲。

在天氣寒冷、景色又缺乏變化，大地呈現一片死寂的旅途中，總算看見了能讓人深刻感受到自己確實還活著的熱鬧場面。

或許是這樣的緣故吧，圍觀者臉上浮現的笑容，看起來更像是感到安心的微笑。

最後一輛馬車跑出去後，大家很自然地鼓掌起來，儘管有些一頭霧水，赫蘿與寇爾也還是看似開心地鼓掌笑著。羅倫斯從貨台上抓起一片肉乾叼在嘴上後，對著兩人這麼說：

「喏！你們兩個還不快準備。」

「嗯？準備？」

赫蘿與寇爾兩人回頭看向羅倫斯。接著——

「我在此宣布捕魚活動結束。感謝歐茲邦卿的慈悲心腸，多出來的魚就在這裡分給大家！」

一名官員大聲說道，然後把矛高高舉在頭上。

這時，原本一直坐在岸邊悠哉看著漁夫捕魚的人們，一副等待此刻已久的模樣，紛紛起身衝了出去。

河岸上有很多被打撈起來、現在仍一張一合地動著嘴巴的魚兒。

只要把多出來的魚賞賜給百姓，想必也就不會有人冒險偷偷捕魚，而這也是領主們的傳統活動。如果賞賜的食物是魚，就算是巡禮者，也會喜色滿面地衝上前抓魚。

現場不分男女，大家都掀起長袍下襬、脫去外套並捲起袖子忙著抓魚。赫蘿和寇爾互看了一眼後，立刻脫去鞋子，光著腳跳下貨台，一溜煙地衝向河岸邊。赫蘿甚至連尾巴都露了出來也不在意。

羅倫斯苦笑著眺望兩人興奮的模樣，隨手抓掉肉乾的筋，然後走向已生起火堆的一群人那裡借火。

這天三人提早吃了晚餐，而晚餐的菜色，就是在剛打撈起來的魚身上抹鹽，直接放在火上烤的烤魚料理。

赫蘿與寇爾兩人彷彿在比賽誰的吃相比較豪邁似的，將抓到的魚吃得一乾二淨。

雖然吃相難看，但算是度過了一場愉快的晚餐時光。

羅倫斯因行商而拜訪過某城鎮或村落後，幾乎都是隔一年才會再次造訪。

羅倫斯一直過著這樣的日子，也以為這樣的日子會一直持續下去。

所以，繼凱爾貝之後，同樣是隔了沒多久便再次來到雷諾斯，讓羅倫斯感到非常不可思議。

「不過，這次妳沒有生氣呢。」

羅倫斯一邊把攸葛寫的介紹信收進懷裡，一邊說道。

馬車上載了大量的奢華物資，如果傻傻地穿過城門，肯定會被剝削一筆龐大的稅金，但攸葛早就考慮到這一點了。攸葛在信上寫了常有來往的領主姓名，並要求官員「斟酌金額」。

或許是因為畫商多是交易高價商品，所以具有相當的影響力。在確定是攸葛所寫的介紹信以後，官員們的態度立刻變得謙恭有禮。

不過，羅倫斯本以為這樣就能順利通過，沒想到不容忽視的敵人還是敬業地檢查了持有物。因為這樣的緣故，羅倫斯又一次聽到官員在看見赫蘿的尾巴後，說出「廉價皮草一張」的失禮發言。

「如果每件事情都要生氣，身子哪兒受得了。更大的原因是，咱的毛髮確實因為疲累而變得乾燥，所以根本無從辯駁哪。」

說罷，赫蘿伸了一個大懶腰，跟著嘆了口氣。雖然一方面是因為如果老是發脾氣發個不停，有可能損及賢狼的名譽，但事實上赫蘿可能也是真的覺得旅途勞累，所以顯得有些無力地坐在駕座上。唯獨第一次造訪雷諾斯的寇爾顯得精神奕奕。

不過，嚴格說起來，與其說是身體上，赫蘿的疲憊感或許是來自精神上。

因為途中參加了抓魚比賽，害得赫蘿像是過度興奮似地難以鎮靜；之後的旅途中，赫蘿好幾次走下馬車自己徒步行走。羅倫斯半開玩笑地詢問赫蘿要不要恢復真實模樣跑一下，但看見赫蘿有些認真地考慮起來後，立刻慌張地阻止了她。

羅倫斯知道赫蘿有一部分是為了逗寇爾笑，才會刻意這麼做，但她應該也多少是真的想要變回原形。

如果戳破這樣的事實可能會惹得赫蘿生氣，所以羅倫斯刻意裝作不知道。不過，在某些夜半無雲的晚上，赫蘿也曾做出想要長嚎的舉動。

就算赫蘿會有「偶爾想要使出全身力氣，用四隻腳奔跑到站不起來為止」的想法，羅倫斯也不覺得奇怪。

「到了旅館後，再叫老闆準備熱水和毛巾。只要把身上的塵埃擦乾淨，就會舒暢許多。」

「還要準備上好的油。」

使用油來護理尾巴毛髮的效果很好——很久以前羅倫斯把這個智慧傳授給了赫蘿，後來赫蘿終於在攸葛的店裡體驗到了其效果。

如果聽到羅倫斯說「不」就會死心的話，赫蘿一開始就不會提出要求。

雖然有些可笑，但為了表示抵抗，羅倫斯還是一臉厭煩地說了句：「等到有時間買再說。」不過，光是聽到羅倫斯這麼說，赫蘿似乎就心情好轉了一些，或許花點油錢也不吃虧呢。

「那麼，要在這裡停留多久？」

赫蘿弓起背，一邊托腮倚在自己的膝蓋上，一邊說道。
雖然赫蘿別過臉，刻意表現出不感興趣的模樣，但赫蘿現在最在意的事情莫過於此。
羅倫斯思考了幾秒鐘後，決定樂觀地回答：
「最多也只會停留三天到四天吧。只是要收集情報而已。禦寒物品大致上都齊全了，也只要再補充一些食物就夠了。」
「嗯。」
赫蘿一副彷彿在說「只要聽到這樣的答案就滿足了」似的模樣嘆了口氣，卻還是在兜帽底下有些急促地擺動著耳朵。
羅倫斯夾雜著一聲輕咳後，繼續說：
「不過，我還不確定要走哪條路線。只要是有人群經過的地方，就算有些積雪也無所謂；但如果沒有人群經過，就必須選擇路況良好的地方。前者是通往德堡商行的路線，後者則是通往紐希拉的路線。」
雖然紐希拉是會讓赫蘿聽了失去幹勁的地名，但也是至今仍存在赫蘿記憶之中的少數城鎮名稱。赫蘿頑固地別著臉，卻沒能夠完全掩飾懷念之情。此刻如果再多談論一下紐希拉的話題，赫蘿肯定就會哭出來，這讓羅倫斯忍不住笑了出來。
「寇爾，你知道紐希拉這個城鎮嗎？」

因為擔心萬一取笑赫蘿過了頭，後果會不堪設想，所以羅倫斯把話題轉向寇爾。

儘管因為話題突然丟給自己而顯得困惑，寇爾還是點點頭回答：「只聽過名字。」

「紐希拉是一個地底下擁有大量熱水，會像瀑布一樣湧出來的古老城鎮。我曾經路過紐希拉一次，是個感覺很奇妙的城鎮。」

「感覺很奇妙嗎？」

「嗯。據說紐希拉明明位於異教徒土地的正中央，卻是全世界的高位聖職者會聚集之地。而且，好幾百年來，紐希拉從未發生過戰爭。」

寇爾故鄉附近的村落因為崇拜自古以來就已存在的神明，而被教會冠上莫須有的罪名襲擊。對寇爾而言，他應該很難想像如此奇特的城鎮。

看見寇爾表現出非常驚訝的模樣，羅倫斯深覺寇爾果然是個優良的聽眾。

「所以啊，因為世上紛爭不斷而感到痛心的人們，似乎都會認為在紐希拉找得到達成永世和平的方法，而湧進紐希拉。」

羅倫斯一邊說道，一邊把手肘輕輕放在赫蘿別過臉去的頭上。

「不過，世上的紛爭還是不曾結束……」

「那當然。因為泡過熱水後，所有病痛和傷口都會痊癒啊。大家會忘了自己曾經痛心過。所以，最後世上還是會一直發生紛爭。」

赫蘿在羅倫斯手肘下慢慢轉過頭，並輕輕瞥了露出苦笑的寇爾一眼，然後一副感到無趣的模樣說道：

「咱以前也去泡過那裡的熱水，但現在差不多快退溫了，感覺就快回想起原本已經卸下來的鬥志吶，嗯？」

羅倫斯沒有因為擔心說過頭而畏縮。

他張開手掌搔著赫蘿的頭，並拉動韁繩閃過路上的小狗。

「弗蘭介紹給我們的雜貨商，原本好像是個傭兵。希望他也泡過溫泉，心胸比原先更寬大才好啊。」

「咱比較在意旅館房間夠不夠寬大。」

在城鎮停留時能否過得愉快，取決於旅館的好壞。

因為跪在貨台上很危險，所以羅倫斯先讓寇爾坐下來，才自言自語似地嘀咕：

「阿洛德先生的旅館肯定已經沒有營業了。可能要賭一下，看能不能找到好旅館……」

「汝把咱送去當抵押品的那地方十分氣派啊。」

赫蘿瞇起眼睛，以諷刺的口吻說道。

赫蘿會這麼說，就表示並沒有真的很生氣，話雖這麼說，羅倫斯還是沒什麼立場指責赫蘿的態度。

羅倫斯再也不想拿赫蘿換錢了。

「總之，先問問鎮上的人好了。」

「汝在這裡有熟人嗎？」

赫蘿彷彿在說「汝該不會真打算去找那群壞傢伙唄？」似的，用帶著怒意的眼神牽制著羅倫斯。羅倫斯當初是把赫蘿當成抵押品向德林商行借錢，然而德林商行的人物，就算再怎麼放寬心胸，也不是能用「相處愉快」形容的對象。德林商行那些人如水蛭般蠢蠢欲動、如蜘蛛般佈下天羅地網，卻還表現的像是高尚貴族似的。吸收世上所有令人厭惡的部分之後，或許就會變成那種樣子吧。

話雖這麼說，有些事情還是因為有他們的存在才得以運作。羅倫斯等人為了賺錢，也曾經向他們要求協助。可以的話，羅倫斯不想再跟這樣的對象扯上關係，但這樣就不可能像他們那樣爬上高處。想到自己的人生注定平庸地結束，又讓羅倫斯覺得落寞。

閃過這些思緒而竊笑後，羅倫斯輕輕搔了搔鼻子說：

「我也不是沒有其他熟人啊。為了方便領地圖，要先去聯絡一下對方才行，也順便問問看有沒有什麼不錯的旅館好了。」

雖然幾個星期前才發生過皮草工匠以及皮草商人們的暴動事件，凱爾貝街上的熱鬧程度卻與平常沒什麼兩樣。這就是所謂「茶杯裡的風波」。

羅倫斯巧妙地操控韁繩，在人潮擁擠的路上前進。

在遇見一群在籠子裡塞滿雞隻、看似肉店店員的人們橫越道路時，赫蘿忽然開口：

「汝什麼時候有這樣的熟人了？」

「就是那個啊。那家叫做怪獸與魚尾巴亭的店啊。」

「唔？嗯，汝是說那家在賣奇特鼠肉料理的店家啊。」

赫蘿應該也很喜歡吃怪獸與魚尾巴亭的料理才對。

如果順便去那裡買晚餐，就能夠一石三鳥。

等到伴隨吵鬧雞叫聲的一群人橫越道路後，羅倫斯握起韁繩準備拍打馬屁。

赫蘿的話語在這瞬間滑進羅倫斯耳中：

「汝膽子不小吶。」

「咦？」

帶赫蘿去賣著怪獸尾巴料理的酒吧，與膽子有什麼關係可言？

旅行商人習慣用眼睛看見的影像思考事情。羅倫斯在腦海裡一幕接著一幕回想過去，最後看見一名女子的畫面而停止思考。羅倫斯想起怪獸與魚尾巴亭有一位手腕相當了得的招牌女孩。

「啊！」

羅倫斯就快從喉嚨深處發出叫聲時——

「不過，咱去紐希拉泡過好幾次熱水，已經忘了怎麼與人爭鬥吶。」

赫蘿口中這麼說，卻露出恨不得與人大打一場的眼神。赫蘿浮現著興奮之情，彷彿在說「看咱怎麼剝去汝那從容的假面具」。雖然寇爾在後方傾著頭露出不解的表情，但事到如今，羅倫斯也說不出「不要去怪獸與魚尾巴亭」這種話。

因為不認真看路而遭到看似工匠的男子怒罵後，羅倫斯急忙重新看向前方。

赫蘿臉上浮現自信滿滿的笑容，一旁的羅倫斯忍不住無力地仰望起天空。

在凱爾貝只要抬頭仰望天空，就能看見教會的尖塔，羅倫斯朝向尖塔暗自禱告：「但願什麼事情都不要發生。」

基本上，酒吧是在太陽下山後才會熱鬧起來。

而正常客人會光顧的酒吧更是如此。所以，羅倫斯三人來到怪獸與魚尾巴亭時，店內果然是一片空蕩蕩。

不過，店內並不安靜。酒吧似乎正在做準備，店中央放了好幾只桶子，而桶子裡則堆了滿滿的貝殼。

「妳好。」

羅倫斯穿過敞開的店門這麼打招呼後，或許是覺得屋外的陽光太刺眼，女孩瞇起眼睛看向羅倫斯。

「咦？啊！你是上次那位商人。」

「是的，上次真是謝謝妳的幫助。」

因為寇爾負責看守行李，所以只有赫蘿陪在羅倫斯身旁。

雖然羅倫斯在心中禱告「拜託妳們不要沒事找事做」，但至少目前看來，赫蘿與招牌女孩兩人都沒有採取任何動作。

不過，羅倫斯畢竟是個商人。他當然清楚知道兩人都在打量對方。

如果這是一場純粹為了搶羅倫斯的爭奪戰，或許羅倫斯還會覺得驕傲，但羅倫斯當然知道不是這麼回事。

赫蘿與招牌女孩的競爭就像獵人在較勁射箭技巧一樣。

對於成為箭靶的羅倫斯來說，當然覺得難受極了。

「你這次來，是因為，又有什麼賺錢生意嗎？」

招牌女孩每次停頓時，就會有貝殼從右側桶子移動到左側桶子，也會有貝肉掉進放在女孩正前方的小桶子裡。招牌女孩的技巧固然高超，所使用的工具更是精品。

雖然那只是一把刀柄纏上布條、設計簡單的小刀，但刀刃部位已經研磨到呈現如冰塊般的色澤。或許是實用性所散發出來的氣勢，招牌女孩拿著銳利的小刀，動作很男性化地盤起雙腿、捲起袖子剝殼，看起來十分沉穩。

她的模樣雖然稱不上端莊優雅，卻也魅力十足。

「沒有、沒有，不是的。賺錢生意已經讓我學乖了。」

見羅倫斯面帶苦笑，招牌女孩開懷地笑了出來。

「這種話我不知道從商人口中聽過多少遍啦。」

城鎮有突發狀況時，商人第一個會前往收集情報的地方就是酒吧，招牌女孩肯定也經常看見商人在挫敗之後仍然學不乖的模樣。

「妳說的或許沒錯。」

「呵呵。畢竟商人很容易移情別戀嘛。連找藉口的時候，都會說同樣的話。像是『我一時著了魔』、『我再也不敢了』，或者是『我一定是發神經了』。」

雖然招牌女孩的視線停留在羅倫斯身上，但很明顯地，其注意力卻集中在羅倫斯身旁的赫蘿身上。

羅倫斯感到背脊一陣涼，身旁的赫蘿卻是看似愉快地笑著。

「一點也沒錯，嗯？」

說罷，赫蘿抬頭仰望羅倫斯。這時赫蘿臉上浮現的笑容卻是出於真心。

不愧是自稱賢狼的赫蘿，就是聽到有人挑釁，也不會立即動怒。

羅倫斯才鬆了口氣，下一秒鐘卻——

「咱也知道商人有個習性。他們會哭哭啼啼地跑回去找舊情人，還會呢喃著『還是做平常的穩定生意比較好』。真是一群大笨驢。」

說罷，赫蘿忽然伸出手，幫羅倫斯稍微整理了一下衣領。

赫蘿與酒吧女孩臉上都掛著笑容。

羅倫斯緊張地嚥下口水後，試圖從兩人的夾攻之中掙脫——

「對、對了！是這樣子的，我這次來，是有事情想請教妳。」

「……有事情問我？」

招牌女孩會停頓了一下才回答，肯定是先與赫蘿交換了視線。

羅倫斯心想，還好寇爾現在是在馬車上。從旁看來，羅倫斯肯定是天底下最窩囊的男人。

「關於皮草……啊！」

可能是一邊說話，一邊剝殼的關係，也可能是故意的，招牌女孩不小心戳破了貝肉。羅倫斯猜測著招牌女孩可能會丟掉貝肉，沒想到女孩忽然抓起貝肉，就這麼生吞下肚。

那也就算了，招牌女孩還從身後拿出小桶子，一副很可口的樣子喝了起來。

從招牌女孩的喝相看來，那應該是很烈的酒。

「呼～對了，皮革的生意可是已經玩完囉？」

就算招牌女孩是刻意做出這些舉動，但想必她平常也是會一邊小酌，一邊工作。或許這樣不拘小節的表現，正是招牌女孩的魅力所在。

而且，貝肉搭配烈酒的吃法還讓赫蘿露出驚訝又不甘的表情。

羅倫斯心想：這兩人似乎出乎意料地合得來。

「不是的，因為我們想在這裡多停留一陣子，所以想請教妳有沒有什麼好旅館，可以介紹給我們？」

「唉喲？」

聽到羅倫斯的詢問後，招牌女孩像個小孩子一樣鼓起雙頰。

「竟然會問我這種問題，怎麼會有人這麼沒情調！」

「……？」

羅倫斯掌握不到重點，只是掛著僵笑不知所措，這時赫蘿頂了羅倫斯幾下，然後這麼說：

「這是女孩子在開玩笑，要對方應該住在女孩子住處的意思。」

「咦？啊、喔！」

羅倫斯總算搞懂了玩笑的意思，但下一秒鐘不禁屏住呼吸——玩笑話是招牌女孩說的，但解釋的居然是赫蘿。

如果是要利用盧米歐尼金幣、崔尼銀幣以及路德銀幣的行情差距，或是利用小麥、鐵以及鯡魚的行情價差來賺錢，都難不倒羅倫斯。

然而，羅倫斯不知道到底該怎麼做，才能從眼前的狀況全身而退。

不管怎麼說，弗蘭的地圖都會透過攸葛寄到這裡來。萬一惹得招牌女孩生氣，誰知道招牌女孩會如何刁難。而且，招牌女孩是非常寶貴的情報來源，羅倫斯可不想失去這條命脈。

話雖這麼說，如果太顧及招牌女孩，又會惹得赫蘿生氣。

果然帶赫蘿來到這裡是個錯誤的決定啊！

神啊！請救救我啊！

羅倫斯的思緒變得一團亂，而準備投降的瞬間——

「噗！」

赫蘿第一個笑了出來。

「噗……咯咯咯……」

儘管赫蘿憐憫地看著羅倫斯，但還是一副按捺不住的模樣笑了出來。

羅倫斯完全不明白有什麼事情那麼好笑而顯得困惑時，手上拿著貝殼的招牌女孩也用手背揉了揉鼻子，低頭晃動著肩膀。

「……？唔？」

對旅行商人來說，前往語言不通的地方就像家常便飯一樣。

這個時候最重要的事情不是找人翻譯，也不是隨時提高警戒以保人身安全，更不是帶著大筆贖金行動。

最重要的是，無論遇到什麼狀況，都不忘保持笑容。

笑，能夠化為最強的武器、最堅固的盾牌，來保護自身安全。

羅倫斯也隨著兩人笑了出來。

但他完全不知道在笑些什麼。

招牌女孩似乎再也忍不下去，最後終於望向天花板噗哧笑了出來。

三人笑了好一陣子後，赫蘿抓起羅倫斯的衣角擦去滲出的淚水，並忽然對招牌女孩這麼說：

「咯咯咯……真是的，汝就放過這傢伙，別太捉弄他唄。」

招牌女孩也用手背擦去淚水，喝了一口酒精濃度似乎很高的酒。女孩做了一次深呼吸後，點點頭說：

「這真是……嗯，說的也是。也難怪了，我就在想怎麼會這麼難纏。呼∼笑死我了。」

說著，招牌女孩動手挖了一下貝殼，貝肉隨之掉進小桶子裡。

把新的貝殼往高高堆起的貝殼堆隨手一丟後，招牌女孩用圍裙擦了擦小刀和手，從椅子上站了起來。

「雖然鹽巴是食物的最佳調味品，但直接吃鹽巴就不美味了。我真傻。」
「嗯。不過，對於汝懂得欣賞美味料理的眼力，咱願意表示讚許。」
招牌女孩聳了聳肩，露出有些受不了的表情，將小刀指向羅倫斯說：
「如果要住宿，我可以推薦你們尼僧路上的尤納斯旅館。只要說是我介紹的，老闆會算你們便宜一點。」
除了保持笑臉之外，旅行商人絕對不能忘記的第二件事情就是道謝。
就算搞不懂是怎麼回事，只要先道謝，大部分的事情都能夠圓滿地收場。
「謝、謝謝妳。」
「你找我還有其他事情嗎？如果要點餐，我可以在料理做好後，派人送去尤納斯那裡。」
羅倫斯以眼神尋求赫蘿的決定。
結果，赫蘿與招牌女孩再次同時笑了出來。
「是啊、是啊，我知道了。比起在這裡用餐，兩位應該更想在安靜的房間裡用餐吧。我會派人送去旅館的。」
最後反而是招牌女孩一副被打敗的模樣，輕輕將雙手舉到肩膀的位置這麼說。
不過，赫蘿的反應卻是有些愕然，還輕輕踩了羅倫斯一腳。
事態演變到這裡，羅倫斯已經放棄理解兩人互動的意義何在。

「可能要花一點時間準備料理，但我會趕在太陽下山前送到旅館去。至於菜單就交給我們來安排嗎？」

「啊，是、是的。我們外面還有一位同伴，請準備三人份的料理。」

「咦？還有一位？」

看見招牌女孩訝異地反問道，羅倫斯臉上總算浮現自然的笑容。

「很遺憾的，那位同伴不是女性。他是我們在旅途中認識的一位少年。」

「喲？那我把目標換成他好了。」

招牌女孩用尖得發亮的小刀抵著自己的臉頰，若有所思地說。

要是把寇爾介紹給這樣的女孩，肯定一下子就會被吞進肚子裡。

連羅倫斯都會這麼想了，赫蘿肯定想得更嚴重。

赫蘿毫不掩飾地露出充滿戒心的眼神，瞪著招牌女孩。

「好啦，我知道了啦。」

招牌女孩顯得刻意地說道，然後脫掉骯髒的圍裙。

如釋重負的羅倫斯忍不住嘆了口氣後，發現自己還沒說最重要的事情。

「啊，對了。」

「啊？」

招牌女孩維持彎腰的姿勢看向羅倫斯。

「凱爾貝那邊會有人寄信來給我，然後我請對方寄到這家酒吧來，這樣方便嗎？」

「喔，沒問題，我知道了。從凱爾貝寄來啊，會是誰啊？」

「是一家叫做攸葛商行的畫商。」

聽到羅倫斯的話語後，招牌女孩輕輕「喔」了一聲，然後捲起圍裙放在桌子上，開心地說：

「你是說那位長得很像豬的畫商吧。他偶爾會特地來這裡吃飯呢。他老是說什麼『如果是吃魚尾巴，就不會構成貪吃的罪行』，然後啃完滿山的魚尾巴才回去。」

羅倫斯心想「攸葛會那麼胖，果然不是沒有原因」。當他看見在一旁大笑的赫蘿時，忍不住暗自嘀咕：「妳自己也好不到哪裡去吧。」

「不過，既然都要收信……」

「咦？」

招牌女孩「嘿」地一聲抱起裝滿貝肉的桶子，而羅倫斯只能愣愣地回應。

這時，朝向廚房走去的招牌女孩停下腳步，並回頭看向羅倫斯說：

「既然都要收信了，真希望收到不一樣的信喔？」

招牌女孩顯得有些落寞的笑臉，會是裝出來的嗎？

羅倫斯腦中瞬間浮現這般想法，但立刻發現招牌女孩的意圖，而這麼回答：

「那封信可能會從遠方寄來，這樣也無所謂嗎？」

「嗯？」

招牌女孩一臉愕然地反問道。

一旁的赫蘿似乎也不明白，抬起了頭仰望羅倫斯。

「如果妳願意收到從遠方城鎮寄來，寫了很想吃到妳們酒吧熱騰騰料理的信，我就可以寄信過來。」

招牌女孩輕輕抬高下巴，只揚起一邊嘴角說：

「我才不想只為了一個人奔波送飯或專程下廚。在這裡供應料理給更多的人，才是我生活的動力來源。」

招牌女孩不知道傳出過多少緋聞。

倘若不是赫蘿在場，說不定羅倫斯也會不小心上了鉤。

羅倫斯目送招牌女孩的背影消失在廚房裡，自嘲地這麼想著。

不過，羅倫斯一副大功告成的模樣準備回到馬車上時，赫蘿突然嚴肅地說：

「要不是被咱挖掘出來，汝這種人一輩子都會埋在土堆裡。」

寶石也是從礦石之中被挖掘出來後，才能夠閃閃發光。赫蘿是在警告羅倫斯，要羅倫斯知道被挖掘出來、經過研磨的寶石，在離開工匠之手後，就不會持續閃閃發光了。

羅倫斯嘆了口氣回答：「您說得是。」然後恭恭敬敬地牽起赫蘿的手。

對於自己能夠暫時幸運地活著走出酒吧，羅倫斯在心中感謝起神明。

先將蒜頭切碎，再用油爆香後，放入大量鹽巴；用這種烹調方法散發出來的香味，最能刺激人們的食欲。

酒也順口得令人難以置信，最後竟然比赫蘿先醉倒，而且睡著了。

雖然記憶模糊，但好像還記得在寇爾的照顧下，看到赫蘿坐在對面愉快地望著自己的醜態喝酒。只是，這記憶有多真實就很難說了。

抬起彷彿塞了砂石般沉重的頭，再挺起身子後，發現太陽已高高升起，而自己卻全身都是酒臭味。

此外，房間裡不見赫蘿與寇爾的身影。

因為擔心如果猛烈甩頭，可能會痛不欲生，所以羅倫斯用手掌心輕輕摸了摸臉頰，緩緩站起身子。桌上的鐵製水壺似乎換過水，水壺的觸感冰涼，表面還結了一層露。

羅倫斯喝了幾口水後，環視了房間一周。

因為房間裡沒看到外套和長袍，兩人應該是外出了吧。

羅倫斯急忙打開桌上的荷包，發現銀幣數量沒有減少。

「他們倆跑哪裡去了？」

羅倫斯扭動脖子，然後一邊打呵欠，一邊打開木窗，刺眼的朝陽隨之射了進來。

瞇起眼睛好一會兒後，羅倫斯朝向建築物後方的小路望下去。路上可看見一名頭上頂著籠子的婦人悠哉地行進，還有一名身上綁著布袋的少年從婦人身旁跑過去。

這是城鎮的日常光景。

羅倫斯再次嘆了口氣，然後摸起下巴確認鬍鬚長度時，忽然有一團白色物體映入眼簾。

仔細一看，那正是羅倫斯熟悉的身影。兩人正順著彎曲狹窄的小巷子悠哉地爬上坡來。

「去了教會？」

放在水井邊緣上的桶子水面，映出了羅倫斯的臉。羅倫斯一邊看著水面，一邊反問後，同樣坐在水井邊緣上的赫蘿應了一聲點了點頭。

「因為房間裡都是蒜頭味和酒臭味，害咱的鼻子都快皺成一團，剛好寇爾小鬼的求情，於是去參加了什麼晨禮有的沒的。」

雖然覺得赫蘿一直嫌臭很煩，但事實上就是羅倫斯自己聞起來也覺得臭，所以根本沒有反駁的餘地。

羅倫斯輕輕沖洗過小刀後，用小刀抵著臉頰。

「很多人參加嗎？」

「嗯，人多到差點就進不了教會。不過，看見咱和寇爾小鬼的裝扮後，就放咱們進去了。」

一方看似旅行修女，另一方是持續流浪生活的少年；看見這樣的組合後，就算是死腦筋的教會士兵，或許也會忍不住心軟。

不過，寇爾應該是為了利用教會才會學習教會法學，這樣的他刻意去參加早晨的禮拜是為了什麼呢？

當然了，也有一大堆人認為世上的神明不只一個，只要其中有一個神明能為自己帶來利益就好。雖然寇爾是打算利用教會，但就算在學習過程中變成了真正的信徒，也不足為奇。而且，像寇爾如此率直的人，或許很適合於教會散發出來的寧靜高尚氣氛。

「不過，對妳來說，去教會就像去敵人的陣營一樣，怎麼心情還這麼好啊？」

赫蘿坐在水井邊緣上，像個小女孩一樣不停擺動雙腳。

就算沒有做出這樣的動作，光看赫蘿的側臉也能夠看出她的心情十分好。

「嗯。寇爾小鬼很久沒有這麼開朗了。而且，雖然咱忍不住想要苦笑，但那小鬼去了教會以後，似乎整個人變輕鬆了。」

看見赫蘿疲憊地笑了笑，羅倫斯也只能夠展露笑容。

「不愧是賢狼，這麼想得開。」

赫蘿一副彷彿聽著歌聲隨風傳來似的模樣，聆聽羅倫斯說話。

關於赫蘿與教會之間的關係，相信赫蘿自身也無法以三言兩語解釋自己的心情。

赫蘿露出豁然開朗的側臉，得意地這麼說：

「因為咱跟汝不同，咱確實明白最重要的是什麼，就這麼簡單。」

羅倫斯發現小刀似乎不太鋒利，一邊輕輕撫摸刀刃，一邊反問：

「什麼意思？」

「意思是說，和鑽牛角尖相比，看到寇爾小鬼開朗起來，會讓人覺得比較開心。」

羅倫斯以視線追著赫蘿映在刀身上的身影，輕輕把小刀抵在臉頰上。

「然後，寇爾求妳陪他一起去，讓妳更是開心，是嗎？」

羅倫斯是為了捉弄赫蘿而這麼說，赫蘿卻聳了聳肩嘻嘻笑了出來。

赫蘿的反應清楚傳達出她為了什麼事情感到開心，又為了什麼事情感到厭惡。

「既然這樣，一開始就該表現得更直率一些吧？還是說這是愚蠢旅行商人的淺見呢？」

寇爾不肯與赫蘿吐露他在煩惱什麼，這讓赫蘿在馬車上一直悶悶不樂。

羅倫斯保持剃鬍鬚的姿勢這麼說完後，赫蘿從水井邊緣跳下，隨即傳來拂過草地的聲音。

雖然羅倫斯挺起了身子，但不需要轉動視線確認，也知道赫蘿做了什麼。

赫蘿走了兩步路後，輕輕地與羅倫斯背靠著背。

「畢竟咱是賢狼吶，總是得保持住威嚴。」

羅倫斯會露出笑容，是因為赫蘿的話語直接從背部傳達過來，讓他覺得搔癢難耐。

「真辛苦呢。」

聽到羅倫斯簡短地說道，赫蘿甩動了一下尾巴。

「嗯，非常辛苦。」

雖然不確定赫蘿這麼說是不是真心話，但至少在羅倫斯眼中，赫蘿不像在勉強自己表現得像一隻賢狼。赫蘿每次都願意說出自己的想法或感受。尤其是對商人來說，這是最能夠令人安心的表現。

或許赫蘿此刻也在思考著這件事情。

羅倫斯在只感受到赫蘿的體溫，但不見其身影之下，聽到赫蘿這麼說：

「如果咱說很期待去約伊茲，汝會生氣嗎？」

抵達約伊茲代表著旅行結束。

但是，羅倫斯露出苦笑回答：

「我不會生氣。因為我也想表現得像個賢者。」

羅倫斯憑感覺知道赫蘿笑了。

因為赫蘿不再接話，於是羅倫斯重新剃起鬍鬚。

赫蘿也保持沉默地一直站在羅倫斯身後。

剃完鬍鬚之後，羅倫斯在最後對著水面照了照自己的臉，跟著把桶子裡的水灑在中庭的草木上。赫蘿從羅倫斯背上挪開身子，宛如蝴蝶發現有人靠近而從花朵上飛起似的。

羅倫斯把小刀插回腰上，伸手摸著臉頰時，赫蘿靜靜地貼近他。

赫蘿似乎是要他牽手。

羅倫斯一副「真拿妳沒轍」的模樣一邊笑笑，一邊準備牽起赫蘿的小手。

這時，寇爾剛好走過庭院的入口處。

「唔。」

看到兩手捧著淺鍋子的寇爾，赫蘿不禁驚呼一聲。怪獸與魚尾巴亭這個名字似乎具有強大的影響力，旅館老闆特地為羅倫斯三人準備了熱騰騰的早餐。只見赫蘿一副等待已久的模樣快跑了出去，把羅倫斯丟在原地。

羅倫斯沒牽到赫蘿的手，只能傻傻地讓手晾在半空中。

「……」

對商人而言，當對方伸出手時，回握住對方的手，是締結合約的重要證明。

羅倫斯心想，下次要找個機會好好訓一下赫蘿，但看見赫蘿興奮地跑向寇爾後，又覺得沒這個必要了。

這趟旅程就快結束了。既然有人站在終點處笑著等待自己，當然希望能笑著抵達終點。

羅倫斯仰望炫目的朝陽後，在追著寇爾的赫蘿後頭跟了過去。

用完早餐後，羅倫斯三人來到街上。

弗蘭介紹了一個曾經當過傭兵、名為費隆的雜貨商，三人正準備前往那座商行。

雖然以雜貨商自居，但據說費隆會偷偷提供物資給傭兵或從中牽線。

即使羅倫斯自認膽子已經越來越大了，但面對像費隆這樣的人物，還是會忍不住緊張。

商人嘴裡經常說「就算丟了命也要賺錢」，但事實上很少人能賭上性命孤注一擲。因為，商人內心深處都抱著「就算破產也不會立刻死亡」的想法。

然而，很多找傭兵做生意的商人，只是因為惹毛了這些顧客，就成為他們刀下的冤魂。傭兵本來就與山賊沒什麼兩樣，當然也有在交易前就打算打劫商品的惡徒。

像這樣在城鎮與傭兵做生意確實很危險，但還有從事更危險生意的商人——像是以傭兵部隊的成員身分負責搬運物資、被稱為運輸服務隊的商人。

這些商人一旦踏上旅途，整支貪婪的傭兵部隊就會變成他們的顧客，所以很容易賺進大把金錢。傭兵一有了錢，就會馬上拿那些錢大吃大喝、花個精光。甚至還聽說過，如果有機會為常勝不敗的傭兵部隊服務，只要咬緊牙根努力兩、三年，即使是初出茅廬的小伙子，也能夠在城鎮擁有自己的商店。

當然了，容易賺錢的生意，就一定有風險。不僅要先取得傭兵的信任，而且就算服務的對象是一群心地善良的傭兵，也不能保證他們能夠永遠打勝仗。如果吃了敗仗，對手也會像他們打勝仗時一樣，殺害他們或搶奪財物。服務這些傭兵的商人們必須面臨雙重的死亡風險，所以與羅倫斯等旅行商人的想法徹底不同。

現在即將面對這樣的商人，叫羅倫斯怎麼能夠不緊張。

弗蘭介紹的雜貨商位在沒什麼人煙的道路旁，其店面毫不起眼。

然而，簡陋的店面反而給人一種深不可測的感覺，使得羅倫斯忍不住在店家前方做了兩次深呼吸。

寇爾似乎也被這股氣氛影響，緊張地屏息凝視。

只有根本不把傭兵看在眼裡的赫蘿一人悠哉地打了呵欠，與在路邊曬太陽的小貓不知以眼神在交談些什麼。

「好！進去吧。」

羅倫斯做好心理準備後爬上石階，然後伸出手準備開門。

這時，大門突然打開了。

「那麼，就拜託你了。其他的傢伙連聽我說話都不肯。」

「看到你那張臉，誰敢跟你說話啊。你該找個看起來柔弱一點的男人才對。」

「哈哈，我以前是長得很柔弱啊，誰叫我們老大作風那麼粗暴。」

這般對話傳來的同時，一名滿臉鬍鬚、一眼就能夠看出是傭兵的壯漢走出店內。

不知道是天生如此，還是上了年紀的關係，男子有著一頭灰色頭髮和鬍鬚。如灰色鐵絲般的頭髮和鬍鬚，看起來就像從男子帶有酒糟鼻的臉上升起的灰煙。

男子的額頭左側到下巴位置有一道大刀疤，左眼就像被刀疤拉扯般，比右眼還細長一些。

羅倫斯才發現男子的藍色眼珠看向他，便聽見另一名男子在壯漢後方以悠哉的口吻這麼說：

「唉喲？像這小子就不錯啊，一定幫得上忙的。」

「嗯？嗯……」

壯漢仰著身子，似乎在聆聽後方男子的話語，隨即像是在準備搬動巨石似地，讓身體向前傾，並把臉貼近羅倫斯。

壯漢屬於那種笑裡藏刀、比狼更可怕的人種。

這時不管是逃跑、逞強，還是打招呼都不對。

羅倫斯只是沉默不語地露出微笑。

「哈！哈！哈！老闆，這小子不行啦。這小子是找到機會就會偷寶物逃走的商人。」

雖然男子這樣的說法非常失禮，但很不可思議地，羅倫斯不覺得生氣。

大概是因為男子只是直率地說出了心中的想法吧。

「不過，看起來是個大有前途的年輕人。如果哪天在其他地方碰到，記得互相幫忙啊。」

說著，男子舉起粗厚的手拍了拍羅倫斯的肩膀，然後再次一邊大笑，一邊腳步笨重地離去。

雖然男子甚至沒有自我介紹，但畢竟那張臉太具有特色了。就算哪天在月亮被雲層遮住的夜裡相遇，想必羅倫斯也能夠立刻認出對方。

「偶爾跟這種雄性喝酒，應該會很愉快唄。」

當羅倫斯因為聽到赫蘿的直率感言而露出苦笑時，另一名男子倚在敞開大門上說了句：「那麼——」然後輕咳一聲說道：

「你來我們店有什麼事啊？年輕商人。」

羅倫斯急忙挺直身子，並做了自我介紹。

店內看起來格外昏暗。

想必是因為窗戶很少，所以店內明明沒有堆放貨物，卻顯得狹窄。

只有貴族才有錢設置玻璃窗戶，所以大部分的城鎮商家不是在窗戶貼上浸過油的布料，就是設置木窗採光。

然而，這間商家彷彿不屑在窗戶上花這點心思似地，只設置了極少量的窗戶，感覺就跟倉庫沒什麼兩樣。

自稱老闆的費隆，是一名走起路來左腳有些一跛一跛，與羅倫斯差不多高的中年人。就算費隆突然以「我以前在某個平原揮劍打鬥」為開場白說起故事來，也完全不會讓人覺得突兀。

給人這種印象的費隆，走到店內最裡面的桌子坐下來後，邀請羅倫斯三人坐在似乎是訪客專用的長椅上。

「不過，你來的時機不對。」

費隆一開口就這麼說，並把素燒陶甕裡的酒倒入手邊的木杯裡。

「時機不對？」

「沒錯。凡事都會因為時機對錯而決定能否順利進行。很遺憾地，上星期已經幾乎都分配好名額了。如果你打算長期待在這裡，或許可以找一支沒跟上腳步的部隊，然後把性命託付給他們……可是，你打算也帶另外兩位一起去嗎？那要當心受到天譴喔。」

說到這裡，羅倫斯總算發現費隆會錯了意。

「不，我不是來加入運輸服務隊的。」

羅倫斯簡短地說道，然後露出笑容補上一句：

「也不是為了當從軍祭司而前來毛遂自薦。」

費隆露出彷彿看見有孩童在遠處跌倒似的表情。然後，他的臉上慢慢浮現淡淡笑意。

費隆一副感到疲憊的模樣搖了搖頭，那動作很適合配上一句「我真的老了」。

「這樣啊，那真是不好意思。我這陣子一直在忙工作上的事情，所以太貿然下定論了。不過……」

費隆說到一半停頓下來，然後看了一眼木杯，喝了口酒。

喜歡憑運氣進貨的旅行商人同伴當中，很多人會像費隆這樣喝酒。

「這麼一來，你來這裡是為了什麼事？總不可能是來這裡買小麥吧？」

費隆擁有雜貨商的頭銜，店面屋簷下也實際掛了雜貨商的招牌。

但是，從費隆的口吻中，能夠聽出這裡不是一家單純的商店。

一個發展完畢的城鎮，會建立良好的分工制度，商人們只能夠進行有限的商品買賣。好比說，鞋店只能夠買賣鞋子，而藥商只能夠買賣藥物。有些時候，商人會靠著金錢的力量，增加能夠買賣的商品種類，最後發展成大商行，但在費隆的店裡感覺不到這種氣氛。

這麼一來，費隆一定有什麼特別的理由，才能夠以「雜貨商」的身分做生意。

那正是所謂「正常商人不會前來買小麥」的理由。
「是弗蘭・沃內莉小姐介紹我們來的。」
對旅行商人而言，在陌生地方說出熟識者的名字，能夠帶來莫大的安心感。對於願意擔保自己的人，就算已事隔多年，羅倫斯還是希望能夠回以最好的謝禮。比起借用對方的名字大賺一筆，這份安心感更讓羅倫斯感激。眼前的費隆原本也是表現出有些瞧不起人的態度，但聽到弗蘭的名字後，立刻露出認真的眼神。
然後，費隆緩緩放下木杯，直直注視著羅倫斯說：
「原來她們還在世上啊？」
費隆的語調充滿敬意。
然而，羅倫斯得知的並不是美好的福音。
「只有弗蘭小姐一人。」
雖然羅倫斯沒有多言，但費隆並非外行人。
費隆嘀咕了句：「這樣啊。」然後像在禱告似地，輕輕閉上眼睛並低下頭。
「雖說這就是所謂的命運，但還是讓人感到心痛。不過，弗蘭小姐她好嗎？」
費隆的口吻變得開朗些許，抬起頭時也確實露出感到懷念的表情。
「弗蘭小姐讓我們見識到不讓其名蒙羞的勇氣，而受了重傷。不過……相信她一定很快就會痊癒的。」

聽到羅倫斯的話語後，費隆像是得到救贖般，露出溫和的笑容。

儘管弗蘭所屬的部隊已全軍覆沒，能夠聽到弗蘭至今仍活在世上，或許還是讓費隆直率地感到開心。

「那麼，也就是說，你們是從弗蘭小姐必須展現勇氣的狀況下生還的啊。抱歉，方才真是失禮了。」

說著，費隆站起身子，用手按住胸口，像在吟詩似地道出姓名：

「讓我來重新自我介紹。我是費隆．吉姆葛魯。我是吉姆葛魯家第十三代當家，同時也是吉姆葛魯雜貨店的老闆。」

然後，費隆示意與羅倫斯握手。

握住費隆的手後，羅倫斯發現費隆的掌心意外地柔軟。

「呵呵。吉姆葛魯家族的人最後一次參加戰爭，已經是好幾百年前的事情了。不過，有些善解人意的客人會帶點敬意地稱呼我為前傭兵。我的祖先南征北伐，後來對這個城鎮的建設貢獻甚大。因為祖先的功勞，身為子孫的我們，才能像現在這樣光明正大地從事有些麻煩的生意。」

「原來如此。」

羅倫斯先回答了一句，再輕輕咳了一聲後，切入主題說：

「其實我們是想來請教關於北方的情勢。」

「情勢。」

費隆只重覆說出這個語詞，又再次看向杯中物。

彷彿杯子裡藏有真理一樣。

「特地搬出弗蘭小姐的名字，怎麼會是為了打聽這種事情呢？看你的樣子也不像是不懂價值的人。」

羅倫斯輕輕聳了聳肩，笑著回答：

「您看我這兩位旅伴的打扮應該也知道，我的旅行跟別人有些不同。」

聽到羅倫斯的回答後，費隆總算把視線移向了赫蘿與寇爾。

羅倫斯曾聽過一種傭兵的伎倆——有些傭兵會刻意帶著美女隨從來吸引商人的目光，然後藉此找碴以要求商人便宜賣出商品。

或許費隆下意識地在防備這類的手法。

「的確。不過，情勢也分成好幾種。你想知道人的動向？物資動向？還是貨幣動向？」

「我想知道人的動向，還有這些人的目的地。」

費隆甚至不會發出「嗯」或「喔」的聲音附和。

費隆直直盯著羅倫斯的眼睛動也不動，等到他總算挪開視線的那一刻，羅倫斯忍不住做了一次深呼吸。

「目的地啊……喔，原來如此。如果是我會錯意，我先說一聲抱歉。」

費隆起了個頭，從桌上探出身子說：

「你是想知道哪裡會遭到襲擊吧？」

「是的。」

「這樣啊，原來如此。如果是要知道這種情勢，那就需要弗蘭小姐的名字了。」

傭兵們只為錢做事。

所以，只要掌握到現金動向，就會知道黑幕裡有什麼企圖。

看見費隆的表情變得僵硬，羅倫斯屏息等待著。正因為明白這是很重要的情報，羅倫斯才會耐心等待。

「不過……」

費隆直直注視著桌面，先看了看羅倫斯，再看了看寇爾與赫蘿。費隆臉上浮現像是愕然，也像是感到佩服的表情。

「……怎麼了嗎？」

聽到羅倫斯難掩緊張情緒地問道，費隆宛如置身重要的談判，準備使出最後王牌似地，壓低下巴板著臉孔。

「竟然有辦法應付兩個人，人真是不可貌相呢。」
「啊？」
羅倫斯反問時，赫蘿在旁邊獨自噗哧笑了出來。
這時，費隆發出「唉喲」一聲，面帶笑容地補上一句：
「我說錯了啊？」
「咱沒有那麼能幹。」
聽到赫蘿若無其事地說道，費隆保持面向赫蘿的姿勢，顯得刻意地只轉動視線看向羅倫斯。
費隆每天都在應付像野狗群一樣的傭兵，想必已瞬間理解了羅倫斯三人當中，誰才是地位最高的人。
「這樣啊。不過，優秀的領導者，好像都是這個樣子哦？」
「應該是因為老是要照顧周遭的人，所以忙不過來唄？」
看見赫蘿一邊露出牙齒笑笑，一邊說道，費隆似乎真的吃了一驚，拍了一下額頭。
「哈！哈！哈！真是太教人驚訝了。要是以為來了怪客而掉以輕心，很可能就會栽進對方的陷阱呢。」
聽見費隆夾雜著咳嗽聲說道，赫蘿貌似開心地笑著。
雖不知道兩人在交談什麼，但羅倫斯看見費隆笑過一陣後，臉上浮現非常平穩的表情。

「好吧。我願意幫你們忙。」

「謝謝您。」

就只有道謝這個動作，是羅倫斯反射性地搶在赫蘿前頭。

費隆看似愉快地笑笑，然後點了點頭。

「千萬別說是從我這邊聽來的——像這種無聊的開場白，我就不多說了。那麼，你們想知道哪裡的情勢？那些傭兵是由好幾位領主一起出錢聘請。提供資金給這些領主的是——」

「德堡商行。」

費隆張著嘴停下動作，聽到羅倫斯的話語後，發出「嗯」的一聲點了點頭。

「沒錯。不過，這次的規模之大，似乎不是德堡商行獨資就能夠搞定，所以才會徵求領主們的協助。然後，受聘的傭兵當中，多數都是透過我們商行調度物資，而且像我們這種生意的橫向聯繫非常緊密。其他城鎮和我們類似的商行也會提供情報過來。什麼地方有……說得白一點，我幾乎能夠確定北方地區哪些地方安全，哪些地方危險。」

不知不覺中，赫蘿收起了從容的表情。

這回換成是羅倫斯應該冷靜下來的時候。

「我們是想請教一個古老之地，名為約伊茲的地方。」

「約伊茲。」

重覆相同字眼的動作，或許是費隆的記憶方法之一。
羅倫斯發現費隆的雙眼似乎瞟向空中，不久便聽見費隆開口：
「抱歉，我不知道在哪裡。如果是在古老傳說裡，就聽說過這地名。」
「您是說獵月熊的傳說？」
「沒錯，就是獵月熊。有很多部隊會把獵月熊視為戰神，作為旗幟。約伊茲好像是被這傳說中的怪獸所毀滅的城鎮，還是什麼村落的名字。我已經忘記是在哪裡聽到這地名了……有很多傭兵是北方出生的人，或許我是從他們口中聽到的也說不定。很抱歉不能幫上忙。」
費隆一副真的很過意不去的模樣說道。
不過，羅倫斯立刻這麼說：
「其實我們拜託了弗蘭小姐，請她幫忙畫出包含約伊茲的北方地圖。等地圖寄來後，應該就會知道現在的約伊茲位於哪一帶。」
費隆聽了，立刻做出回應：
「你們竟然能夠得到弗蘭小姐如此深的信賴。」
這點似乎才是讓費隆感到驚訝之處。
雖然羅倫斯露出淡淡苦笑點了點頭，但費隆還是注視著羅倫斯的臉好一會兒。
「這樣啊……那地圖連我都想要呢。嗯，你們有沒有其他更多事情想問？」

費隆這句話還夾帶了開玩笑的意味。

羅倫斯笑笑後，斜眼看向寇爾這麼說：

「那麼，彼努村的情況如何呢？」

聽到這個問題後，寇爾表現得最訝異。

雖然寇爾很在意赫蘿故鄉的事情，但更在意自己的故鄉。儘管如此，寇爾還是將這份心情藏在心底，而羅倫斯早就了然於胸。

為何寇爾不說出實話呢？因為無論購買任何東西，都必須照價格付錢，情報也有價值，而寇爾沒有能夠支付的金錢。

對於羅倫斯的話語，寇爾露出打從心底感到驚訝的表情，但費隆先後看了看寇爾與羅倫斯後，露出極度開心的表情。

「如果是要問彼努村，我就能夠立刻回答。彼努村是在好幾年前被東方教區派兵攻打的村落附近，對吧？那一帶有很多技術高超的獵人，也有居民以弓箭手身分加入各地的部隊。想要在環境嚴酷的北方大地展開大規模戰爭，必須找到值得託付的據點。彼努村應該是這次戰爭最穩固的據點之一才對。世上沒有人會破壞自己的住處，而且傭兵們也比其他人更尊重同伴的故鄉。彼努村暫時都會很安全吧。」

費隆不是對著羅倫斯，而是對著寇爾說道。

費隆用了簡單易懂的用字遣詞，而且說話速度緩慢。
要不是椅子上有椅背，說不定寇爾會因為感到安心，就這麼往後倒去。
「哈哈哈！不過，這些情報的價值，恐怕還不足以抵掉她的這份人情。」
「哪裡，非常謝謝您。」
羅倫斯道謝後，寇爾也慌張地想要道謝，但最後說不出話來，只是一直嗆咳不停。
赫蘿不厭其煩地從椅子上站起來，然後在寇爾身旁重新坐了下來。
在這種時刻，沒有什麼存在比赫蘿的笑臉更能夠安撫人心。
「那麼，關於什麼約伊茲的情報，就等地圖寄來再說，是吧？」
「是，應該會是如此。」
「我知道了。對了，你們找到地方住了嗎？今年因為降雪量不多，所以很多旅人前來。現在不管哪家旅館都大爆滿，你們應該找不到房間住吧？」
「這您不用擔心。怪獸與魚尾巴亭已經幫我們介紹了尤納斯旅館。」
「喔。嗯嗯。你們真不是普通人物呢。」
費隆表現做作地摸了摸下巴說道。
雖然羅倫斯不知道旅館已經客滿，但旅館老闆安排了免費升等的房間是不爭的事實。晚一點要找時間去再次好好道謝——羅倫斯這麼心想時，費隆露出不懷好意的笑容這麼說：

「能夠被怪獸與魚尾巴亭的招牌女孩看上眼，可不是一件很容易的事情。」

羅倫斯正在納悶費隆為何這麼說時，費隆一副自得其樂的樣子說道：

「尤納斯旅館老闆的老婆已經不在世上。他現在非常迷戀怪獸與魚尾巴亭的招牌女孩。聽說只要招牌女孩拜託他，就算已經住了人，他也會把客人趕出去。」

羅倫斯心想「原來如此」，並露出笑容回應。

怪獸與魚尾巴亭的招牌女孩似乎比赫蘿更像魔女。

「那這樣，我就沒能夠幫上忙了。不過，老實說，即使你們拜託我找旅館，我也不確定能不能安排到房間就是了。」

「不過，或許我會留下您曾經幫過忙的印象也說不定。」

祖先曾經是傭兵的雜貨商展露笑容時，表情會變得意外地溫柔。

「這正是我的企圖。我也好想拿到那張地圖啊，該怎麼辦才好呢……」

費隆在書桌上托腮這麼說。

如果是真心想要得到地圖，就不會採取這樣的態度。

真是一位優秀的商人——羅倫斯直率地這麼想。

「不管怎樣，等地圖寄來後，你們就再來一趟吧。」

「會的。還有，我會想辦法找到其他能夠拜託您幫忙的事情。」

「一定要找到啊。」

羅倫斯從椅子上站起來，並再次與費隆握手。不僅與羅倫斯，費隆也與赫蘿和寇爾握了手。

「那麼，告辭了。」

羅倫斯這麼說並準備離開，幾乎在那同時傳來了敲門聲。

「唉，看來今天還是一樣忙啊。」

「我認為這是好事。」

「的確是。門沒鎖！」

費隆一邊向羅倫斯三人揮揮手，一邊大聲回應。

為了讓客人先進來，羅倫斯先避開到門旁才打開門。

這時，對方似乎也正準備開門，隨著「哇啊！」的一聲叫聲傳來，圓滾滾的龐大身軀滾進了店內。

無論是打開門的羅倫斯，還是在桌上倒著酒的費隆，都驚訝地瞪大眼睛。

一頭栽進來的，是一名背著堆積如山的貨物、身材肥胖的男子。

「……喔，我還以為是誰呢，原來是魯．羅瓦老闆啊。」

費隆看著被壓在行李底下、像個滑稽小丑一樣不停扭來扭去的男子說道。

不過，費隆似乎完全沒有想要扶起對方的意思。因為距離比較近，所以羅倫斯三人只好出手拉起男子。男子身上散發出濃濃的塵埃味，看來應該是剛剛抵達城鎮。

「痛死我了。唉呀，真是不好意思。」

「哪裡，您沒事吧？」

聽到羅倫斯這麼搭腔詢問，名為魯・羅瓦的男子難為情地頻頻點頭，依舊背著與其體格相當的龐大行李，動作巧妙地站了起來。

男子的身材之所以顯得肥胖，似乎純粹是因為體格太壯碩。

「雖然，你千里迢迢而來，但來的時機不對。」

「咦？」

「你應該是耳聞要發生戰爭的傳言，所以運了滿山聖經過來，對吧？很遺憾地，引路的那些傢伙早就收拾好行李到北方去了。」

聽到這般無情話語後，因為沾上塵土而半張臉泛黑的魯・羅瓦，當場發愣地攤在地上。

費隆話中提到了聖經，這表示魯・羅瓦應該是書商。

不管魯・羅瓦是什麼商人，羅倫斯自身行商時，時而也會遭遇這般噩夢。

羅倫斯不禁感到同情時，魯・羅瓦舉高雙手毫無忌憚地大叫：

「可惡的神明！到底知不知道我吃了多少苦，才好不容易運送過來！」

費隆咧嘴露出牙齒大笑，魯・羅瓦則表現得像個鬧彆扭的小孩一樣不停揮動雙手。

羅倫斯能夠體會魯・羅瓦的心情，而且很不可思議地，魯・羅瓦的鬧彆扭表現顯得十分有大將之風。

滑稽的表現很容易抓住人們的心。或許魯・羅瓦是以耍寶為賣點的商人。

羅倫斯也露出笑容時，察覺到費隆的視線忽然移向入口處。

下一秒鐘，氣勢十足的聲音響起：

「侮辱神明之前，要先反省自己的貪婪。」

然後，一名身形嬌小的人物走進店內。

如果要問什麼人最不適合出現在這樣的場所，應該就是這名人物了。隨著說話聲響起一起出現在店內的，是一名身穿修道服的聖職者。

然而，羅倫斯並非因為看見聖職者出現，才驚訝地瞪大眼睛。

對方走進店內後，也立刻發現了羅倫斯三人站在門旁。

身為一個聖職者，不應該為了一些小事而驚慌失措，所以對方也立刻讓心情鎮靜下來。然後，對方保持依舊犀利的眼神這麼說：

「真巧啊。」

對於這般發言，羅倫斯也深有同感。

「是啊。」

面對這個他不善應付的女孩，羅倫斯夾雜著咳嗽聲說出女孩的名字：
「好久不見，艾莉莎小姐。」
緊緊綁起馬尾的髮型，配上不露情感的蜂蜜色眼珠——艾莉莎給人的感覺依舊沒變。或許是因為不習慣旅行，她的臉頰略顯凹陷。外套底下想必原本染成亮麗黑色的修道服，如今也因為塵埃而泛白。
即便如此，艾莉莎的聲音依舊強而有力，聽來甚至有些刺耳，完全感覺不出疲憊。
「太巧了，兩位認識嗎？」
看見羅倫斯與艾莉莎互打招呼，魯．羅瓦一副彷彿在觀賞舞台劇似的模樣，一邊忙碌地左右轉頭，一邊問道。
「他以前曾經幫助我們村落脫離困境。」
「哇喔！」
魯．羅瓦緊緊縮起嘴巴，圓滾滾的臉頰凹陷下去，表現出十分驚訝的樣子。
「那麼，您也是特列歐村的村民？」
魯．羅瓦抬頭仰望羅倫斯問道。事實上，魯．羅瓦的身高確實比羅倫斯矮了一些，加上背著大大的行李，即使已經站了起來，身體還是向前傾。

「不是，我只是在旅途中恰巧經過特列歐村，所以幫了一點小忙。」

「喔，原來是這樣啊。那真是太教人驚訝了……」

表現滑稽的魯．羅瓦，每一個動作都顯得誇張且做作。

不過，這種類型的商人，有時候會讓人掌握不到真意為何。這類商人很多都是因為自知藏不住黑心腸，才會刻意裝糊塗。

當然了，羅倫斯還不知道魯．羅瓦是不是這種人，但也不能夠因此就掉以輕心。

羅倫斯一言不發地掛著微笑時，費隆插嘴說：

「我們這裡是雜貨店，不是酒吧。拜託你們去別的地方慶祝重逢吧。」

聽到費隆帶刺的冷漠話語後，魯．羅瓦看著費隆輕輕拍打一下自己的額頭說：

「這真是失禮了。」

艾莉莎本來不是會大聲嚷嚷的類型，所以沒有再與羅倫斯三人多說些什麼。

不過，看見身旁的赫蘿沒有露出「這傢伙真沒禮貌」的表情，羅倫斯心想赫蘿應該是察覺到艾莉莎已經累到沒有多餘的力氣說話了。

「而且，你的同伴相當疲累的樣子。你應該先找間旅館，之後再找時間過來比較好吧。」

可能是因為費隆的交易對象也是以旅行度日的人，所以也看出了艾莉莎的疲累。

艾莉莎沒有否定也沒有肯定，只是靜靜地站著，但魯．羅瓦還是誇張地點了點頭這麼說：

「您說的一點也沒錯。我正是為了這事兒，所以連旅行裝備都沒卸，就直接來您店裡啦。」

在這瞬間，費隆閃過一絲憂心的神色，而羅倫斯當然也觀察到了。

旅人沒卸下裝備就來到店裡，如果不是因為與該商家老闆非常熟識，就是十分緊急的時候。

然後，此刻的狀況想必屬於後者，而魯．羅瓦也說出預料中的話語：

「可以麻煩您幫我們安排房間嗎？」

費隆這次不加掩飾地表現出厭惡之情，然後用鼻子吸入又細又長的氣。

費隆頓了頓，似乎是為了利用這段時間思考怎麼回答。

「時機不對。」

恰到好處地停了一小段時間後，費隆發出嘆息聲的同時，也投出如此無情的話語。

「不、別這樣啦，費隆先生。您別這麼冷淡嘛。不需要安排上等房間也沒關係。我去了很多家旅館，但到處被拒。我就是跟隨地擺放的貨物躺在一塊也無所謂，但這位……」

魯．羅瓦說到一半先停頓下來，然後用力抓住一直靜觀其變的艾莉莎雙肩，像是家畜商試圖展示自己飼養的優良雞隻，把艾莉莎推向前。

「我不能讓這位姑娘受到這樣的待遇。」

雖然艾莉莎本人一臉困惑，但費隆臉上的困惑更甚。

這想必是魯．羅瓦經常使用的老手法。

魯．羅瓦表現得如此露骨，讓對方想要拒絕都難。

不僅如此，因為魯．羅瓦並非提出當真強人所難的請求，所以魯．羅瓦自身的評價也不會因此降低。畢竟就算艾莉莎再怎麼頑固地掩飾，明眼人一看也知道艾莉莎已相當疲累，無庸置疑地，應該讓她好好躺在床上充分休息。

再加上，艾莉莎身上散發出純粹的氣質，讓人知道她不像赫蘿那樣，只是圖方便而打扮成聖職者。魯．羅瓦很清楚人們對於各種職業的觀感為何。

如果赫蘿化身為難以應付的中年男子，有可能就會像魯．羅瓦這樣。

「話雖這麼說，但很遺憾地，我們店不只倉庫，連房間裡都塞滿了東西。店裡的小伙子們也都被迫睡在物品和物品之間。而且，那些小伙子都正值如果沒有讓他們勞動個夠，不知道會把多餘體力用到哪裡去的年紀。」

被魯．羅瓦推向前之後，艾莉莎便站著不動，此時費隆半瞇著眼睛把視線移向她。

「萬一在半夜裡，發生害得神之子受傷的事件，我可承擔不起。」

聽到費隆不做作也不炫耀的話語後，艾莉莎再怎麼鎮靜，也不禁有些僵住身子。

魯．羅瓦抓著艾莉莎的肩膀，所以當然也察覺到艾莉莎的反應，他一副彷彿費隆就是那飢腸轆轆的野獸似的模樣，擋在艾莉莎前面說：

「我會怎樣都無所謂。但請務必幫助這位姑娘……」
「我就是為了這位姑娘著想，才這麼說啊。」
「神啊，請原諒此人的無情！」
魯・羅瓦戲劇性地喊道，但他本人不久前才大剌剌地侮辱神明，所以一點說服力都沒有。
費隆一臉疲憊地嘆了口氣，寇爾也為這位成年人的幼稚行徑感到驚訝。只有赫蘿一人顯得很開心。
現場瀰漫著「接下來該怎麼處理好呢？」的氣氛，等到這般氣氛暫時穩定下來後，羅倫斯不得已，只好插嘴說道：
「如果不嫌棄的話，歡迎來住我們投宿的房間。」
「什……」
赫蘿說到一半停頓下來。赫蘿大概是覺得說出來會突顯自己心胸狹窄，才會急忙閉上嘴巴。然而，她的眼神明顯在責怪羅倫斯。
相對地，費隆因為有人拔刀相助，明顯鬆了口氣，寇爾則慶幸有難者得到幫助而展露笑容。
至於魯・羅瓦，他的表情彷彿在說「救世主降臨了海枯地裂的地獄」。
「喔！太了不起了！這位先生真是仁慈。神明的祝福一定會降臨在您身上……」
魯・羅瓦說到一半說不出話來，而羅倫斯也不確定在那之後，魯・羅瓦接著說了些什麼。不過，羅倫斯能夠確定都是一些聽不聽也無所謂的廢話。

對於感激得握住羅倫斯的手，用力搖個不停的魯．羅瓦，艾莉莎阻止了他。與魯．羅瓦相比，艾莉莎口中說出的話語非常簡潔扼要。

「我沒辦法回禮喔。」

說罷，艾莉莎直直仰望著羅倫斯，那表情甚至讓人覺得帶有敵意。

不過，羅倫斯在艾莉莎居住的特列歐村，親眼目睹了其窘境。

雖然在借助了赫蘿的力量後，好不容易幫助特列歐村脫離了窘境，但特列歐村肯定依舊處於不能大意的狀況。

說到艾莉莎身無分文的程度，想必就是把她整個人倒過來甩一甩，肯定也不會掉出半毛錢。

羅倫斯決定向艾莉莎的清廉表示敬意。

「聽說在世上做善事，等於在天國裡存入財產，對吧？」

聽到羅倫斯的話語後，艾莉莎雖然顯得有些困惑，但還是回答：

「畢竟扛著錢袋沒辦法穿過通往天國的門。」

「如果是這樣，我希望用能夠穿過那扇窄門形狀的袋子裝錢，然後帶進天國。」

艾莉莎瞬間露出彷彿吞下苦水似的表情。

身無分文的艾莉莎到對方的旅館借住，除了借住之外，還會帶來更多困擾。好比說，用餐的時候。看見艾莉莎沒東西吃，羅倫斯三人還不至於神經大條到能夠在旁邊大快朵頤。

艾莉莎非常了解這樣的事實，正因為對自己伸出援手的對象是羅倫斯等人，才會倍感痛心。

不過，多虧平常受到身旁旅伴的訓練，羅倫斯面對不擅於接受他人好意的笨拙對象，顯得挺習慣的。

「當然了，我還是希望哪天妳能還我人情。」

處理這方面的事情時，就算顯得庸俗，也應該以玩笑話帶過比較好。

聰明的艾莉莎當然也察覺到商人的貼心表現，雖然不明顯，但艾莉莎總算露出了淡淡笑容。

「要給你們添麻煩了。」

說著，艾莉莎以符合虔誠信徒的表現做出合掌的姿勢，然後低下頭禱告。

下一秒鐘，傳來一聲清脆拍手聲。

發出聲音正是魯．羅瓦。魯．羅瓦像在婚禮上出席的媒人一樣，一臉開心地說：

「太好了、太好了，這樣我就可以放下心中的大石頭了。真是太好了。」

「那麼，我也來做一下善事好了。如果只有魯．羅瓦老闆一人，我可以讓你睡在這裡。」

說罷，費隆指向自己的書桌。

當然了，費隆並非要魯．羅瓦睡在書桌上的意思。

「不過，半夜裡可能會出現爛醉如泥的客人。所以，如果你也願意應付這些客人的話──」

「那當然沒問題！這真是神明的指引！神明的祝福一定會降臨在費隆先生——」

費隆像在趕狗似地揮了揮手，並露出感到厭煩的表情。不過，相信這樣的魯．羅瓦應該不會太惹人討厭，而是和費隆打好關係。

在那之後，魯．羅瓦表示艾莉莎的行李綁在外頭的騾子上，所以與艾莉莎兩人到了屋外去。

羅倫斯三人與費隆打聲招呼後，也準備離開店內時，赫蘿仍是擺著一張臭臉。

「妳不喜歡啊？」

「沒什麼不喜歡。」

明明知道她的答案，羅倫斯還是這麼問，於是赫蘿不悅地回答：

面對這個似曾相識的互動，羅倫斯忍不住笑了出來。

羅倫斯還記得那次是詢問赫蘿可不可以與牧羊女一起前往城鎮。

那時羅倫斯會錯了意，以為赫蘿喜歡單獨兩人的旅行，所以不願意與牧羊女同行。

最後羅倫斯還被赫蘿識破了自己的愚蠢想法，而遭到捉弄。

那麼，這次會是怎樣的狀況呢？

走下石階的幾步路之間，羅倫斯一直望著赫蘿的不悅側臉，然後這麼說：

「那這樣，應該就沒有什麼問題了吧？」

赫蘿在走下最後一階石階後，停下了腳步。

跟在赫蘿後頭的寇爾來不及停下腳步，而撞上赫蘿的背部。

儘管被寇爾推向前一步，赫蘿還是沒有從羅倫斯身上移開視線。

「對不……起？」

然後，赫蘿一邊直直注視著羅倫斯，一邊牽起慌張道歉的寇爾，並且緊緊握住寇爾的手刻意表現給羅倫斯看。

「如汝所說，什麼問題都沒有。」

赫蘿對著羅倫斯吐舌頭，隨即拉起寇爾走了出去。

發現赫蘿兩人手牽手走了出去後，魯．羅瓦把視線移向羅倫斯。

「他們說要先回去旅館收拾一下。」

魯．羅瓦沒理由懷疑羅倫斯的說法。

他點了點頭，一臉佩服地說：「您教得真好。」

艾莉莎原本忙著解開綁在騾子上的行李，聽到魯．羅瓦的話語後，她那蜂蜜色的眼珠看向了羅倫斯。

「是這樣嗎？」

羅倫斯不禁感到驚訝。因為他沒想到竟然會從艾莉莎口中聽到玩笑話。

如同寇爾遇到弗蘭後，老是陷入沉思一樣，或許艾莉莎在那之後也有了一些改變。也可能以前在磨粉的少年——艾凡面前，艾莉莎就經常露出這種表情。

羅倫斯這麼胡亂猜測時，艾莉莎一句「我準備好了」打斷了其思緒。

看見艾莉莎兩人從騾子上解下大量行李，羅倫斯本來還有些擔心靠他一人可能沒辦法幫忙搬完，後來才發現艾莉莎只背著一只小小破袋。

看來，艾莉莎的袋子似乎綁在行李的最下層。

從袋子大小來看，裡頭八成是裝了絕對不容遺失也不容弄濕、記載各種權狀的羊皮紙，以及各地有力人士寄來的信件。

雖然赫蘿的外表看起來也像是修女，但和道地的修女果然不同。

「那麼，要出發了嗎？」

「麻煩你了。」

說著，艾莉莎依舊帶著銳利的眼神。

第二幕

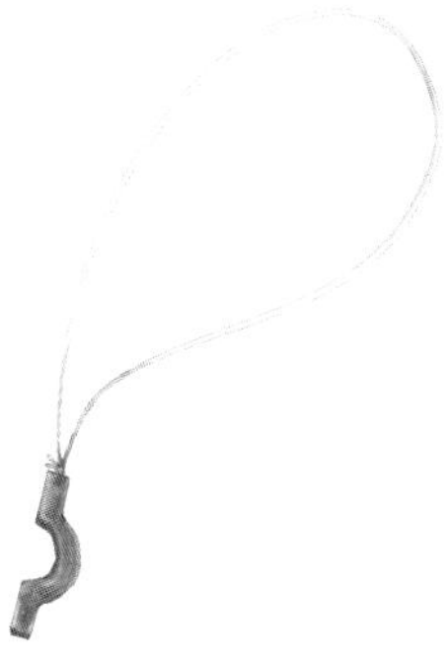

寇爾穿著很寒酸的衣服。

寇爾上半身套著滿是補丁、衣角已經磨損得破破爛爛的外套，下半身穿著褲長不足、完全露出腳踝的長褲，腳上穿著比小氣商人切的肉片還要薄的草鞋。

寇爾的身材瘦小，而且看起來弱不禁風。

然而，由貧窮造成的寒酸，與遵循教義而造就的清貧截然不同。

艾莉莎同樣是旅途疲累，而且雙頰略微凹陷，身上穿的衣服也不是那麼高級。這般模樣的艾莉莎只是坐著而已，便散發出滿滿的魄力，想必這就是她磨練出來的聖潔之光吧。

艾莉莎原本堅持要坐在地板上，但後來好不容易說服她坐在椅子上，並請旅館準備了養生飲料——在薑湯中加入熱羊奶，再加入蜂蜜——取代酒。

接過飲料時，艾莉莎雖然不發一語，但絕非忘了心懷感激。

艾莉莎的態度不會顯得盛氣凌人，同時不會損及她的堅毅。

看見艾莉莎喝了一口飲料，稍微喘了口氣後，羅倫斯也跟著安心地嘆了口氣。

「你問我離開村落的原因嗎？」

任何人都可能被食物籠絡，惟獨艾莉莎不可能，但她的口吻明顯聽得出來緩和了一些。

「是的。老實說，我猜不出原因。」

為了陪艾莉莎喝東西，羅倫斯拿著倒入少量酒的木杯，補上一句：「也就是說，完全是出自於好奇心。」

「為了找人。」

然後，艾莉莎給了完全出乎意料的答案。

「找人……嗎？」

「不過，不是找特定的人物就是了。」

艾莉莎把杯子湊近嘴邊，靜靜地喝下飲料後，閉上眼睛嘆了一口長長的氣。

因為看慣了赫蘿與寇爾的活潑用餐光景，艾莉莎的高雅表現讓羅倫斯覺得有如貴婦般尊貴。

「我是來尋找願意在教會擔任聖職的人。」

「可是……」

羅倫斯開口說話的同時，艾莉莎張開眼睛，並露出淡淡笑容。

「多虧了你們的幫助，讓特列歐村燃起了信仰之光。不僅如此，你們還以了不起的力量幫我們粉碎了恩貝爾鎮的陰謀。現在甚至有人會特地從恩貝爾來到我們村子買餅乾。」

只有在說到「了不起的力量」時，艾莉莎瞄了赫蘿一眼。

赫蘿露出事不關己的表情一邊咬著肉乾，一邊眺望窗外，但似乎也知道艾莉莎的眼神帶著感謝之意。

雖然赫蘿依舊表現得冷漠，但狼耳朵像在回應似地不停微微顫動。

因為艾莉莎知道赫蘿的真實模樣，所以赫蘿沒必要戴著會壓住耳朵的兜帽。

「恩貝爾的居民們不知道村裡的詳細狀況，所以當他們發現教會裡只有我一人的時候，還是會很訝異。當然了，主教大人不會多表示意見，只是誰也不敢保證他什麼時候會再次發難。」

教會是個徹底的男性社會。雖然也有聲名遠播的修道院是由女性擔任院長的例子，但這種例子只限於修道院，而不會發生在教會。

艾莉莎像是要吞下這般不合理事實似地啜飲飲料，卻不小心嗆到，大概是喝到了生薑塊吧。

「咳……抱歉。所以，我前來尋找能夠在村子善盡神聖職務的人物。畢竟這種事情不能待在教會只靠寄信找人。」

「必須找到一個妳看得上眼的人選，是嗎？」

聽到羅倫斯以有些壞心眼的口吻說道，艾莉莎輕輕笑了一聲。

羅倫斯不禁心想，艾莉莎會表現得高傲，或許是因為樂在其中也說不定。

「當然。我的父親弗蘭茲祭司把那所教會託付給我了，所以我必須找到一位符合父親要求的人選。」

艾莉莎的養父弗蘭茲祭司，過去在特列歐村收集有關異教之神的書籍，也因此經常被懷疑是異端。儘管如此，弗蘭茲祭司還是屢屢從指責中輕鬆地脫身，不僅如此，弗蘭茲祭司還活用與各地有力人士的關係，在特列歐村創造了獨特的聖域，可說表現得相當傑出。

弗蘭茲祭司表現得如此傑出，對於必須成為其繼任者的人來說，或許是一種不幸。

不過，艾莉莎的語調帶有幾分玩笑意味。

想必艾莉莎確實理解自我理想與現實之間的差距，才會開玩笑。

「不過，雖然這是最主要的原因……」

說著，艾莉莎看向了赫蘿。

赫蘿困惑地回頭後，艾莉莎臉上浮現溫柔得令人意外的笑容。

「我痛切體會到自己有多麼天真。所以想藉由這個機會，看能不能夠多磨練一些社會經驗。」

「嗯哼。」

赫蘿用鼻子哼了一聲，彷彿在說「態度值得嘉獎」似地。

赫蘿自身也因為在麥田待了好幾百年，而沒有跟上時代的腳步。

因為比艾莉莎早了一步增廣見聞，所以赫蘿應該是以過來人自居吧。

羅倫斯無奈地笑笑，把視線拉回艾莉莎這麼說：

「不過，妳做了很難受的決定吧？」

只要四處行商，就會有機會看見住在偏僻之地的人們，如何看待外面的世界。

事實上，真的有人認為世界已經毀滅，只剩下自己居住的村落或城鎮。雖說艾莉莎深信自己有神明庇佑，但女子能夠下定決心隻身外出，並非一般人做得到的事情。

羅倫斯這麼詢問後，艾莉莎沉默地注視著羅倫斯。

在艾莉莎胸前，不是掛著羅倫斯拜訪特列歐村時所看見的項鍊，而是刻上教會標幟的手工雕刻品。

關於那是經誰之手，羅倫斯當然不會不識相地發問。

羅倫斯離開特列歐村時，艾莉莎身旁有一名雖有些不可靠，卻十分勇敢的少年磨粉匠陪伴。

「當然了，我已經好幾次都想打消念頭。不過，因為有了神明的指引──」

雖然好幾百年來赫蘿一直為了被當成神明看待而生氣，但聽到他人在面前稱呼其他存在為神明時，似乎還是會覺得不是滋味。

擁有漂亮三角形的一邊狼耳朵，略微傾斜地聽著艾莉莎說話。

「是因為那位書商嗎？」

聽到羅倫斯這麼說，艾莉莎緩緩地點了點頭。

「是的。」

「沒想到妳會認識那麼奇特的人。」

雖然羅倫斯因為不小心說出真心話而感到慌張，但艾莉莎卻開心地發出笑聲。

艾莉莎用手遮住嘴邊說一聲「抱歉」後，接著說一句：「你會這麼想也是理所當然。」

「雖然我以前只見過他一次，但我知道他與父親弗蘭茲祭司是舊識。而且，父親在信上列出緊要關頭時可依賴的名單當中，也有他的名字。既然他是父親所信任的對象，我也應該信任他——即使他看起來輕浮又貪心。」

面對魯·羅瓦那強悍商人作風的言行舉止，羅倫斯實在不認為艾莉莎會簡單地相信他。雖然艾莉莎決定信任魯·羅瓦的判斷似乎沒有錯，但從艾莉莎的口吻聽起來，也像在拐彎抹角地責怪自己太過輕率。

羅倫斯搔了搔頭時，艾莉莎緩緩吸入一大口氣，然後一副彷彿準備開始說教似的模樣編織起話語：

「如果要說我自身沒有一絲不安，那會是騙人的，但他是一位非常真摯的人。不過，他的確也非常貪心。就算說他的真摯是來自其貪心，也沒有什麼不妥。」

艾莉莎對魯·羅瓦觀察得非常入微。

然後，羅倫斯也總算明白這名書商是個什麼樣的人物。

「也就是說，這個書商覬覦著弗蘭茲祭司的藏書，是嗎？」

聽到羅倫斯一針見血的話語後，艾莉莎展露微笑說：

「畢竟村裡沒有像他那樣的人，所以剛開始真是讓人覺得錯愕不已。不過……看見有人如此忠實於自我欲望，讓我明白了這跟奉行神明教誨幾乎沒什麼區別。他用盡各種手段想要從我口中打聽出弗蘭茲祭司的藏書所在。不過，都是採用和平的手段。」

為了得知赫蘿故鄉的位置，羅倫斯與赫蘿也用盡各種手段想要看到那些藏書。順道一提，為了看到這些藏書，羅倫斯當時所採用的手段實在不值得誇獎。

羅倫斯利用了艾莉莎的虔誠，在教會聖堂裡賣弄話術，把艾莉莎逼得走投無路。

回想起當時的經過，羅倫斯不禁再次反省自己的行徑。

羅倫斯一看，發現艾莉莎已收起直到方才還一直露出的笑臉，直直注視著羅倫斯。

羅倫斯以符合膽小旅行商人的作風移開視線的同時，身為共犯的赫蘿也一副把艾莉莎的話語當作耳邊風的模樣。

「因為這樣的緣故，當我提出希望他帶我到這個城鎮來的要求時，他欣然接受了。雖然這趟旅行很辛苦……但如果旅程再拉長一些，說不定我已經說出藏書在哪裡了。」

如果是第一次旅行，想必會遭遇一連串未體驗過的事情。

就像剛孵出的雛鳥會把第一眼看見的對象當成父母親一樣，這時如果有個能夠依賴的人在身旁，任誰也會無條件地信任對方。

不過，就算不是如此，相信魯．羅瓦也是一個真正值得信任的人物。

一個真正技巧高超的商人，就是像魯．羅瓦這樣的商人。

「我知道每一位偉大聖人都會離開熟悉的故鄉，前往遠離人群的森林或沙漠隱居，後來我終於明白了是怎麼回事。到了外面的世界後，我才知道人們有多麼軟弱。」

聽到非常符合聖職者作風的感想後，羅倫斯一邊笑笑，一邊點了點頭。

只有比羅倫斯體驗更深、更能夠理解艾莉莎所言的寇爾，露出感觸良多的表情點了點頭。

「所以，我終於解開了你們離去後在我心中產生的疑問。」

不只有羅倫斯，艾莉莎的話語似乎也讓赫蘿感到興趣。

赫蘿忽然把視線從窗外移向艾莉莎。

「疑問？」

「是的。我一直在思考為什麼你們擁有那麼特別的力量，到現在還會坐在樸素的馬車上。」

羅倫斯也思考過這個問題好幾次。相信只要借助於赫蘿的力量，羅倫斯肯定轉眼間就能變成有錢到令人難以置信的富豪。因為實在有太多方法能夠達成這個目標了。

即便如此，羅倫斯還是沒有這麼做。一直以來，就算自己可能遇上性命危險，羅倫斯也會盡力思考能夠獨力處理的方法。羅倫斯的態度之執著，甚至讓赫蘿感到不耐煩。

羅倫斯一方面當然是想在赫蘿面前逞強。

然而，最根本的想法當然就是——

「我痛切知道自己是一個多麼軟弱的人。就算借了旅伴的力量，我的軟弱也不會因此消失。

所以，我堅持靠自己的力量，或者是……」

羅倫斯說到這裡時，看向了赫蘿，似乎是想藉此掩飾自己的難為情。

「看自己的力量有多大，就向旅伴借多少力量。俗話說，別使用小容器裝大東西，這是商人的鐵則。」

說罷，羅倫斯像是記取教訓似地補充了一句：「每次會吃到悶虧，大多是違反了這條鐵則的時候。」

赫蘿發出咯咯笑聲。

「人家說，我們的視野會因為看著世界而變得寬廣，原來是真的呢。」

說著，艾莉莎讓視線落在手邊杯中，然後靜靜地閉上眼睛。艾莉莎原本就像一把沒有套上劍鞘的銳利長劍，現在這把長劍變得更具份量了。

赫蘿曾經在這個城鎮哭著說「人不可能永遠像初相遇時一樣」。人確實會改變。

儘管如此，還是必須面對這般事實。而且，改變也不都是壞事。

嚴格說起來，羅倫斯與赫蘿一起努力面對的，是比較樂觀的道路。

赫蘿可能也在思考同樣一件事。她望著窗外時的耳朵形狀，與忍住難為情的反應一樣。

羅倫斯不禁心想，事後有可能被赫蘿臭罵一頓也說不定。

「我非常感謝神明讓我有機會再與你們相遇。」

聽到艾莉莎毫不矯飾的話語後，羅倫斯用力地點了點頭。

旅行會帶來很多相遇，也會有很多新發現。

可能會發現世界之廣大，也可能會發現自我之渺小，各式各樣的新發現都有。

有可能會因為看見讓人倒抽一口氣的絕景而觸動內心，當然也可能因為看見戰場的悲慘痕跡而心痛。

亦可能會因為聞到風格迥異的香味而震撼不已。

看見聲稱是魚尾巴料理，但怎麼看都像是肉類的料理時，艾莉莎所做出的反應也與這類衝擊相似。

「聖職者不得吃肉」這種文句極度理所當然，甚至就跟「不想死的人不得在水中呼吸」這類無意義的句子幾乎沒什麼不同。只是，沒想到會有如此光明正大地挑戰這般戒律的料理。

看見艾莉莎把這般心聲寫在臉上，坐在羅倫斯身旁的赫蘿顯得極度開心。

「這位客人，如果妳還不相信的話，要不要看歷代祭司大人的許可證呢？」

今天也同樣在店內一手包辦大小事的招牌女孩經過時，一邊用兩手端著給其他客人的啤酒，一邊這麼說。

一眼就能夠看出是真正聖職者的客人如果來到一般酒吧，每家酒吧都會瀰漫著有些尷尬的沉默氣氛。就只有怪獸與魚尾巴亭不同。在這裡沒有任何人在意艾莉莎的存在，大家鬧鬧熱熱地紓解著日常累積的疲勞。

「不……不用。這就是所謂世界之大，無奇不有。」

艾莉莎保持視線落在料理上的姿勢說道，並動作笨拙地刺入小刀。

然後，她像是打算吞下不夠理想的現實般，豪邁地大口咬下。

赫蘿露出了驚訝表情，但寇爾顯得更是驚訝，只有招牌女孩一人看似開心地笑著。

「唔……咕……嗯咕。」

用力咀嚼並好不容易吞下料理後，艾莉莎依舊緊閉著眼睛地在桌上尋找杯子。寇爾體貼地遞出杯子後，艾莉莎只道謝一下，便急著喝下稀釋果汁。

艾莉莎喝果汁的速度之快，感覺像是不小心吃了不乾淨的食物，而試圖沖去一切似的。

羅倫斯有些擔心起會不會開玩笑開過了頭，但下一秒鐘，艾莉莎放下喝光果汁的空杯子，一副痛苦猶存的模樣這麼說：

「好、好辣……」

艾莉莎明明沒有喝酒，卻雙頰泛紅。不僅雙頰，連眼角也泛紅，可見對於視禁慾生活為理所當然的艾莉莎來說，這道重口味到讓人忍不住多喝上幾杯酒的料理，似乎是一種劇藥。

「哈哈！因為這是下酒菜啊。妳要不要試試看這道料理？」

對於喝酒這件事，只要不至於到豪飲的地步，教會並不會管制太多。歷史上愛喝酒的有名主教或傳教者，更是數也數不清。而且，一喝起酒來，也會想吃下酒菜，所以這些主教或傳教者最後都會吃得肥肥胖胖。擁有聖天使博士的頭銜，並精通於古代知識的教會博士，甚至還因為肚子實在太大，而把桌子削成能塞進肚子的形狀。

「這是……」

「這是奶油炒貝肉。這些貝肉從順著河川南下的一個港口城鎮，連殼帶肉地運上來。不喜歡的話，聽說也可以生吃喔。」

除非是酷寒地區或異教之地，否則各地很少有生吃的習慣。雷諾斯的人們之所以有人會生吃食物，想必是因為與經常有大量船隻從遠洋駛來的凱爾貝關係深厚，而受到了影響。

當然了，聽到羅倫斯的玩笑話後，艾莉莎驚訝地瞪大了眼睛，反應就像與年齡相符的少女。

看見艾莉莎的反應後，赫蘿似乎很開心地打算向招牌女孩搭腔，但羅倫斯客氣地把赫蘿的頭轉回桌上。

「尾巴料理的口味如果太重了的話，可以用麵包沾一點點起來吃，口味應該會比較溫潤。這家店的料理烹調得很完美，只是很遺憾地，獨獨麵包有一些……」

羅倫斯正準備說下去時，一道新料理擺上了桌。

羅倫斯一看，發現招牌女孩面帶笑容地俯視著他。

「……獨獨麵包有一些貴。」

聽到羅倫斯改口說道，招牌女孩輕輕點了點頭，大步走回廚房。赫蘿一邊嘻嘻笑個不停，一邊舀起熱騰騰的燙豆子鋪在麵包上。

「來到外面的世界後，會發現連食物都非常多采多姿呢。」

桌上排列著肉類、蔬菜、貝肉料理，其中有的用燒烤、有的用清蒸、有的用汆燙。調味也從重口味到清淡口味，連麵包想必也與艾莉莎平常看見的麵包有些不同，而是把麵包切成薄片，以便於鋪上食物一起吃。

不僅是小規模的特列歐村，就是距離特列歐村不遠的恩貝爾鎮，交易行為也不是那麼盛行，所以不太了解食物的各種吃法。

羅倫斯就是利用他們缺乏食物知識這一點，解救了特列歐村。

「不過，只有剛開始會覺得有很多驚奇的事物。我剛離開出生長大的村落時，也是覺得每天的日子新鮮到令人頭暈目眩。但是，過了一個月後，就已經擺出能夠獨當一面的旅人面孔。」

當然了，羅倫斯自覺已能夠獨當一面而過著枯燥無味的日子時，遇到了赫蘿這個嚇死人不償命的存在，所以世事實在難料。

即便如此，羅倫斯還是貼心地這麼說，也發現艾莉莎抱著感謝之意打算露出微笑。這時——艾莉莎突然僵住了臉。因為她看見赫蘿張大了嘴咬著麵包。

「嗯、咕……嗯。」

赫蘿用大拇指擦起沾在嘴角上的豆子，塞進不停咀嚼的雙唇之間，還舔了一下手指，才急急忙忙把食物吞下肚，又準備咬起第二口。

赫蘿在吃飯、喝東西以及睡覺的時候，總是一點防備心都沒有。

「唔？」

赫蘿張大嘴巴時，總算察覺到了艾莉莎的目光。看得出來赫蘿稍微動搖了一下，但最後還是大口咬下麵包。

冒著冷汗的羅倫斯，不禁心想要不要找藉口幫赫蘿解釋，但最後還是抱著「船到橋頭自然直」的心態低下頭。艾莉莎也在那之後伸手拿起麵包，她撕下一小塊，本打算送到自己嘴邊，但似乎立刻想起羅倫斯方才說的話。她一邊用另一隻手按住袖子下襬，一邊戰戰兢兢地打算用麵包塊沾魚尾巴料理。

艾莉莎之所以停下了動作，並非因為想起方才在口中蔓延開來的辛辣感。

而是看見寇爾豪邁地撕下一大塊麵包，並同樣沾了魚尾巴料理後，毫不在意湯湯水水的醬汁送進嘴裡。

「唔……」

寇爾不同於旁若無人的赫蘿，有時候會注意別人的目光。

看見艾莉莎瞪大眼睛，一副看傻了眼的模樣，寇爾似乎以為自己做了錯事而有些困惑。

不過，寇爾塞了滿嘴麵包的嘴巴還是忙碌地咀嚼著。

赫蘿曾經評論過寇爾吃東西的方式，會讓人聯想到松鼠。赫蘿之所以會經常分食物給寇爾吃，說不定是抱著餵食松鼠的心態。

事實上，寇爾急急忙忙送食物進口中的模樣，雖然稱不上有氣質，卻非常可愛。

在羅倫斯發出笑聲之後——

「這樣太沒禮貌了。」

艾莉莎像是忍無可忍地說道。

這時，被責備的寇爾正準備咬下第二口。

寇爾停下動作並閉上嘴巴，戰戰兢兢地拿著麵包看向艾莉莎。

赫蘿露出不懷好意的笑容看著寇爾的反應，然後一副事不關己的模樣，準備把剩下的麵包丟進嘴裡。

「妳也一樣。」

赫蘿畢竟是赫蘿，反應當然不同。

雖然在丟進嘴裡的前一秒鐘停下了動作，但仍高高抬起下巴看著艾莉莎，然後就這麼把麵包丟進嘴裡。

艾莉莎嘆了口氣，然後把矛頭指向羅倫斯說：

「在我們村子裡，如果看見有人這樣吃東西，會責罵說『怎麼吃得像個小偷一樣』。」

這句話應該是指「用餐用得偷偷摸摸又慌張」的意思。

羅倫斯乖乖地點點頭後，赫蘿厚臉皮地這麼說：

「旅人都是這樣吃飯。」

聽到赫蘿的話語後，艾莉莎不禁有些退縮。想必艾莉莎應該有所自覺，她知道一旦離開村落，會遇到很多自己不知道、超乎常識的事情。

不過，不管是旅人還是各行各業的人，都應該懂得基本的禮節。

而且，赫蘿的話語狡猾地抓住了艾莉莎的無知和正直的個性。事實上根本沒有「因為是旅人，所以不顧禮節也沒關係」的道理。

看見艾莉莎顯得退縮，赫蘿露出壞心眼的笑容。羅倫斯輕輕頂了一下赫蘿的頭，並補上一句：「不好意思。」

「旅途上總容易吃得比較急促。」

「不、沒關係的。」

艾莉莎已恢復了冷靜，並挺直背脊、氣勢十足地說道，然後忽然像是察覺到什麼似地看向天花板。

羅倫斯隨著艾莉莎的視線看去時，艾莉莎本人已經拉回視線，並緩緩垂下眼簾。

然後，艾莉莎在輕咳一聲之後說：

「享用到一頓如此美好的餐食，我都不知道該怎麼感謝你才好。我衷心地希望能夠表示一些回饋，但如你所見，我是一個剛離開貧窮村落的旅人。我有一個提議，希望你考慮看看。」

艾莉莎張開眼睛後，表現出甚至有些開心的模樣。

「我可以針對用餐禮儀指點一二。」

寇爾忐忑不安地注視著坐在身旁的艾莉莎，也朝向坐在對面的羅倫斯投來相同眼神。

寇爾出生到現在，說不定甚至不曾被罵過「沒教養」。

當然了，如果為寇爾著想的話，儘管只是形式上，也應該學會一些基本的禮儀。畢竟以寇爾的表現來說，就算說得保留一些，也只能說與動物沒兩樣。

可能是從表情讀出羅倫斯的想法，艾莉莎直直注視著身旁的寇爾，溫柔地露出笑容說：

「別擔心。我們村子也有很多人老是記不住東西，但只要好好學習，一定學得起來。」

羅倫斯想起吃麵包時一直掉落麵包屑的艾凡，還被艾莉莎罵了一頓。赫蘿似乎也想起同一件事情而嘻嘻笑個不停，但艾莉莎嘆了口氣，並再次說道：

「妳也一樣。」

「什……汝把咱當成什麼人——」

「誰都一樣。而且，妳只要有那個心，一定能展現高雅的儀態吧。妳這樣是不對的。」

赫蘿的厲害之處就是，她能不玩忽輕率地扮成端莊嫻淑的女孩，但她卻又異常討厭這些世俗禮法。艾莉莎似乎看出了赫蘿這點，所以赫蘿一副感到無趣的模樣別開了臉。

「難得有如此美味的料理，如果配上正確的吃法，一定會變得更加美味。」

艾莉莎的笑容十分柔和，非常符合身穿修道服者應有的模樣。

雖然艾莉莎板起面孔以及認真說話時，有時候感覺就與弗蘭一個樣，這種時候的表現卻截然不同。

腥風血雨之中，弗蘭只靠著聖經以及對於同伴的惦念而存活下來。

就這點來說，儘管對方有些不可靠，但艾莉莎還有能夠牽手的對象。

即使是同一種花，如果在不同的土壤和氣候中生長，也可能開出不同顏色的花朵。

「啊……呃……」

寇爾支支吾吾地看著羅倫斯。

赫蘿這隻約伊茲森林出身的狼或許沒有學習意願，但寇爾可就不同了。更何況寇爾是以成為高位聖職者為目標而學習教會法學，禮儀想必會在這條路上扮演重要的角色。

看見羅倫斯點了點頭後，寇爾露出彷彿馬車已跑了出去，自己卻來不及搭上似的表情。來不及搭車時有人會不知所措地站在原地，有人願意徒步而行踏出步伐，從這點就能夠看出一個人的價值。

寇爾無疑屬於後者。

儘管帶點不安，寇爾還是用力壓低下巴點了點頭，那模樣顯得頗有氣勢。

「麻、麻煩妳了。」

「好的，沒問題。」

艾莉莎燦爛地笑道，赫蘿則是事不關己地大口大口喝酒。

艾莉莎所教導的內容其實非常基本。

慢條斯理地吃飯；不要一次把食物全塞進嘴裡；不掉落食物；不發出聲音；不把嘴湊近食物，而是把食物拿到嘴邊……等等。

不過，對寇爾來說，這些似乎都是第一次聽到的教導。

話說回來，寇爾的用餐習慣本來就是狼吞虎嚥地吃；在食物被搶之前先塞進嘴裡；塞進嘴裡的食物量也沒有多到有機會掉落；用餐時更不會有人聊天，讓人體貼地不想發出聲音破壞。不僅如此，寇爾已經太習慣於吃飯前不洗手或擦手。
寇爾表示自己是從認識羅倫斯兩人後，才有機會靜下來用餐。
寇爾一邊接受艾莉莎的指導，一邊用完了餐。當他從椅子上站起來時，一臉認真地詢問羅倫斯說：

「如果用餐速度這麼慢，熱騰騰的料理不是會冷掉嗎……」

看見寇爾不是因為小孩子的歪腦筋或心生叛逆，而是以很少有機會吃到溫熱食物的流浪學生身分這麼說，讓羅倫斯不禁心生憐憫。

羅倫斯扶著寇爾小小的背，輕聲說：

「然而，這樣不是有一起用餐的對象了嗎？就算料理多少冷了點，應該也不會感覺變得難吃才對。」

如果是在剛當上旅行商人的時候，羅倫斯絕對不會說出這樣的台詞，現在卻很自然地說了出來，讓羅倫斯自己也驚訝不已。這是羅倫斯的真心話。

畢竟事實就擺在眼前，與赫蘿展開兩人之旅的那一刻開始，對羅倫斯來說用餐不再是補充養分，而是愉快的娛樂時間。就算是又冷又難吃的餐食，只要有個對象能夠邊抱怨邊用餐，也是十分愉快的時間。

寇爾可能也想到了這一點。

他一副彷彿聽到至理名言似地，用力地點了點頭。

「總之，你就抱著多學無害的心態去面對就好了。反正是免費的。」

「是。」

見羅倫斯露出不懷好意的笑容，寇爾精神奕奕地答道，然後跑向已走出店外的艾莉莎身邊。

寇爾如此好學，或許是去向艾莉莎溫習剛剛學習到的內容也說不定。相對地，有個人表現出很不是滋味的樣子。羅倫斯忙著付錢時，赫蘿還一直拖拖拉拉地賴在桌上。

「妳明明可以自己教他的。」

店家找給羅倫斯的銅幣上刻著兔紋。或許是因為這種銅幣是付出一些勞力即可取得，去吃個便飯就會花掉的貨幣，才會刻意採用兔子圖樣也說不定。

羅倫斯一邊輕輕拋高銅幣，一邊在手上把玩時，赫蘿伸手搶走了銅幣。

「反正咱是動物。」

羅倫斯打算笑著說「妳又在鬧這種玩笑了」時，發現兜帽底下的表情意外地嚴肅。

「咱一直認為只要開心就好。」

如果赫蘿是那種會強迫別人接受各種觀念的人，在掌控麥子豐收好幾百年的村落就不會被忘記其存在，更不可能慘遭村民排斥。

只要能夠過得愉快、自由又輕鬆就好，而這也是最好的生活方式。

雖然赫蘿乍看之下像是個性好強、凡事都要由自己安排的人，但其實是個喜愛悠哉的人。羅倫斯忍不住想像起赫蘿躺在麥田某處，整天望著麥穗搖擺的模樣。

這般模樣非常符合赫蘿的作風，感覺也十分恬靜美好。

儘管如此，世上一切還是不可能都如此恬靜美好。

「畢竟寇爾正年輕，能夠學習讓他覺得很開心吧。」

羅倫斯自認巧妙地做了回答，但赫蘿似乎覺得羅倫斯這麼回答太狡猾。赫蘿嘟起嘴巴，輕輕撞了一下羅倫斯的肩膀。

兩人走出店門口後，在店外等候著的寇爾與艾莉莎也隨之走了出去。

寇爾與艾莉莎似乎談得十分起勁，就是站在後方，也好似能看見兩人的愉快表情。

「妳的表情好像玩具被人搶走了一樣。」

聽到羅倫斯壞心眼地說道，赫蘿像個小孩子一樣點了點頭。

看見赫蘿做出如此坦率的反應，羅倫斯苦笑著補上一句：

「現在是寇爾，妳就反應這麼大，如果是我被搶走，一定會更痛苦吧？」

羅倫斯幾乎是奮不顧身地說出這般玩笑話，相信憑赫蘿的實力，想要怎麼反擊都沒問題。

赫蘿總算抬起頭來，然後一副受不了羅倫斯的模樣輕笑說：

「咱是賢狼吶，大笨驢。」

要是赫蘿平常也是這樣的態度，不知道會可愛多少；羅倫斯這麼想著，牽起體溫比平常高了一些的赫蘿的手。

隔天，羅倫斯聽到關門聲而醒了過來。

在那之前雖然意識朦朧，但多少還有些知覺，所以挺起身子時發現屋內沒有半個人，也不覺驚訝。

倘若有些模糊的記憶無誤，赫蘿他們今天應該也是去了教會參加晨禮。

羅倫斯打了一個大呵欠後，忍不住瞬間認真考慮睡個回籠覺。這次的行程雖說比較輕鬆，但從凱爾貝到雷諾斯當然是一路露宿外頭。再加上，比起雪花不停飄落的溫菲爾王國，或是就算沒有下雪，感覺也快被埋入雪堆裡的山中小屋，這家旅館舒適得無從比起。

關於這點，艾莉莎似乎也有一樣的感受。因為臨時決定多住一人，所以只能請旅館用麥桿即時搭了一張床鋪，但在艾莉莎眼中看來，似乎已是無上的享受。

艾莉莎還夾雜著苦笑說「在我們村子裡，就是村長也不會睡這麼舒服的床」。艾莉莎躺上床的那一刻，比容易入睡的赫蘿更早呼呼大睡起來，從這點就能夠看出艾莉莎說的話有多麼真實。因為艾莉莎實在太快發出鼾聲，赫蘿甚至還緩緩挺起身子確認了一下。

儘管對自己與他人都非常嚴厲，但在艾莉莎身上，多少還是能夠發現如此具有人性的表現。以一個沒有對立利害關係的對象來看，艾莉莎可說是相當容易親近的人物。艾莉莎對待寇爾的方式，與赫蘿像寵愛小狗一樣的對待方式當然不同，也不像弗蘭那樣以讓人無法置之不理的危險氛圍來吸引人。

所以，赫蘿想必是為了守住自己的地盤，才會跟著去參加晨禮。雖然赫蘿口中說不在意寇爾黏著誰，但很容易就能夠想像出她表情僵硬的模樣。

赫蘿愈想表現得像賢狼，就顯得愈滑稽。

這麼一想後，羅倫斯不禁覺得赫蘿願意在他面前坦然以對，讓他感到高興，也覺得驕傲。要是被赫蘿識破這樣的心聲，羅倫斯肯定又會被捉弄到投降，但幸好房間裡只有羅倫斯一人。羅倫斯夾雜著呵欠聲笑笑後，扭動脖子發出喀喀聲響，並走下了床。

雖說在凱爾貝時，已向攸葛取得必要的所需物資，但還是必須另外準備好幾樣物品。羅倫斯必須到馬店看一下寄放在那裡的夥伴狀況，為了上路，也必須事前買齊一些食物和燃料。

如果店家總有源源不絕的商品可販售，就沒什麼好擔心；但萬一很不幸地早就有大批客人採買過的話，有時候得花上幾天請店家調貨。

想到旅館客滿的現象後，羅倫斯不禁覺很有可能這麼倒楣。一旦下定了決心，旅行商人採取行動的速度相當快，而這也是旅行商人的賣點之一。做好外出準備，並請旅館主人轉告外出目的後，羅倫斯來到了街上。

獨自來到早晨的城鎮街上採買，讓羅倫斯有種睽違已久的感覺。或許是受到晴朗的早晨空氣影響，羅倫斯感到輕鬆極了，內心也忍不住興奮起來。

不過，到了現在羅倫斯知道太陽升起後，一定會再落下。只有在不是真正孤單一人時，才會喜歡獨自行動的感覺。

街上人們湧出的白色氣息，在冬季朝陽的照射下閃閃發光，羅倫斯與其他人一樣意氣揚揚地走在街上。

抵達市場後，羅倫斯發現還沒走進市場，四周已擠滿了人潮。

在這裡，會看見騾子載著滿山不畏懼少量冰霜的葉菜類蔬菜，也有人運送著桶子，桶子裡發出讓人聞了頭昏的濃濃醋酸味。才看見馬車有護衛保護，貨台上還飄揚著染上某處貴族標幟的旗子，跟著會發現原來是堆了岩鹽的馬車經過。雖不確定是打算在這裡製鹽，還是就這樣運送到其他地方去，但眼尖的小伙子們儘管遭到護衛追趕，還是像蒼蠅一樣在馬車四周圍繞的模樣顯得十分有趣。想必小伙子們是在等待岩鹽掉出來的機會，然後打算迅速撿走岩鹽來賺取一些外快。的確，如果把必須如此戒備森嚴的岩鹽，偽裝成石像進行走私的話，肯定能夠賺到一大筆錢。

想起穿過雷諾斯，如今想必已在南方國家做起生意的伊弗，與其說羡慕，更讓羅倫斯有種難以置信的感覺而忍不住堆起笑容。

羅倫斯思考著這些事情，也用力吸進市場特有的混雜氣味，然後一間接著一間地走過店家。

看見市場裡商品種類如此豐富，羅倫斯心想應該不需要太費工夫，就能夠買齊東西。

鯉魚充滿活力地在桶子裡游水，不停地濺起水花。羅倫斯沾上濺起的水花，來到店內排列著乳酪的商店。乳酪的保存期限長，而且能夠帶來飽足感。再加上羅倫斯過去前往這個世界的盡頭——也就是被稱為靜海大地的地方時，學到了一種乳酪的吃法。

那就是把乳酪放在火上加熱，像煮湯一樣讓乳酪融化後，再把麵包——或任何食物——沾著乳酪，牽著乳酪絲咬下。

雖然聽說這原本是屬於南方國家的吃法，但在愈冷的地方吃，愈是美味。想像起赫蘿與寇爾急著吃東西而被燙到的模樣，羅倫斯臉上不禁堆起笑容。

老闆原本忙著把一大塊切割成正方形的石秤砣，放上巨大、造型粗獷的天平一端，當羅倫斯陷入想像之中時，抬頭的老闆似乎嚇了一跳。

羅倫斯搓了搓臉假裝取暖，等到笑容散去後，才搭腔說：

「我想買一大塊乳酪，請問要多少錢呢？」

雷諾斯應該也會聚集很多來自異國的旅人，店面卻沒有擺放任何標示價格的牌子。而且，羅倫斯這麼詢問後，長得不像乳酪商，反而更像牧羊人的纖瘦老闆，依舊露出感到訝異的表情。

「就像那塊乳酪那麼大。」

羅倫斯指向老闆正準備秤重的大塊乳酪塊說道。

小伙子紅著臉抱住乳酪塊，等候著老闆下令。

「喔……你是這兩天才抵達城鎮的啊。」

老闆就像聽力不好的老人一樣，隔了好久才這麼說。

然後，老闆向小伙子使眼色，要小伙子把乳酪塊放上天平。

雖然麵包店用來測量重量的天平不小，但這家店的天平桿子更加粗大。天平上的鏈條也去除了一切裝飾感，只強調實用性。乳酪塊被放上天平時，發出「喀鏘」一聲巨響。

「我昨天才進到城鎮來，而我打算往更北邊的地區前進。」

羅倫斯說出第二句話時，老闆忽然面向後方，然後看著拿在手上的鐵棒。鐵棒前端有一小塊板子，板子上刻了文字。羅倫斯踮腳窺探店內後，發現了插著鐵棒的鐵製容器。

鐵製容器裡不知道放了木炭還是其他什麼燃料，正在加熱鐵棒以用於烙印。

「原來如此。那你運氣真是不好。」

隨著「吱～」的一聲，香噴噴的乳酪焦味立刻撲鼻而來。

「我不是因為偷懶才沒有標出價格，而是因為乳酪全賣光了。」

「咦？」

羅倫斯還來不及驚訝，便聽到老闆說：「那塊和這塊，還有那邊那塊乳酪，都是今天準備出貨的商品。」

「生意興隆當然是好事，但我們忙得快暈頭轉向了。而且，還要忍受運氣不好的旅人露出可憐的表情。」

雖然羅倫斯不至於丟臉到做出用手遮住臉的動作，但臉上的苦笑顯得有些僵硬。

「景氣真的很好喔。」

因為受到皮草問題、取消北方大遠征的後遺症，以及課重稅等影響，直到幾個星期前，雷諾斯應該都還沒有這樣的活力。

「嗯……景氣突然好轉。不過，景氣就像天氣一樣。只要天氣晴朗又心情好的話，大家就會買東西。對吧？」

因為乳酪的保存期長，或許經營乳酪店的老闆也跟乳酪一樣，在緩慢流動的時光之中生活。

羅倫斯不禁覺得老闆身上散發出些許霉味，這是因為羅倫斯還太嫩嗎？

「我完全贊同。對了，明天或後天也一樣買不到乳酪嗎？」

聽到羅倫斯的詢問後，老闆神情沉重地點了點頭。買乳酪的等候名單似乎很長。

羅倫斯彷彿在說「這下傷腦筋了」似地用手按住額頭後，老闆忽然一副故作糊塗的模樣這麼說道：

「我們店賣的乳酪很適合搭配酒一起吃。酒吧應該還有很多吧。」

「咦？」

羅倫斯顯得有些驚訝地看向老闆，結果老闆一副當羅倫斯根本不存在似的模樣，繼續對著小伙子發出各項指令。

老闆方才說的話可不能太大聲張揚，他的意思是，只要到酒吧就有可能買到一些乳酪。在城鎮，職分規定明確，乳酪商只能夠販售乳酪，而酒吧只能夠提供酒和料理。乳酪商不得經營酒吧，而酒吧也不得量販乳酪。

不過，凡事必有例外以及秘密手段。

老闆似乎是個願意通融的人。

「謝謝。我今晚就會去試試看。」

「嗯。這點子好。對了，還有……」

羅倫斯準備走出去時，老闆這麼叫住了他。

「如果你要買其他東西，我想也會遇到一樣的狀況。所以與其找店面，我建議你先看看倉庫比較好。」

聽到老闆的話語後，羅倫斯不禁愣了一下，結果被接二連三湧入的人潮推向前，轉眼間就看不見乳酪店了。

「先看看倉庫比較好」這句話應該也是不能公開說出來的話語之一。

而且，如乳酪店的老闆所說，羅倫斯在那之後打算在市場採買的所有商品，不是數量不足，就是完全缺貨，再不然就是只排列出所有客人都不想買的商品。

明明如此，標示在商品上的價格卻不會太高。羅倫斯不停動腦思考，思考著他自身當初也被捲入其中的雷諾斯皮草風波。

如此充滿活力的市場，讓身為商人的羅倫斯看了，甚至感到一股怒氣。穿過市場後，羅倫斯朝向路人稀少的道路走去。

羅倫斯的目的地，是一個正經商人不可能在這種時間前往的「怪獸與魚尾巴亭」。

怪獸與魚尾巴亭的後門前方停了一輛馬車，馬車上堆了好幾只木箱和桶子。有個人一副嫌麻煩的模樣點著數量。這個人不是別人，正是招牌女孩。

招牌女孩明明表現得非常冷漠，接受各種質問的小伙子每次被叫住時，卻露出開心的表情說明或道歉。

招牌女孩真是一位了得的魔女。

或許是聽見了羅倫斯的這般心聲——

羅倫斯等到採買動作告一段落才走近後，招牌女孩便察覺羅倫斯的到來。當她回過頭來時，臉上不帶任何表情。

「唉喲？今天這麼早呀。」

招牌女孩的態度冷漠，彷彿前天的互動全是假的一樣。

還是說，招牌女孩是抱著既然進攻無效，就試著退守看看的心態呢？

「是啊，俗話說打鐵要趁熱。」

招牌女孩原本劃著塗上一層蠟的木板，聽到羅倫斯的話語後，露出彷彿看見醉漢遞出錢，而準備計算金額正不正確的眼神看向羅倫斯。

然後，招牌女孩夾雜著嘆息聲說：

「這回到底是什麼樣的生意呢？」

雖然招牌女孩一副彷彿在說「你打擾到我工作了」似的模樣，但羅倫斯沒有收起笑容，並挺起胸膛回答：

「不，我是想來採買一些東西。」

如果說世上真有所謂訝異表情的範本，招牌女孩此刻露出的表情肯定就是如此。招牌女孩揚起一邊眉毛，露出彷彿在說「啥？」似的表情。

「要是酒吧賣起一些有的沒的東西，會亂了城鎮秩序。你要不要去市場買比較好啊？我現在正忙呢。」

招牌女孩似乎清點完畢。她把木板夾在腋下，並把頭伸進後門對著店內大喊。招牌女孩當然不可能獨力搬動這麼多貨物，所以想必是在呼喚老闆。

「我想應該是吧。採買了這麼多東西，如果全部都要料理掉的話，應該會很忙喔。」

因為招牌女孩偷懶地只把頭伸進後門，所以美麗的翹臀正好朝向通道這端。倘若招牌女孩的臀部長了兔子尾巴，此刻一定會不停微微擺動著。

招牌女孩挺起身子看向羅倫斯，其臉上浮現打從心底感到厭惡的表情。

「這是為了不時之需。」

「您說得是。」

羅倫斯展露笑臉回答後，招牌女孩別開視線，並搔了搔頭。招牌女孩的表情說出她正在猶豫該怎麼做。

「我會用現金採買。付金幣比較好呢？還是……」

羅倫斯提出與一般商談相反的交涉路線。

「零錢比較好呢？」

下一秒鐘，招牌女孩嘆了口氣，然後說了句：「知道了。」

「知道了啦。真是的，一發現這裡有貨，就立刻衝到這裡來，真不知道是抱著什麼心態。」

招牌女孩一副彷彿掉了荷包似的模樣仰望天空，並雙手叉腰地閉上眼睛。

她的舉手投足都充滿戲劇感，顯得十分有趣。

萬一酒吧停止營業，招牌女孩或許還可以當舞者過活。

「貨幣果然在升值，對吧？」

聽到羅倫斯的話語後，招牌女孩點了點頭。

然後，她又再次點了點頭說道：

「不過，我們店只是買來儲備喔。」

這時老闆正好從店裡走出來，羅倫斯先向老闆打聲招呼後，回答說：「您說得是。」

不久前雷諾斯還陷入一片騷動之中。

就算城鎮居民再怎麼習慣發生騷動，肯定還是會留下後遺症。

如果是與商業有關的事情，影響更是劇烈。

羅倫斯與赫蘿來到這個城鎮後，與身為沒落貴族，同時是一流商人的伊弗為了皮草交易到處奔走的往事，如今想起來宛如昨天才發生。

那時，城鎮做出願意將皮草賣給外地商人，但相對地只允許現金交易的決定。

進行皮草交易時，與其左手買進、右手賣出，應該要經過加工或做成衣服後再賣出，才能夠賺取更大的利益。因此，從事加工業的人們，怎麼也不願意把皮草賣給外地商人。

然而，就城鎮的立場來說，很難做出不把皮草賣給外地商人的決定。因為一個擦槍走火，被惹毛的外地商人可能會採取報復手段也說不定。

所以，城鎮選擇了一個折衷的方法，決定只允許以現金販賣皮草。因為不會有人特地從遠方搬來大量現金採買，所以大家都認為這是個很好的點子。這樣既沒有表示不賣皮草，也不構成壟斷的條件。

本以為這樣就能圓滿收場，沒想到做出決定的教會又想出另一個點子，讓事態變得複雜。

因為教會收了捐贈金，所以經常持有大量現金。

另外，教會為了確實鞏固自己的權力基礎，而向外地尋求資金提供者。

於是，教會將巨額現金借給了外地商人。

最後，外地商人買走了皮草，憤怒的工匠們也因此手持武器暴動。

這就是整個騷動的大概經過，而只要發生過這種騷動，就一定會留下爪痕。

在雷諾斯留下的爪痕是，因為大家爭先恐後地採買皮草，使得城鎮裡的貨幣集中在一處。

凡事只要失去平衡，就會變得不穩定。

貨幣行情因此急遽上揚。

「那場騷動過後，城裡的現金就這樣跟著不見了。不管去到哪裡，都沒有貨幣。就像一陣煙似地消失不見了。雖然幾乎所有採買都是採用記帳的方式，但找錢或做什麼事情時還是需要有貨幣。真是傷腦筋。」

來到酒吧地下室的儲藏庫時，招牌女孩這麼說。

市場買不到的各種商品成排排列在儲藏庫裡。

「也就是說，某樣東西欠缺時，價格就會上漲啊。」

「有太多現金集中在交易皮草的那些人手上。話雖這麼說，基本上不管哪裡的城鎮都因為貨幣不足而傷腦筋，我們不可能說要進口零錢，就能夠立刻進口零錢。所以，一枚零錢就會開始變得像黃金一樣有價值。」

接下來，從事現金交易的人們當中，眼光較犀利的一群人，想必會認定貨幣總有一天會回到原有行情，而趁著貨幣價值高的時候，看見什麼就採買什麼。

市場生意之所以會異常地好，就是因為這個原因。

「如果是酒吧，也能夠避開被指責『為了投機而囤積商品』。真是了不起。」

羅倫斯在木板上寫下價格與數量，並遞給了招牌女孩。招牌女孩先皺起鼻頭，然後修改了所有的數字。

「太貴了。」

「那就請到市場買。」

平常就負責接待醉客的招牌女孩，比身經百戰的商人更難應付。

酒吧就算沒有賣出商品，也不會有任何困擾，而這也是招牌女孩表現強勢的原因。

「我知道了。不過，我希望買到品質更好的商品。」

「呵呵。這麼點要求，我會讓步的。」

招牌女孩顯得滿足地眺望木板，那模樣不難看出酒吧採買這些商品時，價格肯定相當便宜。

一般人絕對贏不了擁有才華、資本，以及膽量的人。

「不過，我有點意外。」

「咦？」

招牌女孩關上儲藏庫門，並確實掛上鎖時，羅倫斯對著其背影這麼反問。

「沒想到你會一個人來。」

「我一個人來的次數比較多啊。」

招牌女孩用食指按著下巴，然後嘀咕說：「好像是喔。」

「我那旅伴警告我說『別以為寶石能靠自己發亮』。」

聽到這句話的下一秒鐘，招牌女孩展露出的笑容，就是以璀璨的寶石來形容也不為過。

「那麼，幾天內交貨就可以了吧？」
「是的，麻煩妳了。」
「方便的話，我希望在上午時間交貨，但如果太早也頭痛。誰叫我們這裡是酒吧。」
雖然招牌女孩給人的感覺像是會隨著日出起身，並勤快地工作，但想像她憂鬱地窩在被窩裡不肯起床的模樣後，羅倫斯不禁覺得那也相當有魅力。
「我知道了。那就選在不會太早，也不會太晚的時間。」
「凡事都要看時機嘛。」
羅倫斯心想「最近好像才聽到這種話」後，想起自己忘了再次確認一件事情。
「信件還沒到嗎？」
「是啊，時機似乎還沒到的樣子。如果你那麼急著看信的話，信件寄來後就直接幫你送到旅館去。」
「拜託妳了。」
這麼拜託完後，羅倫斯就這麼與招牌女孩告別了。
羅倫斯準備離開時，招牌女孩並沒有表現出離情依依的做作模樣。別說是離情依依了，招牌女孩甚至沒有看向羅倫斯，只是揮了揮木板而已。
雖說旅行商人是活在相遇與離別之中，但還是比不上在酒吧工作的人。

世界非常地廣大。人外有人，天外有天。

羅倫斯嘀咕道。因為採買工作意外花了不少時間，羅倫斯猶豫了一下要不要直接去馬店時，腦中浮現赫蘿因為餓肚子而不爽的表情。

「好了。」

最後，羅倫斯嘆了口氣，並決定快步跑回旅館去。

看準了方位後，羅倫斯避開人潮擁擠的大馬路，來到小巷子急著趕回旅館。

為了閃避頭上頂著籠子、籠子裡裝滿貨物的婦人們，羅倫斯一度被迫貼在牆壁上。婦人們露出滿面笑容以取代答謝。

或許不是怪獸與魚尾巴亭的招牌女孩特別像魔女，而是雷諾斯的氣氛就是如此也說不定。

羅倫斯想著這些事情，在細窄道路前進時，忽然來到一條大道。

羅倫斯停下了腳步，而這並非馬車正好要經過眼前的緣故。

走出小巷子後，羅倫斯看見正前方有一棟眼熟的建築物。

「果然沒有營業啊。」

那棟建築物，是羅倫斯兩人上次來到雷諾斯時投宿的阿洛德旅館，如今旅館的主人已經朝遙遠的南方聖地出發去了。

聽說這間旅館原本是一間皮繩工房，並雇用了多位工匠，氣氛十分熱絡，但後來因故停業，而改裝成旅館。過去鬧哄哄的工房成了行李置放場，而多名徒弟的起居房也變成了供旅人住宿的房間。

雖然羅倫斯把經營旅館的特權，讓給了收赫蘿為抵押品的德林商行。但羅倫斯不認為德林商行那群人會經營旅館；德林商行應該會先轉賣這個特權，再出售這棟建築物。

這棟展現過好幾種面貌的建築物變得靜悄悄一片，如今宛如一具空殼子般不帶任何氣氛。或許是這樣的緣故吧。

羅倫斯開始在腦海中擅自描繪起建築物的面貌，並忍不住獨自露出了苦笑。

羅倫斯想像了自己在這裡經營一家小店的模樣。或許不到費隆雜貨商那般規模，但如果能夠活用旅行生活中得到的經驗，以旅人為對象做生意也不錯。

然後，除了羅倫斯之外，還有另一人會在這間生意還算興隆的小店裡打點一切。

「……真是想太多了。」

羅倫斯自嘲地笑笑，然後疲憊地嘆了口氣。面對旅行即將畫下句點的事實，羅倫斯知道並非只有自己變得感傷。赫蘿肯定也與羅倫斯一樣思考著很多事情，只是赫蘿沒有說出口，也沒有表現出來而已。

赫蘿都這麼堅定了，羅倫斯卻自己一人如此猶豫不決的話，肯定會挨赫蘿的罵。

而且，赫蘿的鼻子比任何獵犬都來得靈敏，所以羅倫斯必須好好藏起這股感傷，並決定要一腳踹開其軟弱似地走離旅館。

羅倫斯下定決心地踏出步伐時，正好有人從理應空無一人的旅館走了出來，讓他停下腳步。

「喔？」

看見羅倫斯後，從旅館走出來的人物這麼說。

不過，這其實是羅倫斯太多心了，事實上對方只是露出有些驚訝的表情，輕輕動了一下嘴角而已。

不只有對方驚訝，羅倫斯也同樣感到驚訝。因為從旅館走出來的人物，是收赫蘿為抵押品的那家德林商行的四位老闆之一。

羅倫斯還記得對方的姓名是魯茲·埃林基。

「這樣就可以了嗎？」

依舊如蛇般纏人的聲音隔街傳了過來，但搭腔的對象不是羅倫斯。

埃林基轉過頭，對著跟在後頭走出建築物的人們說道。

「可以、可以。雖然還有幾件遺留下來的行李要檢查……」

「前任屋主表示過應該可以丟掉那些行李……」

「不，我們不能這麼做。因為那些行李有可能是被用在走私上面的東西。檢查過後，我們會再討論怎麼處置。」

從交談內容聽來，那些人似乎是城鎮的官員。

官員們想必是在執行權利讓渡之際的各項確認作業。

「公卿您等會兒要回商行嗎？如果您時間允許的話，要不要到我們那兒坐坐呢？正好有人送來了上等的葡萄酒。」

官員當中的一人提出了邀請。

大家拚命送東西想要討其歡心的官員，反過來想討埃林基的歡心。

這說出了埃林基幾人在雷諾斯的立場有多麼強勢，但埃林基輕輕揮揮手拒絕了。

「不了，我打算回商行。還有，我有點事情要處理，先告辭了。」

埃林基的最後一句話是看著羅倫斯說的。

官員們當然也察覺到埃林基的視線而看向羅倫斯，但沒有表現出感興趣的模樣。官員們立刻一邊說：「那麼告辭了。」一邊分別向埃林基與羅倫斯行了一個禮後，便走了出去。

等到官員們彎過遠處的轉角後，埃林基才開口：

「克拉福．羅倫斯先生。我還以為就算有機會再與您相遇，也要等上一陣子啊。」

「不，我還有些寂寞地以為一輩子都不可能再相遇了。」

如果換成伊弗，想必總有一天會帶著裝扮高雅的手下凱旋歸來。

不過，羅倫斯很了解自己的力量有多大，知道自己不可能走上伊弗的路子。

「呵呵。並非只有野心家才能成功啊。」

「如果這種好運能夠降臨在我身上，就太令人開心了。」

聽到羅倫斯的話語後，埃林基臉上浮現乍看下像是慈祥老爺爺的笑臉，並微微傾頭說：

「不過，我們非常珍惜與人們之間的關係。有時間的話，請務必到商行走一趟。正好有人送來了上等的葡萄酒。」

埃林基說出了方才官員對他說過的話。

埃林基那彷彿鑲入研磨過的黃金般、令人毛骨悚然的眼睛，呈現充滿笑意的三角形後，說著「先告辭了。」便邁出步伐。埃林基身上穿著長羅外套，並圍著看似暖和的皮草圍巾，腳上穿的也是用看似輕盈的皮草做成的鞋子。

有這麼一身行頭的人物，身旁沒有隨從而獨自行進的模樣感覺十分詭異。不過，想到埃林基那群人所從事的生意後，又覺得高貴且孤獨的氛圍非常適合他們。

「我要這樣恐怕很難吧。」

不屈服於任何事物的倔強男子，也戰勝不了孤獨的故事不勝枚舉。

就是赫蘿也不例外。

只有戰勝孤獨的人們，才能夠站上孤高的地位。

基於這點，羅倫斯帶著敬意目送了埃林基的背影。

「好了。」

說著，羅倫斯準備踏出步伐時，忽然回過頭看。

羅倫斯覺得好像有人在視野角落的位置，突然藏起身子。

望著行人稀少的街道好一會兒後，羅倫斯沒發現有人在偷看他。

羅倫斯心想可能是自己太多心，於是踏出步伐走回旅館。

回到旅館後，這回不是羅倫斯太多心，而是赫蘿真的生氣了。

午餐吃了塗上乳酪的黑麥麵包，以及少量的炒豆子。

雖然是像巡禮旅行指南書裡會出現的簡樸餐食，但原因當然不是赫蘿突然反省起不應該繼續過著飽食終日的生活。

而是旅館主人前來詢問之際，艾莉莎擅自要求的。

「那些東西根本吃不飽！」

雖然幸好有穿過建築物旁的馬車聲音掩蓋過了赫蘿的叫聲，但沒能夠也掩蓋過怒氣。

赫蘿的兜帽隨著耳朵形狀高高突起，外套也像貴婦人穿的裙子一樣腰際處膨脹起來。

「每餐都吃得那麼豐盛，好像也不太好吧。」

羅倫斯一說完話，赫蘿立刻瞪著他說：

「連汝也要開始說教，是嗎？」

「……好啦、好啦。別那麼生氣。」

儘管羅倫斯試著安撫她，赫蘿似乎還是想抱怨些什麼，但最後發出「哼」的一聲面向前方。

羅倫斯在那回到旅館時，艾莉莎正在房間裡手拿著聖經對寇爾授課。

弗蘭也是以從軍祭司的身分，手拿著聖經述說神明教誨，但弗蘭的目的不在於救人，而是讓人們前往死地。從軍祭司甚至有一個「冒充神明的死神」的別名，所以其教誨可說徹底為了戰爭量身訂做。

就這點來說，艾莉莎可是完完全全地奉行教誨的純粹聖職者。

對於立志成為教會法學者，卻因為經濟問題而受挫的寇爾來說，這肯定是夢寐以求的機會。羅倫斯也認為寇爾趁這時充實自己是非常正確的選擇。

而憑赫蘿的智慧，當然也會理解這方面的事情。為了在寇爾面前保住賢狼的威嚴，赫蘿似乎做著各種努力，而且就算沒這個必要，赫蘿也不可能幼稚到刻意踐踏寇爾的上進心。

到最後赫蘿只能夠在旁監視而已。做完早晨的禮拜後，赫蘿就一直像個奴婢似的陪著寇爾聽艾莉莎講課。

如果是像與「怪獸與魚尾巴亭」的招牌女孩那樣掀起拉鋸戰，赫蘿也能夠磨牙上陣，但面對像艾莉莎這樣的對手，赫蘿根本連站上擂臺都有困難。因為艾莉莎對寇爾並沒有任何惡意，所以就算赫蘿再怎麼齜牙咧嘴，也只是小孩子在鬧脾氣而已。

對於自稱賢狼的赫蘿來說，這恐怕是令人難以忍受的窘境。

於是，她把這些不悅全發洩到了羅倫斯身上。

「那丫頭裝模作樣地一直炫耀知識，不管是去教會的路上，還是回程，一直對著寇爾小鬼傳教一些有的沒的。也沒想想是誰拯救了那個村落。是咱們耶！」

赫蘿一直抱怨個不停。此刻的赫蘿想必完全不在意合不合理，只顧一一吐出心中的怒意。

羅倫斯一邊隨口附和，一邊悠哉地眺望城鎮模樣。

「一個後到者竟然想要搶別人的地盤，太不可原諒了。話說回來，都是汝說要讓她借宿，事情才會變成這樣。汝有沒有在聽咱說話啊!?」

赫蘿伸直背脊，像是打算衝上來咬掉羅倫斯的臉似的。面對這凶狠的氣勢，羅倫斯有些畏縮地回答說：

「有啊。」

羅倫斯原本準備接著說下去，但猶豫了一下子後，改變了念頭。

就算現在說出再合乎道理的話語，也只會火上加油而已。

赫蘿會這樣不可理喻地認真生起氣來，真的是極其罕見的事情。

深得赫蘿寵愛的寇爾，正在向其他女子學習。而且，打從在凱爾貝遇到那場騷動後，寇爾明明一直像在煩惱什麼的樣子，卻不肯與赫蘿商量，這也是赫蘿心中的隱憂之一。

直到昨天早上寇爾央求赫蘿陪他去教會，雖不知原因為何，但從教會回來後，寇爾似乎已經看開了。

看見寇爾心情好轉，赫蘿也非常直率地開心起來。赫蘿本人表示，因為旅行已經慢慢接近終點，所以有開心的事情發生就應該感到開心。不過，事實上應該是赫蘿確實很喜歡寇爾，才會這麼開心吧。

所以，羅倫斯明白赫蘿為何會沒來由地對艾莉莎這名闖入者發怒，但看見赫蘿的反應，羅倫斯還是忍不住笑了出來。

激動不已的赫蘿立刻察覺到羅倫斯在笑，馬上抬頭盯著羅倫斯說：

「有什麼好笑？」

赫蘿嘴唇底下的銳利尖牙發出光芒，彷彿在說「如果回答得不好，就饒不了你」似的。

如果時間更早一些，特別是剛遇到赫蘿的那時候，別說是收起笑容，搞不好羅倫斯甚至會感到害怕。到了現在，就算看見宛若凶神惡煞的赫蘿，羅倫斯也能夠冷靜地應對。

「當然好笑啊。」

赫蘿沉默地繼續瞪著羅倫斯，羅倫斯牽起赫蘿的手，閃避就快撞上來的馬車。

「因為妳這生氣方式實在不像賢狼應有的表現。」

赫蘿憤怒地想要甩開羅倫斯的手。

但是，羅倫斯稍微加重手掌的力道，所以赫蘿沒能成功甩開。

「好啦，別生氣、別生氣。」

羅倫斯的話語似乎適得其反，赫蘿仍舊孩子氣地試圖甩開羅倫斯的手。

為了閃開赫蘿的牙齒，所以羅倫斯只好鬆開手，然後把空出來的手放在赫蘿頭上說：

「我不是在嘲笑妳。」

雖然赫蘿撥開羅倫斯的手瞪著羅倫斯，但羅倫斯又再次說道：

「我不是在嘲笑妳。」

不久後，兩人抵達了港口區，視野也突然變得開闊起來。

船員和商行的卸貨工們似乎正好用完餐在休息，他們把卸下的貨物疊在港口上，坐在貨物堆旁談笑風生。

「不然是什麼？」

赫蘿一副已經搞不清楚自己為了什麼而生氣的模樣，勉強自己露出生氣表情。

也有可能赫蘿打從一開始就不知道自己在生什麼氣。

赫蘿會生氣，當然是因為寇爾被別人搶走的關係。

然而，如果是以往的赫蘿，絕對不會因為這點事就表現出像是有人搶走她最愛吃的蘋果一樣，升起這麼大的無名火。如果發現寇爾不再注意自己，赫蘿肯定會先坦率地接受事實，然後觀察整體狀況再採取合理的行動。在盡力補救後，寇爾還是不肯回頭的話，想必赫蘿會抱著「難免會發生這種事情」的心態很乾脆地死了心。

赫蘿死心的表現想必會完全合乎賢狼作風，而且毫不留戀，就像歷經風霜的孤高旅人會有的態度一樣。

羅倫斯的想法並非毫無根據。

羅倫斯之所以能夠繼續與赫蘿旅行，正是因為羅倫斯不顧面子地拚命向赫蘿伸出手。對於與人類的關係，赫蘿總是主動退出的一方。

赫蘿強迫讓自己認為這麼做才是上策，也試圖以此證明自己可以孑然一身地活過來。但事實上赫蘿非常害怕寂寞，一點也不想這麼做。

的確，與羅倫斯互動時，赫蘿已不再戴起這張假面具。

羅倫斯希望讓赫蘿從束縛之中得到一些自由，所以願意大膽地這麼說：

「我覺得妳可以不用勉強自己表現得像隻賢狼。」

羅倫斯望著港口光景說道。赫蘿聽了，啞口無言地仰望羅倫斯。

不過，從赫蘿的表情能夠看出她並非聽不懂羅倫斯話語的意思，而像是隱藏已久的秘密被人揭穿似地大吃一驚。

「因為自己疼愛的寇爾快要被人搶走，所以拚命想要搶回來；這種行為確實有些愚蠢，但是……」

羅倫斯說到這裡時，赫蘿似乎總算找到生氣的癥結點，不悅地別過臉去。

儘管如此，比說出的話更有說服力的耳朵和尾巴還是透露出赫蘿的心聲。

羅倫斯清楚說出心中的想法：

「其實妳很想盡情地耍性子，對吧？」

赫蘿明顯驚訝地縮了一下身子。

赫蘿是個愛面子的人。

而且，比起面子，赫蘿更重視貫徹自己的作風。

其原因可能在於，儘管赫蘿口中說自己厭惡被尊稱為神明且受人崇拜，但事實上如果不再受人崇拜，又會覺得寂寞得快要喘不過氣來。說來說去，其實赫蘿是一隻個性認真又心地善良的狼，總會忍不住回應人們的期待。

到最後，儘管好幾百年來不斷接受赫蘿幫助的那些村民們露骨地表現出敵意，赫蘿還是沒有對他們展開反撲。

赫蘿的心地善良，責任心強又怕寂寞。

有這種個性的人，最容易笨拙地被自己圍起的柵欄限制住。

「事到如今，妳就是公然吃醋，或像小孩子一樣大聲要求，也不會有人對妳感到失望。這裡不是麥田啊，那些會瞻仰妳的傢伙已經不存在了。」

羅倫斯停頓了一下，又繼續說：

「妳可以不用勉強自己忍耐了吧？至少我根本不覺得妳是什麼神明啊。」

一路以來羅倫斯已經看過太多赫蘿的醜態，事到如今還需要保持什麼形象呢？

不過，話雖如此，長年養成的習慣或價值觀還是沒那麼容易改變，而羅倫斯也明白這點。就是面對羅倫斯，也是經過了好幾次大吵大鬧，赫蘿才肯坦率面對。

羅倫斯知道自己能做的事情有限。雖然力量薄弱，但羅倫斯希望至少能夠推赫蘿一把，幫助她踏出第一步，並牽著她陪她走最初的幾步路。

「所以，妳就別憋著一股氣，也別遷怒到我身上吧。妳可以表現得更坦率一點啊？這樣還比較像賢狼——」

羅倫斯本打算以開玩笑的口吻說完最後一句話，但看向赫蘿的瞬間，就這麼閉上了嘴巴。

羅倫斯看見赫蘿把兜帽壓得低低的，低著頭縮起肩膀。

「啊……」

赫蘿明明自尊心強又愛意氣用事，內心卻有柔弱的一面。對於羅倫斯說的這些話，說不定赫蘿早就思考過好幾百遍，而且這樣的可能性極高。

萬一赫蘿明知如此，還是想在羅倫斯面前做出遷怒於人的孩子氣表現呢？

恐怕羅倫斯說這些話完全適得其反。這樣反而會讓赫蘿覺得受傷。

雖然羅倫斯一張一合地動著嘴巴，但說不出任何話來。

看見赫蘿甚至停下了腳步，羅倫斯不禁背部冷汗直流。

畢竟四周還有人們的好奇目光。

羅倫斯帶著滿滿的悔意，繞到赫蘿前方低下頭。

他看著躲在兜帽底下、躲在亞麻色瀏海後方的赫蘿。

縮起身子且不停顫動肩膀的赫蘿，在兜帽底下不悅地等著羅倫斯看向她。

「遇到這麼點小狀況就害怕成這樣，還敢教訓人？」

儘管忍受得了挨赫蘿罵，如果看見赫蘿哭泣，還是會讓羅倫斯感到不知所措。

雖然這是世上大多數男人的通病，但赫蘿只要不高興，就會不客氣地拿這點攻擊他。

「哼。」

赫蘿推開羅倫斯走了出去。

掉以輕心且愚蠢的旅行商人只能夠追上去。

「不用汝提醒，咱也知道這些小事。」

羅倫斯差點就反唇相識，但勉強吞下了話語。即便如此，羅倫斯最後還是忍不住反駁：

「……既然這樣，為什麼？」

「……為什麼？」

赫蘿再次停下腳步，並轉過身子說道。

看見羅倫斯說不出話來，赫蘿一邊逼近他，一邊說：

「既然這樣，為什麼不照自己想做的去做？應當拋開賢狼的尊嚴、智慧，拋開一切的一切，是嗎？」

兜帽底下投來的話語帶點挑釁的味道，琥珀色眼珠宛如熬煮過的葡萄酒般呈現火紅色。

「別看咱這樣，咱也是很謹慎的。不過，咱沒有那麼機靈，很難一下子表現得坦蕩蕩，一下子又表現得八面玲瓏。反正汝……」

說著，赫蘿在身後交握起雙手，眺望遠處。

「反正汝只會說對自己有利的話唄？」

「唔！」

羅倫斯感覺到一股怒氣穿過食道，就像喝下了滾燙熱水一樣。

他並不是抱著隨便說說的想法。羅倫斯只是覺得與其貫徹賢狼的作風而痛苦不堪，不如乾脆脫去賢狼的外皮。這是羅倫斯的真心話，他絕不會為了製造優勢而說謊。

所以，羅倫斯抓住赫蘿的手臂喝道：

「我怎麼可能這麼做！」

赫蘿回頭，用帶點紅色的琥珀色眼珠直直盯著羅倫斯。

赫蘿的眼神不是在開玩笑、不是在捉弄人、不是死了心，也不是猜忌。

「真的嗎？」

所以，赫蘿這句話是在做確認。

「真的。」

羅倫斯回答後，赫蘿像在讀著羅倫斯的內心想法一樣靜靜不動。

在那之後，赫蘿垂下眼瞼，蓋起大大的眼珠。那表情有些像是入睡時毫無防備的臉。

如果想讓對方閉上嘴巴，似乎只要自己閉上眼睛就行了。

當羅倫斯察覺到這般事實時，赫蘿已經睜開眼睛，並忽然笑了出來。

「汝果然很大膽。」

「咦？」

「汝告訴咱說，要咱坦率一點。這個時候說這句話……」

赫蘿迅速面向前方，臉上浮現顯得非常愉快的笑容。

「就代表汝是在鼓吹咱，是唄？」

赫蘿的眼睛立刻顯得壞心眼地泛起紅光。

「啊！」

羅倫斯腦中浮現了艾莉莎嚴肅地傳授教義，寇爾安靜但充滿熱誠地聆聽時，赫蘿不斷打岔的畫面。

「沒、沒有，我不是這個意思。」

「那不然是什麼意思？」

羅倫斯說不出話來，並且忍不住用手按住額頭。

羅倫斯希望赫蘿能夠表現得坦率。他希望赫蘿不要勉強自己戴上假面具。話雖如此，但如果赫蘿太過任性，也會讓羅倫斯胃痛起來。這麼一來，赫蘿搞不好是對的，羅倫斯的確只是說些對自己有利的話。

不過，話說回來，羅倫斯為什麼要赫蘿不要勉強自己呢？

思考了這個問題後，羅倫斯發現心中早就已經有了答案。

「……比起勉強自己忍耐，妳隨心所欲的時候……那個……」

羅倫斯隔了一拍，總算囁嚅道：

「比較好。」

下一秒鐘，赫蘿豎起指甲刺進羅倫斯的手背。

「汝剛剛故意換了說法，是唄？」

赫蘿總是會注意這種細節。

羅倫斯皺起眉頭，然後立刻放棄了掙扎。

如果不說出來，赫蘿就不會放過羅倫斯。

羅倫斯沮喪地俯視赫蘿，坦然說道：

「我覺得妳表現坦率，又自由奔放的時候比較可愛。」

赫蘿臉上浮現心滿意足的笑容。

比起話語本身，赫蘿的表情更像是因為看見羅倫斯害羞的表情而開心。

「汝勉強自己的時候比較可愛吶。」

羅倫斯皺起鼻頭說：

「可比不上賢狼大人。」

「呵。」

赫蘿笑笑後，轉身面向前方。

赫蘿的腳步非常地輕盈。

「不管怎樣都是汝不好。」

赫蘿喃喃說道。

「咦？」

赫蘿帶點紅色的琥珀色雙瞳看向羅倫斯，看似壞心眼、卻又開心地仰望羅倫斯說：

「以後不管變成什麼樣子，咱都不用負責。」

羅倫斯準備反問時，感覺到一陣寒意爬上背脊。

「不……」

「呵。真是一隻大笨驢。不過……」

赫蘿愉快地大步走著。

羅倫斯急忙轉身，準備追上去時——

「漫長人生中，偶爾衝動一下也是好事唄。」

赫蘿隱約露出可愛的尖牙，一副心滿意足的模樣笑笑。

第三幕

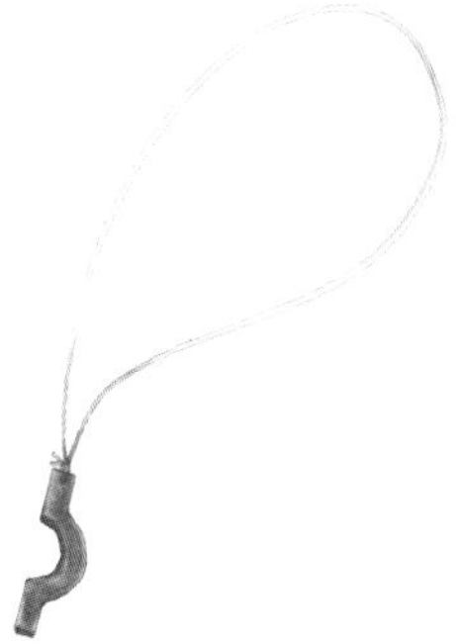

來到馬店後，站到了好久不見的夥伴正前方。

夥伴本來一副嫌麻煩的模樣，把整顆頭塞進乾草飼料桶裡。後來，夥伴緩慢地抬起頭，並用瞪大到極限的圓滾滾黑色眼珠看向羅倫斯，還似乎有點不滿地「噗嚕」叫了一聲。

「牠很勤快，但也因此吃了很多飼料。」

馬店老闆像在介紹愛馬般，以引以為傲的口吻這麼說，然後驕傲地笑笑。

馬屬於昂貴品。如果要寄放馬，最好是找一家會把馬兒視為己出來對待的馬店。

「就是因為這樣，害得我每次都要跟這傢伙展開一場拉鋸戰，看剩下的飼料還能夠讓牠多走幾步路。」

「原來如此。那這樣，您在旅途中也能夠磨練交涉技巧囉。」

在連續好幾天的寒冷日子裡，如果遇到放晴的下午，任誰也會心情大好。

兩人因玩笑話而相視而笑後，羅倫斯告訴老闆幾天後就會出發，請老闆接下來不要把馬兒借給其他人。

「還有，也不需要餵太多飼料。」

「所以說，您打算在最後一天算錢時，挑剔馬兒變瘦了，對不對？」

老闆這麼說不知道是在開玩笑，還是為了避免遭人放冷箭而刻意擋起盾牌——或許兩者都是吧。羅倫斯輕輕揮揮手笑著說：

「剩下幾天就拜託您了。」

「沒問題。照顧一匹好馬是很愉快的事情。」

羅倫斯與老闆交談的這段時間，有好幾位客人來到馬店提出想要租馬，或表示想寄放馬兒一天。其中大部分的客人似乎都是熟客，小伙子們駕輕就熟地忙著接待。一般店家通常是老闆負責接待老顧客，第一次來店的客人則由小伙子負責，但馬店正好相反。依旅行的路線不同，有時馬兒可能會是保護主人性命的存在，所以對於第一次來到馬店寄放重要夥伴的客人，才更需要由老闆確實接待。只要取得客人的信任，之後不需大肆宣揚，客人也會再次光顧。

如同「十里不同風，百里不同俗」的道理，做生意的方式也各有不同。

「好了，比較重要的準備大概就這些而已吧。」

羅倫斯屈指做著確認時，赫蘿與馬兒面面相視。因為平常大多是在駕座上眺望馬兒，或許赫蘿是覺得與馬兒對望很新鮮也說不定。

馬兒似乎也對赫蘿有話想說，雙方一直互相凝視著。

馬店老闆笑著說赫蘿可能與馬兒在聊天，或許真是如此也說不定。

赫蘿總算從馬兒面前離開，並來到羅倫斯身旁後，羅倫斯試著詢問：

「妳們剛剛在閒話家常啊?」

「唔?嗯,咱們方才在聊同樣身為被當成抵押品的對象真是辛苦,然後彼此互相安慰。」

旅行商人就算用壞了工具,也會修理好再使用,直到磨損殆盡時才會丟掉;食物就算再硬或發了霉,也會在勉強不會導致腹瀉之下吃進肚子裡。

以赫蘿的例子來說,一次的怨恨似乎能夠讓她說上一百次的怨言。

而且,這些所謂的怨恨,有些細數起來根本沒道理。

羅倫斯露出煩躁的表情後,赫蘿顯得開心地抱住羅倫斯的手。赫蘿表現出彷彿已經忘了寇爾的存在似的好心情。

「接下來還要做什麼?買糧食嗎?」

「糧食我已經安排好了。接下來還要買燃料、換錢,小刀應該也要拿去磨一磨比較好……好像沒有一件事會引起妳的興趣。」

羅倫斯以為赫蘿會露出感到無趣的表情,但沒看見赫蘿有什麼特別的反應。羅倫斯也以為赫蘿會為了糧食的事情發脾氣,沒想到赫蘿也隨便帶過了話題。

不過,就算沒有刻意去採買,馬車上也已經堆滿了大量赫蘿的嗜好品。等到把這些東西放在平常坐的馬車上,愛馬看見堆高的貨物後,說不定會傻眼地叫一聲。

愛馬或許還會心想「我這位主人又得意忘形地採買了一堆東西了」。

「不過，要等到地圖寄來，決定好目的地後，才能去買燃料和換錢……妳有什麼想去的地方嗎？」

「唔？嗯。咱本來是想到處走走來排遣時間，不過……」

說著，赫蘿看向羅倫斯且不停地轉動琥珀色眼珠，那機伶的模樣甚至顯得有些討人厭。

「還是回旅館重新站上前線唄。」

羅倫斯能夠理解赫蘿是故意這麼說，但掌握不到開玩笑的程度有多高；而艾莉莎也好不到哪裡去，因為艾莉莎有循規蹈矩的個性，所以要是受到赫蘿攻擊，很可能會燃起對抗心。

羅倫斯有些後悔自己太多嘴了，但赫蘿臉上浮現與方才完全變了個樣的爽朗表情。

看見這般表情後，又讓羅倫斯覺得無所謂了，或許這也是一種病態。

不過，在事態還沒惡化之前，應該先提醒一下寇爾才好。

羅倫斯這麼心想時，赫蘿伸直背脊拉扯羅倫斯的耳朵說：

「汝打算阻礙咱的專情表現嗎？」

看來，狼這種動物似乎出乎意料地固執呢。

回到旅館後，跟在赫蘿後頭走上樓時，看見赫蘿的尾巴前端若隱若現地露出外套下襬。赫蘿心情一好或興奮時，就會忍不住這個樣。變回巨狼模樣時，或許能夠輕鬆掩飾這些反應，但保持嬌小身軀時，就會真實地呈現出來。看著赫蘿健步如飛地爬上最後幾階階梯，羅倫斯感到疲憊地嘆了口氣。

雖然羅倫斯不覺得自己的想法或所說的話有錯，但還是忍不住感到不安。或許赫蘿就是故意要讓羅倫斯不安，但不管怎麼說，艾莉莎給人的印象是那麼地頑固，讓羅倫斯忍不住擔心起來。

還是說，在旁人眼中，羅倫斯與赫蘿的關係就是顯得如此岌岌可危呢？

在行商生活中，認為只有自己不會有事的人總會出事，他應該已經明白這一點才對啊。

羅倫斯雙手抱胸地走在走廊上，忍不住胡思亂想起來。

赫蘿已迅速走去，並伸出手準備開門。

這時，赫蘿那帶著娛樂氣氛、顯得開心的表情，忽然從臉上消失了。

「怎麼了？」

羅倫斯這麼詢問的同時，樓下傳來了搭腔聲：

「羅倫斯先生。」

羅倫斯回頭一看，發現是魯．羅瓦站在樓下。

赫蘿露出像是玩樂到一半被打斷似的掃興表情，準備走回羅倫斯身邊，但羅倫斯以手勢制止了她。

羅倫斯看見魯・羅瓦臉上清楚寫著「希望您單獨下來」。

「妳先回去吧。」

在這方面的觀察力，赫蘿與身經百戰的商人沒什麼兩樣。

所以赫蘿雖然露出顯得有些不滿的表情，但最後還是順從地點了點頭。

「速戰速決。」

赫蘿只丟下這句話，然後向右轉過身子。不知道是因為滿腦子想著寇爾與艾莉莎的事情，還是變得比較信任羅倫斯一些，赫蘿沒有投來「汝單獨行動沒問題嗎？」之類的挖苦眼神。羅倫斯思考著這件事情走下樓梯。

魯・羅瓦一副過意不去的模樣，脫帽行了一個禮。

遠處傳來關上房門的聲音。羅倫斯一邊感受那顯得有些落寞的關門聲，一邊切入話題說：

「您找我有什麼事呢？」

「是的，其實也不是什麼大事情……」

說著，魯・羅瓦指向更下面一層樓。他的意思應該是「希望在樓下的酒吧談事情」。

羅倫斯沒什麼理由拒絕，於是跟在魯・羅瓦的後頭走去。與赫蘿一起走在走廊或階梯上時，不會發出任何聲響，與魯・羅瓦走在一起時，卻會嘎吱嘎吱響個不停。

羅倫斯不禁心想，國王之所以都長得肥胖，肯定是為了靠外表來增加存在感。

畢竟時間還早，一樓的酒吧裡幾乎不見什麼人影。只看見在靠近入口處的角落桌位上，有兩名看似旅人的男子一副難喝極了的模樣一邊喝酒，一邊不知道在低聲細語什麼。

羅倫斯兩人選了距離兩名男子最遠、擺設在最裡面位置的桌子坐了下來後，向旅館老闆點了兩杯葡萄酒。

老闆的態度親切得甚至教人覺得噁心。雖然魯．羅瓦足足來回看了老闆與羅倫斯三次，但沒有多問什麼。魯．羅瓦注視著桌上倒得滿滿的葡萄酒杯好一會兒，一直悶不吭聲。

等到羅倫斯喝了三口葡萄酒後，魯．羅瓦才總算開口：

「您認識德林商行是嗎？」

魯．羅瓦一副像是挨了罵的模樣坐在桌前縮著身子。不僅如此，魯．羅瓦還懦弱地抬高視線看著羅倫斯。明明如此，那詢問的口吻卻帶有一絲強硬。

如果這一切舉止都是經過設計，魯．羅瓦這名人物可說相當了得。

而且，羅倫斯也相信魯．羅瓦的一切舉止都是經過設計。

一旦咬住了，便死也不鬆口。

為了演一場如此悲壯的戲，魯．羅瓦的舉止再自然不過了。

「您在跟蹤人嗎？」

羅倫斯喝下第四口酒，並放下酒杯，看著不知道在記帳還是寫什麼記錄的老闆，輕輕說道。

在阿洛德的旅館前方偶然遇到魯茲・埃林基之後，羅倫斯感覺到好像有人躲進小巷子裡。如果不是羅倫斯多心，那個人就會是眼前的魯・羅瓦。

「是的。不過，我是在跟蹤埃林基卿。」

雖然羅倫斯暫且點了點頭做出回應，但完全不知道魯・羅瓦的話語能夠相信幾分。

因為羅倫斯知道魯・羅瓦的來歷並不簡單，並且企圖得到沉睡在原本由艾莉莎所掌管的教會地下室、記載著異教眾神傳說的書籍。

羅倫斯曾經解救過特列歐村，所以就算魯・羅瓦抱著只要拉攏羅倫斯，或許能夠利用這點讓艾莉莎鬆口的打算，也不足為奇。

「方便請教原因嗎？」

聽到羅倫斯的詢問，魯・羅瓦緊張地吞下一口口水後，回答：

「因為我想借錢。」

聽到魯・羅瓦如此直接的話語，羅倫斯不禁有些驚訝地注視著魯・羅瓦。

魯・羅瓦非常懂得拿捏緩急輕重。

羅倫斯忍不住有些懦弱地心想「早知道就該帶赫蘿一起來」。

「我在跟蹤埃林基卿想找一個機會跟他借錢時，恰巧撞見了兩位相遇的場面。」

羅倫斯為了思考其他事情，而暫時保留魯・羅瓦的話語。

魯．羅瓦是想要拜託羅倫斯，代他向德林商行開口。

「那裡是一家很難搞的商行。如果要跟他們借錢……」

聽到羅倫斯刻意說得含糊的話語後，魯．羅瓦一副彷彿在說「那當然」似的模樣點點頭說：

「這點我很清楚。我偶爾也會來到雷諾斯做生意，也自認非常理解那家商行是一家什麼樣的商行。」

話說回來，魯．羅瓦本來就會與像費隆那樣有些可疑的店家談生意。

羅倫斯說這些話，想必就像對聖人在說教一樣毫無意義。

然後，魯．羅瓦果然說出預料中的話語：

「不過，可能的話，我希望向他們那種對象借錢。」

「那種對象？」

「是的。一個不在意政治信念，也不會受到信仰心影響，只追求利益的對象。我一定要跟這種對象借錢。當然了……」

這時魯．羅瓦第一次顯得笨拙地露出笑容，喝了口葡萄酒。

羅倫斯不禁心想，這個男人肯定經常站在磨得光亮的黃銅製鏡子前面，不斷地訓練自己的言行舉止。

「如果有不過問任何事，就願意以千枚銀幣為單位借錢給人的對象，就另當別論了。」

可能是魯・羅瓦的臉太大了，使得眼睛看起來特別地小。

雖然這般外表有時會給人像是無辜小動物的印象，但此刻看起來卻像一隻冷血地捕捉獵物的昆蟲。

魯・羅瓦口中說的千枚銀幣，想必只是隨便舉個例子罷了。

從他的口吻聽來，羅倫斯實在不覺得千枚銀幣就足以打發。

「我確實與德林商行有數面之緣，但仍未取得對方的信任到能夠介紹可疑交易的程度——」

「我會付給您三百枚崔尼銀幣的酬勞。」

魯・羅瓦簡短地說道，然後緊緊抿著嘴唇。

羅倫斯想要反駁些什麼，但最後只是微微張著嘴巴，什麼話也沒說。

羅倫斯覺得，對於他能夠立刻提出來的反駁意見，魯・羅瓦似乎都已經準備好了答案。

三百枚崔尼銀幣的酬勞，是魯・羅瓦有自信打動羅倫斯的金額。

羅倫斯思考了一會兒後，這麼說：

「我已經不做為了錢，而不顧性命危險的事情了。」

如果隨便介紹人給德林商行那樣的對象，萬一出了事，光是想像那種下場，就讓羅倫斯感到憂鬱。

這不是金額多寡的問題。

羅倫斯正言厲色地這麼告訴魯．羅瓦後，聰明的商人立刻提示了其他選擇。

「我聽費隆先生說您打算前往北方。」

「唔！」

說著，羅倫斯看向了天花板，而這個動作已決定了勝負。

羅倫斯緩緩從天花板上移回視線時，魯．羅瓦臉上已浮現像是賭徒為了愚蠢小事打賭，最後賭贏了的表情。

「有一句鎖鏈工匠常說的話。所謂的鎖鏈，就是最脆弱的地方最具有力量。」

魯．羅瓦就是因為這樣，才會在旅館等待羅倫斯兩人回來。

趁著羅倫斯與赫蘿外出的這段時間，魯．羅瓦想必已經鎖定艾莉莎與寇爾為目標，從兩人口中打聽出各種情報。在魯．羅瓦這樣的男子面前，就算兩人善解人意地保持沉默，也不可能守得住秘密。

還有，艾莉莎與寇爾兩人對魯．羅瓦肯定不會抱著太大的戒心。

彷彿在證明羅倫斯這般猜測是正確似的，魯．羅瓦四平八穩地開口：

「我敢說，凡是對北方地區有強烈情感的人，都將願意在我打算做的事情上助一臂之力。」

一般做生意時，很難聽到像魯．羅瓦這樣顯得極度迂迴的說法。魯．羅瓦的表現簡直就像只憑靠語言煽動聽眾，好推翻巨大勢力的叛軍首謀。

魯・羅瓦把原本縮在桌底下的大手壓在桌面上，並雙手交叉。那圓滾滾的手看起來就像等著燒烤的麵糰一樣。

這裡八成是點著了火的烤爐內部。

羅倫斯提醒自己必須小心注意，至少也要避免事後因為後悔而滿臉紅脹。

「您要借錢……是打算買什麼嗎？」

魯・羅瓦最想從羅倫斯口中聽到的，應該就是這句問句。

這句話代表著魯・羅瓦已成功地把羅倫斯拉到了交涉舞台上。

魯・羅瓦露出微笑後，肥肉與肥肉之間的凹痕在其臉上形成深深的陰影。

「禁書。」

簡短的字眼讓羅倫斯的腦袋變得極度冷靜。

「我打算買記載了禁制技術的禁書。」

眼前這名書商，會在專門供應物資給傭兵們的費隆雜貨商出入。

而且，他曾經與特列歐村的弗蘭茲祭司那般傑出人物交易過，目前正死纏爛打地想要得到弗蘭茲祭司的藏書。雖然欲望強烈，但很忠實於欲望，也表現得很坦率。

羅倫斯不覺得魯・羅瓦是為了愛面子或在開玩笑，也不覺得會是無聊的詐騙。

羅倫斯反問：

「是鍊金術嗎？」

魯．羅瓦的視線仍牢牢地注視著羅倫斯，然後左右轉動粗大的脖子否定：

「是礦山挖掘技術。」

如果比喻成玩牌，此刻是不管羅倫斯手上的牌是好是壞，都必須丟出牌一決勝負的瞬間。

「如果讓德堡商行得到這本禁書，應該會造成您的困擾吧。」

羅倫斯聽說過在造船或冶金領域上，時而會出現具有革命性的知識。據說這些知識會顛覆過去的一切常識，讓不可能變成可能。知識是武器，也是具有魔法的咒語。只要能夠得到知識，小小的沙丁魚甚至都可能變成巨鯊。

因此，記載這類技術的書籍或技術者的智慧不一定都會拿來使用，有時候還會隱藏起來或遭到銷毀。這是為什麼呢？因為雖然優秀國王的腦袋會永遠與王冠同在，但知識就像棉絮般會飄向任何地方。

至於礦山挖掘技術，是一種能夠讓特定集團直接得到莫大利益的技術，這類知識更是有這樣的傾向。

羅倫斯當然能夠懷疑魯．羅瓦是在說謊。

但是，萬一魯．羅瓦所言屬實，而且記載在那本禁書上的技術又十分具有革命性的話，如此珍貴的技術落入德堡商行手中，將會釀成慘不忍睹的悲劇。

北方地區的居民當中，和住在森林和高山的淳樸住民相比，想必只有喜愛鋪上長絨毛地毯的宅邸的人們，會樂於見到這般事態。

而赫蘿是會想要在故鄉森林裡陽光燦爛的地方午睡的居民。

此刻萬萬不得焦急。

這麼告訴自己後，羅倫斯開口說：「可以請您說得詳細一點嗎？」

「我會等待您的答覆。」

魯．羅瓦像在勉強壓扁裝滿葡萄酒的皮袋似地行了一個禮後，離開了旅館的酒吧。

只留下兩只葡萄酒剩了一半以上的酒杯，以及羅倫斯。

發現只剩下羅倫斯一人後，旅館老闆不時投以視線，但羅倫斯沒理會他，而是仰望天花板。

反芻過魯．羅瓦的話語後，羅倫斯不覺得當中有詐。

流入雷諾斯的河川有兩條源流，其中一條連接到德堡商行總部，另一條連接到普羅亞尼的東北地區。魯．羅瓦表示那本禁書目前在普羅亞尼東北地區某城鎮的商行裡。羅倫斯沒有詢問是哪家商行。因為他知道就算詢問了，也不會有哪個笨蛋會說出來。

取而代之地，羅倫斯詢問了魯．羅瓦為何禁書會在那家商行裡。

魯．羅瓦回答時先以「有一所古老的修道院」作為開場白。

十幾年前，這所擁有兩百年歷史的修道院受到雷擊而慘遭祝融。不過，有位領主聽到修道院日常的虔誠表現後，決定重建。進行重建之際，除去瓦礫堆後，發現了通往連修道院院長也不知情的地下室入口，並從地下室裡取出滿坑滿谷的藏書。藏書大多以古代文字撰寫，別說是領主派來負責重建工作的執行官，就連博學多聞的修道士們也無法解讀內容。最後從遠方請來擁有博士名號的人們進行鑑定後，查出了許多藏書的真面目。

然而，當中還是有內容無法解析的藏書。這些藏書幾乎都是以灼熱沙漠國家所使用的語文撰寫，其中幾本的文字還非常古老。想要解讀出這些藏書內容勢必會非常耗費工夫，而且看見不熟悉的灼熱沙漠國家文字，本來就會讓他們覺得心裡毛毛的。就算成功翻譯出內容，萬一那本書上記載著不得了的事，修道院的權威將一落千丈。

或許是受到這種消極想法的影響，最後領主以補貼重建資金為由，把這些藏書賣給了一些好事之徒。賣出藏書之際，執行官因完全看不懂文字，所以依樣畫葫蘆地寫下標題，整理成目錄。

又經過了幾年時間，領主因為過度投入於對於修道院和教會的捐贈行為而傾家蕩產時，有一家商行從領主的寶物庫帶出了幾件稀奇寶物抵債。在一一將這些寶物分類時，發現了記錄藏書的目錄。這家商行想到雖然這本目錄對他們來說毫無價值可言，但或許書商們會了解其價值。

就這樣商行找到了魯．羅瓦尋求意見。

說到南方地區的書商們有多麼博學多聞，根本不是博士們能夠相比。針對難以解讀的文物，博士們必須一項一項地仔細閱讀厚重的書本，但商人們只要知道標題和內容概要就已足夠。如果說博士們知道一百年分的文物內容，商人們就會知道一千年分的文物標題。

魯．羅瓦在這本目錄中發現了禁書，並當場買下那張羊皮紙，然後盡可能大範圍撒網搜尋。

然後，終於撈到了分散在世上的其中一本禁書。

因為刻意用沒人看得懂的文字撰寫，那本書得以保留下來，那同時也是會招來災難的技術書。如果不知道內容是什麼，就算是愚弄教皇的繪畫，也可能放在樞機卿家中作裝飾。

魯．羅瓦表示他不知道這本技術書流落到最後所流入的那家商行，是否發現了該書價值。從其口吻聽起來，似乎期望著那家商行不要發現。

不過，雖然魯．羅瓦看起來像是很容易得意忘形的人，但也抱持非常具有現實性的觀點。

也就是說，魯．羅瓦認為他現在發現了該書價值，就算商行沒有發現，不久的將來應該也會有其他人察覺。

既然魯．羅瓦透過無數人收集了情報，想必至少有多上一倍的人知道魯．羅瓦在尋找那本書。敏感度高的商人如果聽到這個話題，一定會認為這當中藏有什麼玄機。

如果沒有人尋求，就是掉在路邊的黃金，也不會有人發現。

然而，如果有人尋求，就是不存在這世上的東西，也會找得到。

魯．羅瓦另外還坦承原本打算向費隆借錢。

到了現在，羅倫斯也猜得出魯．羅瓦借不到錢的原因。

如同怪獸與魚尾巴亭為了投機而囤積滿山貨物，費隆也採取了同樣的行動。因為這樣，所以費隆甚至沒辦法借出商行的一間房間讓艾莉莎過夜。倘若費隆採買了多到不僅倉庫，連房間也塞得滿滿的大量貨物，手頭不可能寬鬆到還能夠借出巨額現金，如果還有多餘的錢能夠借人，也會用來採買更多貨物才對。

「是可以認為一切都太湊巧，而這樣也比較省事……」

羅倫斯嘀咕著，好讓自己轉換思緒。

只是介紹德林商行就能夠賺到三百枚銀幣，照理說根本沒什麼好猶豫。

然而，羅倫斯之所以沒能夠立刻從桌上起身行動，當然是因為有讓他猶豫的原因。

那就是誰也不敢保證魯．羅瓦沒有與德堡商行串通。就算沒有串通，如果他覬覦的書本到手後，馬上以技術書的名義賣出，說不定也會對北方地區造成負面影響。

也就是說，如果技術書是在沒被發現內容之下，被收藏在某個好事者的書櫃裡，或許應該讓這狀況維持下去。

然而，萬一魯．羅瓦的期望落空，擁有技術書的商行已經開始著手翻譯，並且發現該書內容的價值，那會變成什麼狀況呢？這種想法絕不會太離譜，也不是完全不可能。書本到手後，不可能不在意書本內容。假設那本書還沒被翻譯，最有可能的狀況，就是因為要翻譯的書實在過多。

這麼一來，除非不相信魯．羅瓦的話語，否則就應該盡可能地提供協助。

然而，問題不只有這點而已。

如果羅倫斯為魯．羅瓦與德林商行牽線，就等於願意擔保魯．羅瓦這名人物的信用。所謂介紹，就是介紹人願意保證被介紹人是值得信任的人物。萬一被介紹人是抱著想要讓德林商行不利的企圖，想必追究責任時也會波及到身為介紹人的羅倫斯。羅倫斯連想都不敢想惹火德林商行會是什麼狀況。

假設羅倫斯接受了魯．羅瓦的提議，就必須盯著魯．羅瓦以免他做出不該做的事情。像是帶著錢逃跑這種常見戲碼，也不是完全不可能發生。

這麼一來，羅倫斯肯定必須分配相當多時間在這件事情上面。

羅倫斯現階段還不知道哪個城鎮的哪家商行擁有技術書。儘管如此，還是猜想得到不可能是小型城鎮的小型商行，所以地點應該會在大規模的城鎮。如此一來，搭乘馬車至少要花費十天以上的時間。以可能性來說，說不定位於單程就要花費將近二十天時間的普羅尼亞王都。這樣羅倫斯可能必須浪費一個月，甚至是兩個月的時間。

到那時候，想必已經過了冬季最冷時期，並且迎接新的一年到來。

世上一切事物會甦醒過來，四處的水車也會隨著融雪水開始轉動。

羅倫斯也是年復一年地過活的旅行商人。他不是能夠不分季節悠哉生活的貴族。師父傳承給羅倫斯的行商路線，走上一圈正好花上一年時間，可說搭配得極具藝術性。羅倫斯之所以能夠發狂地幫忙赫蘿尋找約伊茲，正是因為時間正好跨過世間運作變得遲鈍的冬季。

為了赫蘿，羅倫斯願意捨棄一切。

儘管這麼想，但他還是有充分的理由沒辦法實行。

羅倫斯是一個旅行商人，羅倫斯所下的決定並非只會影響他一人。

好比說，有些村落因為受到陡峭岩山的影響，每年過冬都像在走鋼索一樣危險，如果羅倫斯沒有拜訪這些村落，村民們就真的必須吃岩石上的苔蘚充饑了。

就是因為有這樣的地方，才會需要有旅行商人的存在。

羅倫斯多浪費一個月的時間，就等於要村民們等上一個月才能夠等到食物運來。

這導出了一個結論，那就是在即將找到約伊茲的這個時候，羅倫斯必須與赫蘿分離。

「……」

羅倫斯閉上眼睛，再次慢慢地思考。

羅倫斯與赫蘿的約定是，帶赫蘿到約伊茲去。

以及，分手時必須面帶笑容道別。

兩人的約定絕非排除一切會讓赫蘿的故鄉陷入危機的可能性。相信赫蘿也知道這是不可能的事情。

羅倫斯連同葡萄酒吞下嘆息後，從座位上站了起來。

對於德堡商行的企圖充耳不聞的攸葛曾說：一旦知情，就會想蹚渾水。如果知情後什麼也做不了的話，還不如不知情比較心安。

這是非常正確的理論。

與赫蘿一起時明明不會在意，自己爬上樓梯時的嘎吱聲響卻讓人覺得極度厭煩。羅倫斯知道自己的表情肯定也像樓梯一樣扭曲變形。

羅倫斯自嘲地一邊這麼想，一邊站到房門前。

只是稍微做了一下深呼吸後，羅倫斯沒有遲疑地打開房門，並同時準備開口說話。

羅倫斯張開的嘴巴之所以就這麼僵著不動，是因為不太能夠理解眼前的光景是怎麼回事。

「……你們在做什麼？」

聽到羅倫斯的詢問後，赫蘿與艾莉莎只瞥了羅倫斯一眼。

只有寇爾露出水汪汪的可憐眼神看向羅倫斯，並向羅倫斯發出求救訊號。

「不要轉頭亂看。」

赫蘿用手按住寇爾的頭，讓寇爾面向前方。赫蘿站在寇爾正後方，手上拿著平常用來梳理自己尾巴的梳子，梳著寇爾那乾燥蓬鬆的頭髮。看見寇爾身上用毛毯裹住頸部以下的部位，羅倫斯

不禁心想「接下來該不會是打算替寇爾剪頭髮吧」。

艾莉莎在稍微偏離兩人的牆邊，看著手邊做著針線活。從寇爾用毛毯裹住身體這點看來，艾莉莎應該是在縫寇爾的外套。艾莉莎的動作仔細且熟練，時而還會拉扯布料做確認，完全看不出手上拿著的是平常那件破外套。

想必是因為寇爾的窮酸模樣讓赫蘿與艾莉莎兩人看不下去，所以出於好意地幫寇爾打理一番。不過，這般光景讓羅倫斯感到似曾相識。

那是在怪獸與魚尾巴亭發生過的事情。

羅倫斯想起自己曾經被夾在招牌女孩與赫蘿之間。

「嗯。只是梳理整齊而已，感覺就像變了個人似地。」

總是灰頭土臉的寇爾，確實變得清爽幾分。赫蘿露出得意洋洋的表情，一副彷彿在說「了不起唄」似的模樣挺起胸膛。

然而，接著開口說話的不是寇爾，而是艾莉莎。

「睡一覺起來就會改變的東西，沒什麼太大意義。」

這句話非常符合向神明求得真理，再向大眾傳播善念的聖職者作風。

虔誠的艾莉莎手上拿著已經縫補好的外套。雖然艾莉莎跟平常一樣面無表情，但從其嘆息方式看得出來顯得有些滿足。

艾莉莎把縫補好的外套遞給寇爾後，寇爾戰戰兢兢地接過外套，並穿在身上。

「……」

兩人都沉默不語。

一個是看見變得牢固得不像自己的外套，而感到驚訝的寇爾，另一個則是露出一臉索然無味的赫蘿。

「再上等的美酒，如果一直裝在老舊皮袋裡，也會因為破洞而漏了出來。打扮得光鮮亮麗並不重要，而是該盡可能地讓皮袋變得牢固。」

如艾莉莎所說，外套只是仔細縫補過而已，就讓寇爾從顯得可疑的窮酸流浪學生，搖身變成同樣看似貧窮，卻積極優秀的商行小伙子。

「如果一直保持一頭蓬鬆亂髮當然不好，但我想表達的是，髮型比服裝更容易改變。然後，與言行舉止相比，服裝也是容易改變的東西。用字遣詞或是禮節才是應該優先注重的。不過，如果與堅定的信仰心相比，這些東西也會變成像波浪一樣搖盪不定。但這點應該沒什麼好擔心。」

艾莉莎彷彿在朗讀聖經內容似地說道，直到說到最後一句，她才向寇爾露出溫和微笑。赫蘿依舊退縮地說不出話來。寇爾的處境之所以如此尷尬，肯定是赫蘿一回到房間，就立刻提出艾莉莎最敏感的「禮儀沒什麼重要」之類的主張。

赫蘿本性喜愛悠哉，以她的觀點來看，頂多只要梳理毛髮就足夠了，如果還要講究些什麼，在赫蘿眼中就是裝模作樣。嚴格說起來，羅倫斯也是重視實用性的人，所以就日常生活來說，羅倫斯願意投赫蘿的意見一票。

不過，如果不整齊的外表會讓做生意吃虧，要羅倫斯花多少工夫在外表上都願意。羅倫斯之所以一直沒有管寇爾的外表，說實話是因為寇爾不是他的徒弟，也沒有參與生意。

就這點來說，艾莉莎是希望幫助眾生的信仰神僕，並且把甚至可說是多管閒事的助人行為視為本分。赫蘿完全處於下風。

羅倫斯一副感到疲憊的模樣露出苦笑，把不久前的憂鬱都忘了。

然後，羅倫斯準備向下不了臺的赫蘿搭腔。

就在這個瞬間，寇爾回過頭看向赫蘿。

「這是第一次有人幫我梳頭髮。」

寇爾顯得有些難為情地靦腆笑著。

「真的很舒服。」

聽到這些話的赫蘿瞪大了眼睛，然後比寇爾更加難為情地笑了出來。連寇爾都忍不住貼心地這麼說，可見這場競賽赫蘿是徹徹底底地輸給了艾莉莎。

「嗯，是嗎？那每次念書被罵得太難過時，都要記得這麼說。」

赫蘿這番嘲諷的發言，讓個性死板的艾莉莎臉色略顯不悅，但聽在羅倫斯耳裡，卻像是到最後還死不認輸的逞強之言。從赫蘿說完話後咯咯笑個不停的表現，也明顯看得出赫蘿確實是這種心情。

赫蘿毫不客氣地盯著寇爾那件縫補過的外套看，然後補上一句：「不過……」

「寇爾小鬼應該能夠變成一個好雄性。」

「如果願意好好聽我的課，妳說的話一定會成真。」

艾莉莎意外地孩子氣，連小小的反擊機會也不肯放過。不過，在孩子氣的表現上，赫蘿可不允許有人超越她。

赫蘿伸出舌頭，對艾莉莎做了個鬼臉。

看見赫蘿如此幼稚的舉動，與其說生氣，艾莉莎似乎是感到驚訝。寇爾嘻嘻笑個不停，看得出來寇爾在心情上與赫蘿非常相近。

不過，寇爾是個懂得思考現實面的人，而且羅倫斯也認為寇爾應該踏實一點。如果顧慮到現實面，比起聽赫蘿的話，跟著艾莉莎才是正確選擇。

羅倫斯思及於此，忽然瞥見赫蘿的笑臉浮現有些落寞的神情。那是他很熟悉的賢狼表情，也像是在心中對著自己說與羅倫斯同樣話語的表情。

在受到羅倫斯的話語鼓勵下，赫蘿抱著凡事都要嘗試看看的心態立即豁出去地表現任性，但赫蘿似乎還是有些放不開。

想成為暴君需要與生俱來的才能。

既然如此，身為一介旅行商人的羅倫斯會如此現實，也沒什麼不對。

或許是聽到了羅倫斯心中的推託之詞——

赫蘿像是要切換思緒似地用力挺起耳朵，然後轉身面向羅倫斯。

「那麼，這邊的大笨驢這次聽來了什麼樣的話題啊？」

赫蘿說出這句話時，臉上已看不到一絲落寞。真不愧是賢狼，能夠如此地堅強。不過，也可能是赫蘿知道有人確實了解其軟弱之處，所以有一種安心感，而這點羅倫斯也一樣。從羅倫斯散發出來的氛圍，想必赫蘿大概也猜到了話題方向。

赫蘿帶有紅色的琥珀色眼珠看著羅倫斯，那眼珠比平常更加美麗。

「一個只能說是神明所指引的棘手話題。」

羅倫斯有些誇張地說道，赫蘿表現得更誇張地一邊看著艾莉莎，一邊這麼說：

「如果真是如此，那這位神明還真是壞心眼吶。」

雖然寇爾的笑臉顯得有些僵硬，但艾莉莎並非普通的女孩。

艾莉莎一副宛如徐風吹過似的模樣，輕輕帶過赫蘿的話語，顯得滿不在乎地靜靜說：

「只有在心靈貧瘠時，才會有這種想法。」

羅倫斯似乎聽見了赫蘿尾巴膨脹起來的聲音。

看著倔強的兩人，羅倫斯不禁微笑。他介入兩人說：「我方便插嘴說話嗎？」

羅倫斯在也摻雜自己的意見下，轉述完魯·羅瓦的話語後，略顯沉重的沉默氣氛降臨房間。而帶來這般沉默氣氛的主要人物，當然是赫蘿。

「我們是能夠參與這件事情。但是，這麼一來，時間就會不夠。到時候妳必須自己一人前往約伊茲。」

有賢狼之名的赫蘿苦於回答。

對赫蘿而言，如果接受了魯·羅瓦的提議，就能夠排除最壞的可能性，而確認這件事情的真假後，也能夠比較安心。但是，取而代之地，她將會沒有時間與羅倫斯一同前往北方。

相反地，如果不理會魯·羅瓦的提議，就能夠照原定計畫前往北方，但會留下顧慮，而這般顧慮萬一化成了形體，說不定真會招來災厄。不僅如此，此刻也預料得到將會抱持「早知道當初就該接受提議」的苦悶心情。

赫蘿比任何人都痛恨時光無法倒流的事實。赫蘿沒有看向羅倫斯，而是緊鎖眉頭地一直看著地板。

說起來，不過是要不要一同前往某個地方的問題。儘管如此，為了實現與赫蘿的約定，羅倫斯還是做了許多努力。

赫蘿之所以不看向羅倫斯，或許是覺得看了羅倫斯，就會影響答案吧。身為賢狼，必須不受情感干涉地冷靜思考——赫蘿彷彿意氣用事地抱持這般信念似的，堅持不看羅倫斯一眼。

雖然羅倫斯很想向赫蘿搭腔，但又堅持必須由赫蘿做出結論。

而且，如果是由赫蘿做出結論，羅倫斯早就看出了赫蘿的答案。或許應該說羅倫斯相信赫蘿一定會說出如他所想的答案。

所以，看見赫蘿嘆了口氣抬起頭時，羅倫斯不禁瞬間感到一片混亂。

「當然只能夠取有收穫的一方唄。」

赫蘿露出有些疲憊的笑臉，語調也十分乾脆。

那是羅倫斯看過好幾次的賢狼表情。

驚訝過後，羅倫斯心中湧起幾絲怒氣，而沒多思考就開口：

「所以說——」

然而，羅倫斯在說下去之前，被赫蘿的嚴厲目光制止了。

下一秒鐘，赫蘿緩和了表情。那表情像是在說「咱當然很想跟汝一起去約伊茲」。

「咱跟汝的約定是帶咱到約伊茲去。只要汝能夠確實指引路線，咱願意當作已經完成合約。至於能否與汝一起去約伊茲，不過是感受上的問題罷了。」

相對地，魯．羅瓦的提議是極具現實性的問題。

就算不是賢狼，只要是個成熟大人，就不應該受到自身暫時性的感傷影響，而採取合理行動才對。

這是完全正確的觀念，也是羅倫斯平常行商時會提醒自己的地方。

儘管如此，赫蘿的話語還是讓羅倫斯深受打擊。因為對羅倫斯而言，這正是感受上的問題。

「而且，不是還有一件事沒說嗎？」

「還有一件事？」

羅倫斯反問時，赫蘿瞥了寇爾與艾莉莎一眼後，顯得有些開心地說：「喏！就那件事啊。」

「咱還欠汝錢。汝還記得嗎？那時候汝一副氣勢洶洶的樣子，說什麼就是追到世界盡頭，也要追到咱把錢討回來。真是利欲薰心的商人吶。」

寇爾與艾莉莎原本難以分辨赫蘿的話語真假，然而看到羅倫斯苦澀不已的表情後，兩人不禁同時大吃一驚。

而羅倫斯老早就忘到九霄雲外去了。

「你這個人實在是……」

驚訝過後，艾莉莎浮現了憤怒與輕蔑交加的神色。

不管理由再特殊，以債務束縛人的自由都是罪大惡極的行為。

而束縛的對象還是自己親近的人，這更是罪加一等。想必在艾莉莎眼中，羅倫斯已成了無可救藥的守財奴。

「不，這是有原因的……」

「嗯。不過，只要汝願意以這次賺來的錢當作已還清欠債，相信那邊那個死腦筋，還有死腦筋的神明也會原諒汝唄。」

聽到赫蘿這麼說，艾莉莎顯得不滿地看向赫蘿。

然而，看見赫蘿開心地咧齒而笑後，艾莉莎似乎也不想再多說什麼了。

艾莉莎像是傻了眼似地嘆了口氣，還祈禱：「神啊！請原諒我的無力。」

「就這麼決定唄。距離再近，坐馬車也要花上十天左右，是嗎？不過，馬車上有那麼多酒和食物，應該能夠開心度過唄。」

赫蘿看向木窗，優哉游哉地這麼說。

看著赫蘿的表現，羅倫斯只能吞下話語。

赫蘿是真心認為只要有飯菜和酒，就算在抵達約伊茲之前分離，也能夠以笑臉面對嗎？羅倫斯很想這麼詢問赫蘿，但他知道就算問了，也於事無補。

對赫蘿來說，她並不在乎能否與羅倫斯一同前往約伊茲，這只是感傷不感傷的事情罷了。

更重要的是，無論任何時候赫蘿都能夠笑著道別。

誰叫赫蘿早已習慣勉強自己露出笑容。

「喏！既然這麼決定了，就快去答應人家。萬一被其他人搶去，那就慘了。至少要確定拿得到利益，才符合汝掛在嘴邊的商人楷模，是唄？」

羅倫斯非常了解赫蘿是在逞強。

不過，赫蘿似乎光是知道羅倫斯非常了解她在逞強，就已感到滿足。赫蘿難為情的笑臉，感覺像在說「別這麼擔心咱」。

赫蘿終究沒辦法厚著臉皮耍賴。

儘管羅倫斯在背後推了一把也沒用。借用赫蘿的說法就是，儘管受到了搧動，赫蘿還是主動從搶奪寇爾的競賽中退出。

或許赫蘿是因為受不了自己老是佔不到便宜，才會露出為難的表情。

羅倫斯只能夠點點頭。

「也對，起碼要有始有終。」

以一個不夠體貼的商人來說，羅倫斯覺得自己的表現可圈可點。

但是，赫蘿馬上就臭著一張臉說：

「汝怎麼總是這麼鬱悶吶。」

「咦？」

寇爾一副過意不去的樣子露出苦笑。

看見赫蘿無奈的模樣，羅倫斯也只能夠露出笑容。

羅倫斯穿上外套，並從木窗看向外面的街道。雖然街道上依舊人潮擁擠，但不久後教會應該就會開始舉行黃昏時分的禱告儀式。

不過，教會的早晨開始得很早，夜晚也來得很早。因此，就算是在太陽比較早下山的冬季，還是會覺得黃昏來得太快了。順道一提，市場是在告知黃昏禱告儀式結束的鐘聲響起後，才結束營業。所以，想必商人們現在還充滿活力地在街上忙碌穿梭。

這麼一來，就不能保證魯．羅瓦會一直乖乖地等待羅倫斯答覆，而且如赫蘿所說，要是機會被其他人搶走，那就慘了。

既然決定接受提議，就沒有時間拖拖拉拉下去。

「咦？妳不一起去嗎？」

羅倫斯做好出門準備，回頭發現赫蘿還躺在床上。

「咱是賢狼吶。賢狼怎能為了一些瑣碎小事四處奔走。」

赫蘿悠哉地梳理尾巴毛髮說道，那模樣看起來確實不像勞碌命的人。

羅倫斯連抱怨的精力都沒有，於是打算看向寇爾，但他還來不及這麼做時，赫蘿便搶著說：

「寇爾小鬼要跟咱一起留在旅館唄？」

艾莉莎表示要參加黃昏禱告儀式，所以離開了房間；現在如果寇爾也外出，房間裡就會只剩下赫蘿一人。

當然，赫蘿是不想一個人待在這，但主因一定是總算找到能夠獨占寇爾的機會。面對艾莉莎這個敵手，赫蘿完全沒有勝算。既然不能正面對決，狡猾的賢狼當然會攻其不備。

寇爾先看了看羅倫斯，再看了看赫蘿後，露出了心虛的表情看向羅倫斯。

「也對。你可以幫我看著赫蘿，萬一有陌生人來時不要讓她隨便開門，也不要讓她擅自買東西吃，出門時記得要留言給旅館老闆，知道嗎？」

因為無可奈何，羅倫斯也只能用話語刺她兩句。

寇爾因為顧慮到赫蘿而含蓄地笑笑，赫蘿本人卻是一副毫不在意的樣子。雖然赫蘿的表現一點也不可愛，但這也不是一天兩天的事了。

羅倫斯走出房間，並下樓走去。

左右環視人潮擁擠的街道後，羅倫斯稍微思考了一下，最後朝向費隆的雜貨店走去。

雖然魯．羅瓦外出的可能性很高，但想要聯絡他，還是靠費隆的商行最具效率。

而且，就算前往約伊茲的機率已微乎其微，羅倫斯也必須確實考量到往北方地區的可能性。

羅倫斯一邊看著雷諾斯任何地方都看得見的教會尖塔，一邊心想「可能的話，真希望在確定要出發時再向費隆打聽事情」。教會處於雷諾斯的中心位置，在這時段，像艾莉莎那樣虔誠的人們會接二連三地前往教會。

在城鎮裡，想要知道某人是不是虔誠信徒時，只要看他是否直到市場結束營業的那一刻還在做生意，就會一目瞭然。虔誠的信徒不會一直忙著做生意，而會在市場結束營業的鐘聲響起前關上店門，動身前往教會。

時而也會看見不是忠誠於神明，而是忠誠於酒香的人。不過，想必兩者皆盼日子過得安穩。差異點在於，一方是因為祈禱而獲得救贖，另一方是因酒而獲得救贖。

羅倫斯來到費隆的雜貨店時，看見費隆與魯・羅瓦兩人正手拿著杯子聊天。

魯・羅瓦的反應非常迅速。他是身經百戰的商人，似乎在看見羅倫斯表情的那一刻就知道了答案。

「我願意接受您的提議。」

因為魯・羅瓦平時的舉止誇張，所以在這種時候沉默以對，反而具有讓人印象深刻的效果。羅倫斯忍不住心想，還真是狡猾的商人。

魯・羅瓦一副感動得說不出話來的模樣，緩緩握住羅倫斯的手。

「我還以為自己會二度讓上天安排好的機會溜走，都快死心了呢。」

羅倫斯不覺得魯．羅瓦表現出來的喜悅全是演技。

因為羅倫斯知道，被逼到走投無路的商人，所欠缺的不是膽量、智慧或運氣，大多是欠缺充足的資金。

「真是讓人意外。我的直覺愈來愈不準了。」

從遠處望著兩人握手的費隆這麼說。

費隆翻開厚重的帳簿，手拿高級羽毛筆寫字的模樣，有點像個公證人。

因為費隆是以動不動就愛簽約、比商人更重視約定的傭兵為對象做生意，所以更散發出連公證人也遜色三分的誠實感。

「你帶著女人和小孩，真沒想到會不惜冒這樣的危險。」

「不過，這應該是最後一次了。」

聽到羅倫斯的話語後，費隆露出諷刺的笑容，微微傾頭說：

「從這家店離開的傭兵們每次都會說這種話。」

羅倫斯聽了笑了出來。

其笑容裡藏著「如果我也能這樣該有多好」的孩子氣期望。

「不過，真是太感謝您了。我一直拜託費隆先生幫忙，但費隆先生連聽我說明都不肯。」

魯．羅瓦總算恢復原樣，又開始做出誇張的動作。

費隆原本優雅地拿著大支羽毛筆揮毫，這時露出不帶一絲笑意的厭煩表情說：

「說什麼蠢話。我這個做傭兵生意的人，如果跟那家德林商行的奴隸商說話，你說要是被人看見了會怎樣？就算不是虔誠的聖職者，也會懷疑我們在計畫要做什麼壞事吧。」

住在城鎮裡、只在一個場所做生意的人們，就像隨時遭到監視一樣。

而且，不同於出糗時，只需改變做生意場所的旅行商人，城鎮商人的污點是抹不掉的。所以，藥商不會造訪酒吧，製作天平的工匠也不會與兌換商交朋友。因為這會被誤會是不是在酒裡摻雜了東西，也會被懷疑是不是在天平動了手腳。

「就這點來說，我們就沒有這種困擾喔。」

魯．羅瓦用他粗大的手臂挽著羅倫斯的肩膀說道。

事實上，這點應該也是魯．羅瓦會選擇羅倫斯合作的理由之一。

萬一失敗了，兩人的狀況再糟，也只要夾著尾巴逃跑就能夠脫身。而且，請求調度資金的對象，還是傲視整座城鎮的奴隸商人。

儘管無奈地嘆了口氣，費隆的嘴角卻浮現淡淡笑意。或許費隆是看見羅倫斯兩人擁有同樣的自由，而感到羨慕也說不定。

人們一旦踏上旅途，就會感到不安，但住在城鎮裡又會覺得喘不過氣。

或許正因為世上無法一切如願，人們才會努力地往前進。

「不過，真是太感謝您了。謝謝您願意做出這麼大的決心。」

「我會負責把您的打算傳達給德林商行。不過，我不敢保證德林商行一定會答應。」

魯．羅瓦立即點了點頭。

然而，魯．羅瓦並非無知又天真的書商。

他立刻做出回應：

「我們不是要問他們答不答應，而是要設法讓他們答應。」

魯．羅瓦挺起了胸膛，那模樣看起來像是一隻巨鴿。

「而且，我對要送去的抵押品也很有信心。」

羅倫斯被魯．羅瓦的氣勢壓倒而點了點頭後，魯．羅瓦忽然吐出塞滿整個胸膛的氣，並沉穩地這麼說：

「不過，如果在這裡談事情，有沒有可能被費隆先生搶先一步啊？」

費隆瞄了魯．羅瓦一眼。

其嘴角明顯浮現笑意。

「我倒是沒想過要這麼做。這真是新奇的點子。」

如果看見如此假惺惺的互動，赫蘿可能會笑，寇爾可能會感到困惑，而艾莉莎則可能露出一臉厭惡的樣子。

魯・羅瓦點了點頭後，再次面向羅倫斯說：

「方便在這裡談事情嗎？」

羅倫斯當然沒理由拒絕。

於是，他緩緩點了點頭。

羅倫斯兩人一邊斜眼看著費隆忙著做自己的工作，一邊討論起細節。

「普羅尼亞的王都恩狄瑪附近，有個叫做奇榭的城鎮。書本就收藏在奇榭的一家商行裡。」

雖然羅倫斯不知道這個城鎮的詳細地理位置，但至少聽過這個地名。不過，說到恩狄瑪，如果從雷諾斯坐馬車前去，少說也要花上二十天的時間。如果把魯・羅瓦介紹給了德林商行，羅倫斯勢必得扛起監視的責任。要是介紹魯・羅瓦後，魯・羅瓦採取了危險行動，將會讓身為介紹人的羅倫斯作繭自縛。

這麼一來，就表示接下這個提議，果然需要一到兩個月的時間。

就算事情能夠圓滿結束，羅倫斯也必須直接前往南方。

「因為職業上的關係，我透過所有門路調查過多位好事者的動向。我利用這些門路，一項一項地收集情報，以打聽出用沙漠國家文字撰寫的書本所在。」

「您真是幸運，沒有被懷疑是異端。」

羅倫斯抱著一半驚訝，一半想要牽制對方的心情詢問後，魯．羅瓦瞬間隱約露出藏在笑臉底下的本性，閃過一絲陰險的笑容：

「想要走邪門歪道，就要以邪門歪道的方式應付。我只要說『這葡萄酒裡肯定摻雜了其他東西』，檢查官大人就會大口大口地喝下酒。懂了嗎？這個世界就是如此可笑。」

「原來如此。」

羅倫斯一副彷彿在說「抱歉打斷您說話」似的模樣，以手勢催促魯．羅瓦繼續說下去。

「以我的直覺來說，至少在我得到情報的這個夏天之前，商行應該都還沒發現書本的價值。那家商行的老闆本來就很熱愛冒險故事，聽說尤其喜歡炎熱國家的傳說。這是一個旅行藝人提供給我的情報；旅行藝人在信上提到，應該是商行老闆在收集冒險故事時，一起收集到了那本書。如果商行老闆還沒發現書本價值，我看八成是因為那本書還在等待翻譯的漫長書單之中。」

這般說明不像靈機一動突然想到的內容，而是極具可能性的內容。

魯．羅瓦不像其外表給人的感覺般草率馬虎。

如記載在厚重書本上的整齊文字排列般，魯．羅瓦擁有細膩且具合理性的思考。

「我們在採買上會遇到兩個問題。一個是如何採買，另一個是如何運送資金。」

「關於您所說的第一個問題，應該只能實際拜訪那個城鎮吧。畢竟我們沒有分行，也沒有優秀的手下。」

聽到羅倫斯的話語後，魯．羅瓦直率地露出笑容。如果是大商行的老闆，根本沒必要特地前往當地採買。

「我好歹也是靠著自己雙腳賺錢的人，所以完全贊同您的意見。」

「關於第二個問題，我覺得應該採用匯兌會比較妥當，您認為呢？」

匯兌是商人創造出來、會讓古板的教會人士皺眉說是魔法的交易方法。

這是一個堪稱奇蹟、能夠讓距離遙遠的不同城鎮，免於冒險運送笨重現金的方法。

舉例來說，假設位於凱爾貝的攸葛商行，已經與費隆的雜貨店談好條件。這時，羅倫斯把現金帶進位於凱爾貝的攸葛商行，並收下名為匯兌證書的文件。然後，羅倫斯順著河川北上來到雷諾斯，並把匯兌證書交給費隆。這時，費隆會照著證書上所寫的金額支付現金。如此一來，羅倫斯不需要搬運笨重的現金，就能夠把現金從凱爾貝送到雷諾斯。

這就是匯兌的體制。

「您果然也這麼認為啊。這樣也能夠防止其中一方帶著錢逃跑。」

雖然魯．羅瓦帶著自嘲的口吻，但能夠防止這種事情發生確實是匯兌的優點。

匯兌證書是由特定商行發行給特定商行的文件，就算落入不識字的山賊手中，山賊們也不會懂得其價值。此外，不管是羅倫斯還是魯．羅瓦企圖背叛對方兌現匯兌證書，也能夠以寫上但書的方式來防止對方先下手為強。

「不過，問題是匯兌證書的金額恐怕不小，不知道能否順利兌現。萬一往返了好一長段距離運送證書，到頭來卻無法兌現，那就頭痛了。」

重點就在這裡。

匯兌雖是很方便的工具，但並不完美。

萬一位於奇榭的指定商行拒絕將匯兌證書兌現，羅倫斯等人就只能拿著無用證書面面相覷。假設奇榭與現在的雷諾斯一樣，出現極度缺乏貨幣的現象，商行就是再怎麼想支付現金，也可能付不出來。

儘管知道匯兌體制的存在，很多商人還是會不顧危險地堅持付現。就是因為他們曾因兌現失敗，而導致陰溝裡翻船。

金額愈大，這個問題的嚴重性就會愈高，隱藏的風險不容忽視。

「這點只要向德林商行確認過，應該就可以預防。不過，為了分散風險，可能要指定多家商行來分擔比較好。如果奇榭是在恩狄瑪附近的話，也可以指定位於王都的幾家商行。我相信德林商行應該有很多配合往來的商行。」

「您說得一點也沒錯。那麼，整個計畫的大綱，算是與羅倫斯先生意見相同囉。」

雖然這段互動像是在確認每個商人都知道的事情，但正因為是眾所皆知的事情，才更應該好好確認，以免後悔莫及。要是只相信現金的人，與只相信證書的人聯手合作，不用說也知道將造成混亂。

還有，選擇相信現金或證書，並沒有什麼道理可言。

多數是依經驗做選擇，而選擇的根據往往不只是出於理性。

「我還一度認真地想過，這輩子不想再與德林商行有任何瓜葛。」

就是到了現在，羅倫斯也還認為德林商行是屬於不同世界的居民。

每次想起德林商行或伊弗這些人，就會喚起羅倫斯內心那交雜著羨慕與驚愕的奇妙情感。

赫蘿此刻如果在身旁，想必會以一副心癢難耐的模樣笑罵羅倫斯是大笨驢。

「喝醉酒的隔天早上，您不會也有過好幾次類似的想法嗎？」

一點也沒錯。

這麼心想的羅倫斯把視線移向少得可憐的木窗。

從木窗射進來的光線，證明距離日落還有一段時間。

「我這個人習慣趕快處理掉討人厭的事情。」

羅倫斯知道德林商行做生意不可能受到教會鐘聲的束縛，然而，羅倫斯更不願一邊想著「明天必須去德林商行」，一邊入睡。

然而，魯·羅瓦立刻這麼回答：

「這樣啊。我這個人則是習慣先吃掉喜歡吃的東西。」

羅倫斯望向坐在對面的魯．羅瓦，看見那圓滾滾的臉蛋浮現讓人看了甚至覺得討厭的笑容。對於像魯．羅瓦這樣的商人，或許與難應付的對象交涉，才正合他們的胃口。

「啊，對了。」

羅倫斯忽然想起一件事情，而開口詢問：

「要是我不願意幫您介紹德林商行，您會怎麼打算呢？」

難得都已經談妥事情了，現在還提出這種可能性的問題到底有什麼企圖？魯．羅瓦露出有些煩躁的表情，壓低了下巴。

或許魯．羅瓦也可能根本沒有什麼打算，事情也不得不就這麼停滯不前。最後，在旁邊看著魯．羅瓦模樣的費隆代替他回答：

「他的意思是，如果你不願意介紹，頂多不再跟你說話而已。」

費隆刻意以開玩笑口吻說出的話語，就像從赫蘿口中說出的話語一般準確。

就樸素面來說，這裡與費隆的雜貨店同樣風格簡約，但商店構造明顯不同。店家的各處細節都經過精心設計；而建築所用的石材雖不起眼，但卻是砌得整整齊齊、絕無縫隙。

在大型商行櫛比鱗次、讓人看了忍不住讚嘆的壯觀建築物街區裡，這棟樸素的建築並不顯得比較遜色。

德林商行內部顯得極度安靜。彷彿在這股壓力下，連屋外喧囂都嚇得不知道縮到哪裡去了。

「真是太教人開心了。沒想到您會接受我的邀請來喝葡萄酒。」

魯茲．埃林基低聲發出笑聲說道。

德林商行是一家作風獨特的商行，由四位地位相等的老闆負責掌管。

不過，不知道是不是其他三位老闆另有工作在忙，擺設在寬敞房間裡的四張氣派椅子上，只見埃林基一人坐著。

「而且，還帶了朋友來。」

若要羅倫斯在認識的人當中，選出最不想介紹友人的對象，埃林基肯定會排在前三名以內。想必埃林基自身也了解周遭的人們如此看待他，他甚至表現得像是在享受這種惡評的態度。

埃林基自得其樂地笑了笑後，一邊說：「請坐。」一邊指向椅子讓兩人入座。

那椅子十分氣派，讓羅倫斯不禁想如果自己是商行老闆，肯定會捨不得給客人坐。就是魯．羅瓦那龐大身軀坐了上去，椅子也仍是穩若泰山。

「今天只有您一位啊。」

與力量遠遠強過自己的對象交涉時，說話要盡可能地開門見山。因為力量差距太多的話，隨著交談得愈多，事情就愈會朝向對自己不利的方向走。賢者之所以會保持沉默不語，只有一個原因，那就是開口說話的同時，又要表現得像賢者是一件非常困難的事情。

不過，羅倫斯因為太過緊張，所以忍不住說出這般像在閒話家常的話語。

「是的。除非是『採買』，否則我們四人很少會湊在一起。基本上，我們只會讓朋友進到這間房間來。」

「真是不敢當。」

聽到羅倫斯的話語後，在桌上撐起雙手的埃林基，輪流把玩著雙手的大拇指。

「您不需要覺得不敢當。我已經聽說過您在凱爾貝的表現了。」

埃林基甚至沒有露出向對方施壓的表情，就說出這般一般人不太敢說出來的話語。

埃林基那理所當然的態度，就像在說「我早就把你的事情調查得一清二楚了」。

埃林基展露微笑說：

「我們這種人想要存活下去，只要遵守一兩個原則就好了。這原則就是，徹底調查與自己打過交道的人物。此外，想要擴展生意時，一定要順著這緣分進行。」

羅倫斯心想赫蘿此刻如果在身旁，肯定會踩他一腳或踹他一腳。

羅倫斯原本只是抱著閒話家常的心情，話題卻在不知不覺中進入了主題。

埃林基的話語代表著「既然是調查過的友人羅倫斯所說的話，我們願意洗耳恭聽」的意思。

「呵呵。您今天似乎還不打算讓我看見利爪呢。」

看見羅倫斯察覺自己被擺了一道而面露焦躁，埃林基還是顯得開心地笑著。

「羅倫斯先生，請您更有自信一點。您曾經在那女人的計謀下還存活了下來，這讓我們瞠目結舌。不僅如此，聽說您在沿著河川南下的地方漂亮地報了一箭之仇。無論是妄自菲薄，或是給我們過高的評價，都是錯誤的。您跟我們的差別只在於使用的武器種類不同而已。」

褒獎別人不需要花錢，向人低頭也一樣不需要花錢。

如果聽到這般市井商人的大原則，坐在旁邊的魯．羅瓦想必會二話不說地立即表示贊同。不過，坐在羅倫斯眼前的是被城鎮官員稱呼為公卿，大家都拚命地想要討其歡心的人物。對這樣的人物來說，他們會因為說話算話、言出必行而感到驕傲。

「謝謝您的誇獎。」

羅倫斯沒有露出商人的笑臉，而是坦率地笑著這麼說。

埃林基迅速瞇起眼睛說：

「那麼，請說您的來意吧。」

羅倫斯似乎通過了如臨深淵、如履薄冰般的測試。

羅倫斯交棒給魯．羅瓦。

書商挺直背脊，並用力吸了口氣。

「禁制的技術書。」

埃林基簡短地反覆說道，並直直注視著魯·羅瓦。

在這種時刻，以耍寶作為武器的書商，也露出了嚴肅表情。

「這本技術書，應該是在三十四年前召開的第二次雷瑪隆大公會議上，被指定為禁書的書本複本。原書已經遭到焚書處置。記錄上有提到撰寫書本的技師遭到軟禁至死。我們書商之間謠傳是由帶著草稿順利逃跑的徒弟，製作了複本。不過，目前並不確定是真是假，而且聽說利用這個謠言的詐騙行為到處橫行。」

只要有複本或註解本的存在，總會被用來詐騙。

寇爾遭人設計，最後落得不得不逃出學術之都雅肯的下場，也是一場利用註解本的詐局。

「但這次應該是真的，是嗎？」

「是的。詳情就如我方才所做的說明。」

從在修道院的發現經過，到旅行藝人團體寄來的信件內容，魯·羅瓦毫不含糊且口才流利地做了敘述。

在某種涵義上，魯·羅瓦的描述甚至顯得過度流暢，但不管是詐騙還是真實，惟獨魯·羅瓦的那股熱忱不會是騙人的。

埃林基一直注視著魯·羅瓦後，動作緩慢地看向羅倫斯說：

「羅倫斯先生，您並不確定這件事情是真是假吧？」

「是的。」

「從內容看來，這應該是必要懷疑的危險話題。您會願意當仲介人……應該需要下很大的決心吧？」

聽到埃林基用帶點玩笑的口吻說完，羅倫斯點了點頭，並簡短地說：

「我從友人口中，聽到了這位魯·羅瓦先生的厲害之處。」

雖然羅倫斯所指的厲害之處，帶有狡猾或眼光犀利等略顯負面的含意，但是都脫離不了讚許魯·羅瓦那能不懼善惡，為達目的不擇手段的強悍。

埃林基微微傾著頭，並只在嘴角浮現笑容。

魯·羅瓦保持嚴肅的表情，狼狽地擦去汗水。

「應該不是為了錢吧？」

埃林基閉上眼睛，然後像在尋找記憶似地微微低著頭。

埃林基肯定是想起雷諾斯陷入混亂的那天。

那天，羅倫斯拒絕和伊弗聯手一獲千金，並回到德林商行來。

羅倫斯是為了贖回赫蘿而來的。

「是因為無法割捨對北方地區的情感。」

魯·羅瓦拐彎抹角地說道。

埃林基咧嘴露出牙齒。

那笑臉看起來也像是感到受不了的表情。

「對從事我這種生意的人來說，這話聽起來還真是刺耳。」

費隆之所以不願意與德林商行有交流，正是因為他們經營的是奴隸買賣。

傭兵的收入來源大致可分為兩種。

分別是掠奪品以及奴隸買賣。

酬勞並不列入計算。

傭兵不確定能不能夠收到酬勞，就算收到了，也只有開始募集時的少數金額而已。儘管如此，傭兵們還是堅持尋找雇主打仗，好讓他們能夠光明正大地掠奪財物。

儘管採用的方法沒那麼直接，羅倫斯還是抱著為北方地區著想的心情，把魯·羅瓦介紹給了德林商行。不過，德林商行肯定會趁這段時間從德堡商行的企圖與北方地區的騷動之中，挖出巨額利益。

羅倫斯完全猜不出在這會讓多少人被抓來當成奴隸賣掉，多少人的故鄉會遭到燒毀。

「不過，煩惱是賢者的職責；修正錯誤是聖職者的職責；我們的職責應該是滿足人們的需求吧。如此說來，魯・羅瓦先生到底是為了滿足誰的需求呢？」

交涉又向前邁進了一步。

魯・羅瓦立刻咳了一聲回答：

「拉翁迪爾公國有位尼可拉斯公卿。他是一位如果不是禁書，呃……就熱情不起來的人。」

聽到魯・羅瓦的形容方式，埃林基沒出聲地笑笑，然後握拳遮住嘴，做出像要咳嗽的動作。

身為奴隸商的埃林基，或許是想起某個顧客曾經提出的誇張要求吧。

「沒事，抱歉。不過，您說的是尼可拉斯公卿，是吧？」

「是的。」

「在我們的顧客名簿……也就是這裡面，並沒有這位公卿的名字。」

埃林基敲了敲太陽穴說道。

「姑且不管這名人物是否真的存在……」

魯・羅瓦打算趁機說明，但被埃林基以手勢制止了。

埃林基似乎不太在意這名人物到底存不存在。

那麼，埃林基打算詢問什麼呢？如果埃林基是想要讓這件事情多少增加一些真實性，不聽說明是要如何增加真實性呢？

此刻的羅倫斯抱著純粹的好奇心。

埃林基一針見血地說：

「您打算賺多少利益呢？」

基本上，商人只會為了自己的利益前進。

這麼一來，當然應該把這點問清楚。

商人擬定計畫時，會從基層開始鞏固起。然後，沒有一個商人不會去思考利益。

有趣的地方是，在計畫階段時表現得再怎麼冷靜透徹的商人，一旦到了預估利益的階段，就會突然變得看不清事物。這時商人所計算出來的利益，時而會異常地多，時而又會異常地少。

羅倫斯曾聽說計畫規模愈大，預測結果與實際結果的差距就會愈大。師父告訴過羅倫斯，這是因為人們再怎麼理性，也不可能一路保持冷靜。

如果魯．羅瓦有什麼其他不良企圖，肯定會說出不符實際的金額。

為了賺錢而擬定計畫的人會夢想著利益，而為了說謊而擬定計畫的人會夢想著計畫。

而且，說謊者會相信自己的謊言，根本不會夢想利益。

「以盧米歐尼金幣來計算的話——」

不過，魯．羅瓦斬釘截鐵地說：

「我打算以一百二十枚金幣賣出。」

「我曾聽說亞賴國的王妃外套差不多是這個金額。」

埃林基是在詢問「金額的根據是什麼？」

「雖說這類商品的市場多的是虛榮心與紙上談兵，但我聽來的情報指出，鍊金術師亞郎・密海爾所撰寫的書籍《神與鐵心臟》正好以一百枚盧米歐尼金幣賣出。我確信這本書不會低於這個價格。」

不過是一本書而已，竟如此難以置信地高價。

不過，以客觀的角度來看，魯・羅瓦的話語確實營造出一個採買高金額商品，以試圖賺取高金額利益的人會有的氣氛。

埃林基沒眨眼地一直注視著魯・羅瓦。

等到埃林基總算閉上眼睛時，魯・羅瓦用力地吸了口氣。

「關於作為抵押品的書本金額……」

「只要拿給一流書商鑑定，一定能夠賣得三十枚金幣。」

魯・羅瓦在說這句話時，拿出了一本書。那本書雖然很大本，但裝訂得極度樸素，感覺上就算有機會擺飾在大書架上，也只會被用來填補下層書架的空隙。

對羅倫斯來說，這本書看起來一點價值都沒有，但賣出的金額，卻幾乎能實現在城鎮開店的夢想。羅倫斯不禁心想「雖說人外有人，天外有天，但程度未免也相差太遠了」。

埃林基連點個頭都沒有，便突然搖起桌上的小搖鈴。

這時，房門無聲無息地打開來，一名少年走進房間，並把嘴巴湊近老闆耳邊。

埃林基總算點了點頭後，少年深深行了一個禮，跟著走出房間。

「就借給兩位八十枚金幣吧。這樣應該足夠吧？」

魯．羅瓦慢慢吸入一口氣，然後發出如哀嚎般的聲音。

「足夠。」

「不過，不管有沒有順利買到，我們都會酌收二十枚金幣當作手續費。」

這金額比作為抵押品的書本價值低了一些。

埃林基說出這金額可能是「就算採買失敗，也會留一些盤纏讓你回南方去」的意思。

「另外，有一個附加條件。」

「什……」

魯．羅瓦似乎不是驚訝地說出話來，而是打算說「什麼條件呢？」

埃林基先等待魯．羅瓦停止咳嗽後，才接續說：

「我們這種生意，其實就像在賭博一樣。而且，也同樣極度靠運氣決定勝負。可能的話，我們很希望坐在這椅子上，就能夠賭贏人家。」

埃林基的視線移向羅倫斯。

「條件就是您要一起前往採買。您親眼看了、聽了後，覺得沒問題時，我們就借錢給兩位。這就是附加條件。」

這是羅倫斯預料中的條件。

雖然埃林基的說詞，就像抱著向神明祈禱能夠獲得幸運的心情，但事實上他的話卻是無比現實。依羅倫斯所見聞到的內容來決定借錢與否，這確實代表一切責任將落在羅倫斯肩上的意思。

如果魯·羅瓦有什麼不良企圖，或是造成嚴重失敗而讓借款全泡了湯的話，該責任將落在羅倫斯肩上。

不過，聽到埃林基話語的瞬間，羅倫斯沒有想到這些，而是湧起另一種情感。

「不方便嗎？」

看見羅倫斯的反應後，埃林基顯得有些意外地這麼說。

聽到埃林基的話語後，羅倫斯也慌張地回答說：「不會。」

羅倫斯發覺自己感到極度失望。

令人難以置信地，羅倫斯在無意識中竟然抱著「如果在這裡遭到拒絕，儘管有所遺憾，但就能夠前往北方」的愚蠢想法。

如果是因為感到恐懼，或壓力過重而雙腳發抖，那還說得過去。

面對自己愚蠢的反應，羅倫斯險些笑了出來。

「不過，我想兩位要一一往返遠方城鎮會很辛苦，就由我們商行多派一個人手同行好了。」

埃林基晃著搖鈴說道。

這回換成另一名少年立刻走進房間。

「我們會向多家有生意往來的商行發行匯兌證書。也會寫上但書標明，當三人都到場並簽名後，才能夠兌現。」

為了避免有人背叛，這是理所當然的措施。

埃林基低聲向少年下了一些指示後，少年立刻離開了房間。

「對了。或許多說無益，但將與兩位同行的男子是我們非常信任的人物。還有，我們會發行匯兌證書的奇榭那幾家商行，想必也都會是欠我們很多人情的商行。」

你們想要威脅隨行者也沒用。你們想要帶著匯兌的錢或採買到的書本逃跑，也會受到位於奇榭的商行監視，所以一樣沒用。

埃林基擺明是在恐嚇，但那張笑臉才是最具殺傷力的威脅。

「不過……」

埃林基接續說道。因為順利談妥條件，氣氛也緩和下來，所以魯．羅瓦整個人就像冰塊快要溶化似地汗水直流，並且不停擦拭汗水。就在魯．羅瓦放鬆下來時，埃林基突然這麼發出一擊，真不愧是德林商行老闆會有的表現。

「位於奇樹的商行應該是那家商行吧?」

這一類的交涉,通常到最後都不會說出採買對象的名字。

魯.羅瓦一副「怎麼可能被發現?」的模樣在椅子上僵住身子。

比起傭兵,埃林基的笑臉更教人害怕。

「有一位非常熱愛灼熱國度的老闆。」

一個喜歡蒐購書籍的好事者,恰巧是奴隸商的重要顧客,這種事情並不稀奇。如果對方還是一個擁有奇特嗜好的人,這般可能性更高。

「我們介紹過好幾位褐色肌膚的美麗姑娘給這位老闆。原來如此,沒想到是那家商行啊。」

羅倫斯之所以好歹還能夠保持鎮靜,想必是因為覺得在某種涵義上,此次交易與自己無關。若非如此,羅倫斯肯定會像坐在身旁的魯.羅瓦一樣汗如雨下。

「喔,請放心。」

埃林基語調平靜地說道。

「對於不熟悉的生意,我們通常都會交給熟悉的人去處理。」

如果只是嘴上說說,對方想說什麼都行。

但是,如果不信任對方,什麼事情都動不了。

奴隸商專門應付那些受傷、恐懼,不然就是內心充滿怨恨的奴隸。

埃林基的絕妙手腕，真是令人佩服得五體投地。

交涉結束後，埃林基在握手時邀請了羅倫斯兩人共用晚餐。

魯．羅瓦一臉「如果緊張情緒再持續下去，就會出人命」的表情。而且，羅倫斯也思忖如果與埃林基這些人用餐，很有可能會食之無味。

於是，羅倫斯慎重地拒絕了邀請，而埃林基依舊是露出打從心底感到遺憾的表情。

雖不確定埃林基的表現有多真心，但或許埃林基是真的感到遺憾也說不定。

就這樣，羅倫斯兩人在埃林基與少年隨從目送下，走出了商行。此刻外頭的天色早已是一片昏暗。

話雖這麼說，但夜晚才剛剛開始，所以港口仍看得見好幾處燈光。其中有些是綁在船首的燈光，有些是正在整理貨物的人們點亮的燈光。而且，在港口四周賣酒的店家才正要熱鬧起來，準備讓人們好好排解一整天累積下來的鬱悶。

「……就是公爵或伯爵，也沒像他那麼有威嚴。」

魯．羅瓦一開口就這麼說。

「至少我曾聽到鎮上的官員稱呼他為公卿。」

「如果他是擁有正式爵位的貴族，肯定早就當上一國之主了吧。真的，害我緊張得都瘦了一圈。」

魯．羅瓦流出的汗水確實足以讓他瘦上一圈。與魯．羅瓦相比，羅倫斯是否算是擁有過於常人的膽量呢？事實應該不是如此。

如果詢問赫蘿，想必會被說「汝只是太遲鈍罷了」。

「不過，總算順利談成了。」

羅倫斯有沒有膽量或遲鈍都是未知數，但這點卻是非常肯定的事實。

羅倫斯牢牢握住了魯．羅瓦伸出的手。

兩人交涉到方才的賺錢生意規模之大，足以成為某人的人生轉捩點。

「雖然力量微薄，但我願意提供協助。」

「哈！哈！哈！您太客氣了。像剛剛也是，要不是有羅倫斯先生您陪在身旁，我可能早就窒息而死了。我希望還能夠借助於您的智慧。畢竟我要付給您高達三百枚銀幣的金額！」

雖然魯．羅瓦的說法好像在說「光是在中間牽線，就能夠賺到三百枚銀幣」，但羅倫斯當然一點也不覺得憤怒。

因為一個商人本來就應該料到會是如此。

「那麼，為了慶祝第一階段的成功，我們找個地方喝一杯吧。我緊張到口渴死了。」

雖然這是非常具有吸引力的邀約，但此刻的羅倫斯滿腦子只想著赫蘿他們。

「真的很抱歉……」

魯．羅瓦畢竟是刻意以厚臉皮和耍寶為賣點的商人。

聽到羅倫斯的話語後，魯．羅瓦立刻有所察覺地主動退步說：

「唉呀，這樣啊。不過，接下來的日子就是不願意，我們也要一起吃喝拉撒睡。或許盡量不要見到面，也比較不容易吵架吧。」

說罷，魯．羅瓦哈哈大笑起來。

羅倫斯只能夠露出苦笑回應。

不過，再次握手時，羅倫斯比剛才更用力地握住了魯．羅瓦的手。

「那麼，晚安囉！」

魯．羅瓦大聲說畢，便邁步離去。

羅倫斯揮揮手回應魯．羅瓦後，也走了出去。

走了幾步路後，羅倫斯驚訝地忽然停下腳步。

「妳……」

羅倫斯不禁囁嚅。這時，赫蘿一副極度不悅的模樣皺著臉，晃晃蕩蕩地出現在羅倫斯面前。

說赫蘿「晃晃蕩蕩」並不是誇飾。

赫蘿走起路來確實搖來晃去，並且用雙手緊緊抱住自己。

「妳該不會一直在外頭吧？」

「……」

赫蘿沒有回答。或許赫蘿是打算點頭，但因為太冷，所以只能僵著脖子。

這表示赫蘿那顯得不悅的表情並非因為心情不好，而是因為太冷了。

「沒事，總之先找一間店進去……不過，天氣這麼冷，妳幹嘛跑出來？」

羅倫斯脫下外套，披在赫蘿肩上。

赫蘿的長袍像泡過水似地冰冷，赫蘿也不停地微微顫抖。

「咱、咱擔心汝會被……」

「擔心我會被騙？那也不用因為這樣就一直在外頭……」

都什麼時候了，赫蘿還不忘說出不可愛的話語，讓羅倫斯忍不住想要誇獎她一番。羅倫斯沒有笑出來，也沒有露出受不了的表情，而是先隔著那件披在赫蘿身上的外套，為赫蘿摩擦纖細的肩膀以取暖。

幸好德林商行裡的暖爐加了大量木柴，所以羅倫斯的外套被烘得十分暖和。羅倫斯探頭一看，發現赫蘿的側臉氣色好了一些。

「啊，那邊有攤販。妳在這邊等一下。」

聽羅倫斯這麼說，赫蘿乖乖地點了點頭，並倚在光線從木窗縫隙流瀉出來的商行牆上。
羅倫斯回頭看了一眼，發現赫蘿顯得極度不舒服地低著頭。
「真是的。」
羅倫斯嘀咕道，急忙奔向攤販買了烈酒。
「喏，快喝吧。」
寒冷季節來到寒冷地區，就會買得到符合這般環境的酒。
從羅倫斯手中接過小酒杯後，赫蘿喝了一口，並緊緊閉上眼睛。
「妳的尾巴。」
儘管羅倫斯一邊笑笑，一邊指責說道，赫蘿還是沒有縮起膨脹的尾巴。
赫蘿發出「噗哈」一聲吐出一小口氣後，再喝了一口酒。
喝下烈酒後，想必赫蘿應該能夠暫時忘記寒冷。
「喂！妳喝太多了。」
因為看見赫蘿沒停歇地打算喝第三口酒，羅倫斯急忙準備收起酒杯。
然而，羅倫斯的手還沒碰觸到酒杯就停了下來。
羅倫斯的視線從赫蘿的胸前移到臉上。
「嘿！」

赫蘿一聲叱喝，躲過羅倫斯的手，喝下第三口酒。

再次吐出一小口氣後，赫蘿總算恢復血色的臉上，浮現一如往常的笑容。

「大笨驢。」

正因為喝醉了，才會說出這句話。

羅倫斯心想，如果要赫蘿找藉口解釋她的態度，肯定會得到這個答案。

赫蘿緊緊夾著腋下，用雙手捧住酒杯喝酒。

不過，赫蘿這樣的動作當然有部分是因為寒冷，但另有其他真正原因。

赫蘿的腋下不知夾著何物。

在木窗流瀉出來的光線下，只看得見輪廓。

「汝離開後沒多久，東西就送到了。不過……」

說著，赫蘿像是死了心，把酒杯遞給羅倫斯，然後拿出夾在腋下的東西。赫蘿拿出了兩封信件，其中一封信件尺寸大了一圈，看起來信封裡像是裝了地圖。

「這是汝為了咱而尋找到的東西。這樣的東西不應該只有咱與寇爾小鬼兩個人打開來看。當然更不該給那個死腦筋看。」

赫蘿的語調固然帶刺，但說話時就像喝醉了酒似的臉上一直掛著笑容。

赫蘿是因為難掩喜色而感到難為情。

她之所以會憨直地在外面受寒發抖等待羅倫斯，或許是想利用冬天的冰冷空氣，讓忍不住浮現笑容的臉變得僵硬。

「咱……」

赫蘿抬起頭說：

「咱認為應該跟汝一起看比較適當。」

不知道是不是酒精也發揮了作用，赫蘿的臉就像放在暖爐裡烤過的蜂蜜餅乾一樣。

羅倫斯把沒拿著酒杯的右手伸向赫蘿的臉。

然後，羅倫斯用大拇指指腹撫摸赫蘿的左臉頰，那動作就像要雕塑即將融化的臉一樣。

儘管對於該不該一同前往約伊茲，赫蘿能夠冷靜地做出判斷，但針對其他事情就沒辦法憑理性俐落地做出判斷。

像是現在，她居然會莽撞到在隆冬裡一邊受寒發抖，一邊等待羅倫斯，這一點實在是讓人忍不住想笑。

「妳才是大笨驢。」

赫蘿咧嘴露出尖牙，幾絲白色氣息隨之從口中湧出。

羅倫斯張大雙臂，輕輕地抱住赫蘿後，鬆開手臂說：

「妳還沒拆啊？」

「咱拿得高高的照陽光或燈光，偷看了好幾次。」

雖然不願意拆信，但恨不得馬上看見內容；羅倫斯想像著赫蘿在經歷一陣掙扎後，在陽光底下舉高信封拚命想要看內容的模樣。那模樣已經不像賢狼，完完全全像一隻笨狗。

羅倫斯再次撫著赫蘿的臉，開口說：

「誰來拆信？」

「咱。」

羅倫斯心想赫蘿當然會想要自己拆信，結果沒想到赫蘿把手上兩封信件都塞給了他。

「咱是很想自己拆信。不過，畢竟現在有兩封信。看了其中一封信之後，咱可能又會痛哭流涕也說不定。」

不知道是多久以前的事情了，羅倫斯曾經以為赫蘿不識字。那時候因為羅倫斯粗心大意地把記載著約伊茲已滅亡的信件留在赫蘿身邊，把事情弄得一發不可收拾。

羅倫斯抱著少部分罪惡感，以及大部分的苦笑接過信件。那是一封不想讓赫蘿看見內容的信，但如果赫蘿想看，羅倫斯還是打算讓她看。

赫蘿的手非常地冰冷。理所當然地，赫蘿的手是屬於女子纖細的小手，與魯．羅瓦的手完全不同。

「交涉成功了唄？」

羅倫斯把酒杯遞給赫蘿，並準備拆信時，赫蘿突然這麼說。

「妳沒有在外面聽嗎？」

憑赫蘿的耳力，或許就是站在商行外，也能夠聽見屋內的聲音。

然而，赫蘿搖了搖頭，並補充一句：「咱耳力沒那麼好。」赫蘿隨即夾雜著嘆息聲，抬高視線注視著羅倫斯。

「儘管如此，咱還是知道結果。」

赫蘿簡直像在打啞謎。

而且，既然知道結果，又何必明知故問？

羅倫斯停下準備拆信的手，注視起在夜晚燈光映照下，發出金色光芒的眼珠。

沉默持續了好一段時間。

雖然赫蘿先打破了沉默，但絕非原諒了羅倫斯的愚笨。

「既然那個肉包子一臉開心，就表示交涉成功才對。然而，汝的表情卻是一點也不開朗。真不知道這代表著什麼意思吶？」

「嗚……」

羅倫斯發出呻吟聲的當下，已經透露了心聲。

赫蘿雙手抱胸，深深嘆了口氣。

帶著酒臭味的氣息，反而提升了赫蘿怒氣的純粹度。

「汝是不是認為只要交涉失敗，就能夠跟咱一起去約伊茲？」

赫蘿完全識破了羅倫斯的心願。

羅倫斯發不出不甘心的聲音，也沒能夠別開臉。

「萬一弄丟了賺錢機會，最後還招來約伊茲的危機，汝打算怎麼負責？不對，咱甚至不應該問汝這種問題，只要一句話來形容即可——汝比咱更像真正的少女。」

「……好歹也說我是多愁善感吧。」

「哼。」

赫蘿用冷哼表示不屑，並喝起酒來。羅倫斯抱著苦澀心情看著赫蘿。

「感傷亦有優劣之分。」

只有在這種時候，赫蘿才像個真正的賢狼。羅倫斯嘆了口氣，開始拆開信封。羅倫斯先拆開了尺寸大了一圈、應是裝著地圖的信封。

雖然赫蘿喝了口酒試圖掩飾自己的興致勃勃，但雙眼一直注視著羅倫斯的手。

羅倫斯小心翼翼地從信封裡取出了一張硬邦邦的羊皮紙。

羅倫斯接過酒杯，把羊皮紙遞給赫蘿。

看著緊張的赫蘿，讓喝下的酒感覺特別地辛辣。

「汝啊。」

「嗯？」

不過，赫蘿在攤開羊皮紙之前，先向羅倫斯搭腔。

赫蘿的視線保持落在隨時準備攤開來的地圖上——或是說，那姿勢像是看見地圖縫隙裡藏著驚人秘密似的。

羅倫斯再次詢問：「怎麼了？」

在燈光映照下呈現金黃色的眼珠，看向了羅倫斯。

「雖然一起去不成……但至少應該一起看唄？」

羅倫斯忍不住呵呵一笑。

儘管如此，羅倫斯還是立刻點了點頭，移動腳步站到了赫蘿身旁。

然而羅倫斯這麼一站後，卻擋住了從木窗流瀉出來的光線，於是羅倫斯推著赫蘿的肩膀往旁邊移動。

在這之間，赫蘿一直拿著地圖。

「好了。」

羅倫斯說道。赫蘿有些不安地仰望羅倫斯後，屏氣凝神地掀開地圖。

「哇啊！」

羅倫斯不禁驚嘆。

儘管是在微弱光線下，也能夠看出攤開的地圖十分氣派。

按照慣例地，地圖四角畫上了神明以及精靈的圖樣，還有據說在遙遠南方的海洋上有一只永不乾枯、傳說中的水瓶，以及企圖吞下該只水瓶的巨大章魚。

地圖上沿著主要道路，畫線串連起城鎮或村落，當中有羅倫斯不知道的地名，也有其他旅行商人想必也不知道的偏僻城鎮名稱。山脈上也分別畫上了各地方的精靈，像是呈現出古老世界的樣貌。說不定，弗蘭是把行遍各地所收集到的傳說或謠言一一畫了上去。

羅倫斯壓低身子到與赫蘿同高，探頭看著地圖。

從南方順著道路前進，先越過帕斯羅村、留賓海根或卡梅爾森，才會抵達雷諾斯。地圖上越過雷諾斯後，道路繼續朝向北方延伸，並在經過幾座羅倫斯也不知道的城鎮後，鑽進森林深處。

抵達森林深處後，狼的圖樣最先印入眼簾。

因為這次是攸葛代替弗蘭提筆，畫上狼的圖樣或許是攸葛開的小玩笑，也可能是一種貼心的表現。

托爾金。

流麗字體大大地寫出該處一帶的地名。

雖然只有簡短幾字，但宛如高傲地在宣言此地名般，在發出長嚎的狼圖樣角落，清楚地這麼寫著：

約伊茲。

那是赫蘿的故鄉之名。

「找到了。」

聽到羅倫斯說道，赫蘿點了點頭。

赫蘿點頭的幅度非常小，就算說像在打嗝，也說得過去。

「真的有這地方吶。」

羅倫斯一邊心想「玩笑開得真大」，一邊看向赫蘿後，發現赫蘿臉上掛著笑容。

羅倫斯原本想像著赫蘿會喜極而泣、或一副百感交集的模樣，卻看見赫蘿臉上浮現了疲憊的笑臉。

就彷彿在說「總算是找到了，真累人啊」。

因為沒猜中赫蘿的反應，羅倫斯有些不甘心地這麼說：

「老實說，我也沒想到真的找得到。」

畢竟羅倫斯對於約伊茲這地名的熟悉度，僅限於聽過一次，而且是在無意中聽到別人提起的程度。羅倫斯光靠著這麼一丁點記憶就承諾要帶赫蘿去約伊茲，想必有一部分是因為當時遇到赫蘿而有些慌張失措。現在冷靜一想，不禁覺得認為找得到約伊茲的想法才顯得荒謬。

不過，真正試著去追尋這般天馬行空的事情後，羅倫斯才發現有很多特別喜愛奇聞軼事、嗜好奇特的人在追尋傳說。

而且，這些人所追尋的傳說都不是隨便捏造出來的故事，也不是誇大事實的謠言，而是實際發生過的事情。光是知道這些，或許就代表羅倫斯帶赫蘿來到這兒有著特別的意義。

赫蘿似乎也想到不少事，所以沒有發脾氣。

羅倫斯用右手不停摸著赫蘿的頭。

平常赫蘿一定會嫌煩，但這回赫蘿任憑羅倫斯摸頭，還咯咯笑著說：

「汝等祈求，就給汝等。」

赫蘿說出了聖經中的名句。

「如果是從人類崇拜的神明口中說出這種話，嗯，的確很能夠抓住人心。」

「正因為有這樣樂天積極的想法，我們商人才做得成生意。」

赫蘿在羅倫斯手底下轉過頭，望著羅倫斯。

在多重的偶然與必然重疊下，兩人此刻才能夠站在這裡。

赫蘿咧嘴露出笑容。

「汝啊。」

然後，赫蘿摺起地圖，並發出如嘆息般的聲音。

「謝謝。」

赫蘿忽然抬高下巴，湊近羅倫斯的臉頰。

臉頰感受到的柔軟觸感一下子就消失了，但羅倫斯沒有追隨觸感而去。

羅倫斯保持面向前方，只以眼神追著赫蘿。

赫蘿保持笑臉地縮起脖子，像是忍耐著不讓自己大叫出來。

羅倫斯輕輕笑笑，然後與赫蘿一樣抬起頭，露出有些受不了的表情。

「好幾次受傷挨打，也遇到過險些破產的慘況。」

「嗯？」

「這樣拚了命到最後，好不容易得到的犒賞就這個啊？」

羅倫斯閉上一隻眼睛，然後指著自己的臉頰說道。

赫蘿聽了後，用手指夾住地圖，並抬高視線盯著他說：

「不滿意嗎？」

比起哭哭啼啼的樣子，這還比較適合約伊茲的賢狼赫蘿。

「不敢。」

「嗯。那就好。」

羅倫斯聳了聳肩後，赫蘿抓住了羅倫斯的手臂。

從羅倫斯手中拿走空信封後，赫蘿保持著抱住羅倫斯手臂的姿勢，動作巧妙地把地圖收進信封裡。

「要是搞丟就慘了。汝帶著唄。」

「很遺憾地，我兩手都拿著東西。」

羅倫斯的左手小指與無名指之間夾著另一封信件，食指與大拇指還拿著酒杯。右手則被赫蘿抱住了。

這時，赫蘿拿走酒杯，遞出地圖。

「咱負責拿酒杯。」

「好好好。」

赫蘿立即喝了一口酒，但烈酒就算喝了再多口，還是一樣辛辣。

雖說赫蘿本來就愛喝酒，但沒等酒意消退就猛喝如此辛辣的烈酒，肯定是因為內心平靜不下來所致。

赫蘿抱住羅倫斯右手的力道比平常來得重，尾巴似乎也膨脹起來了。

羅倫斯不會取笑赫蘿愛逞強。

看見赫蘿與艾莉莎爭奪寇爾的經過後，羅倫斯明白了赫蘿的本性就是如此，而事到如今也沒必要改變。

「對了，你們吃過飯了嗎？」

羅倫斯知道如果一直繞著地圖的話題，赫蘿肯定又會說他太感傷或什麼難聽的話。

所以，羅倫斯刻意提出具現實性的話題，但赫蘿似乎不怎麼高興。

「汝真是不懂怎麼觀察當下的氣氛……不過，這種事情也是勉強不來的唄。」

雖然羅倫斯很想說「妳回想看看自己剛剛說過什麼話」，但忍了下來。

就只有在這種時候，赫蘿才會任性地使著性子。

「應該還沒唄。畢竟那個死腦筋在這方面好像很重視禮節。」

赫蘿這句話真讓人分不清是褒或貶。

不過，羅倫斯說了句：「那就快回去吧。」並準備轉向與木窗光線相反的方向。

「唔？」

「我們走捷徑。順便找一家酒吧買料理回去好了。只要順著這條小巷子一直前進，應該就能夠走到怪獸與魚尾巴亭附近才對。」

「嗯。記得也要買很多很多烈酒。」

聽到赫蘿這麼說，羅倫斯才總算發現忘了歸還酒杯。

雖然羅倫斯覺得這樣做不對，但又懶得走回去歸還。

明天再拿回去還好了。

這麼改變念頭後，羅倫斯兩人在小巷子裡前進。在兩側住家流瀉出來的光線照亮下，小巷子裡還算明亮。

小巷子被夾在高聳建築物之間，營造出難以形容的奇妙空間。

明明小巷子看起來十分狹窄，實際走起來卻又不這麼覺得。經過窗戶或門旁時，會傳來人們生活的味道以及聲音，感覺就像在住家裡走動一樣。才覺得像在住家裡走動，兩側一下子又會突然被石牆擋住，而陷入一片沉默。

腳下的地面也是一下子石塊路面，一下子又變成泥地，讓人沒辦法安心。

出現又立即消失的光景，是瞬間窺見的生活片段；其間傳來的聲音，卻因為重重牆壁阻隔而顯得微弱。

一直在這樣的空間裡前進，會讓人愈來愈缺乏現實感。

這裡是夢中的世界。

現在終於拿到了地圖，約伊茲也有了具體的輪廓。在亢奮的情緒下，羅倫斯陷入這條小巷子會永遠延續下去的愉快錯覺。

或許是受到這般錯覺影響吧。

羅倫斯把商人應有的謹慎心不知道拋到何處，粗心大意地嘀咕：

「妳為什麼要接受魯．羅瓦的提議？」

赫蘿沒多久前才取笑過羅倫斯太感傷。既然已經被取笑過一次，再被取笑兩次或三次也什麼大不了。

就像喝醉酒時不小心說錯話一樣，就快因為小巷子的氣氛而酩酊大醉的羅倫斯，以有些責怪的口吻詢問赫蘿。

「汝那麼想跟咱一起去約伊茲啊？」

面對鬧彆扭而不停哭鬧的嬰兒，就算拿出道理來勸說也行不通。

赫蘿一臉受不了地笑笑，像是要安撫羅倫斯似地，重新抱住他的手臂。

在那之後，赫蘿打算開口說些什麼，但羅倫斯卻搶先說道：

「很想。」

羅倫斯的強硬語調讓自己也嚇了一跳。羅倫斯自身都如此驚訝了，赫蘿的反應更是不在話下。看見赫蘿顯得比自己更驚訝後，羅倫斯總算恢復了幾分冷靜。羅倫斯保持拿著地圖和信件的姿勢遮住嘴邊，並別過臉去。

赫蘿的目光刺向了羅倫斯的臉頰。

不過，隔了好一會兒後，傳來赫蘿的竊笑聲。

「呵。咱跟汝似乎真的是沒默契可言。」

「……？」

羅倫斯像一隻被誘餌引誘出來的野貓一樣，儘管充滿戒心，卻抗拒不了誘惑地看向赫蘿。

這時，羅倫斯沒看見總是舉目可見的狡詐陷阱，而是如研磨過的寶石般美麗的側臉。

「咱在思考了很多之後，覺得應該去追查書本比較好。咱不是說過嗎？至少應該取有收穫的一方。」

事情進行得順利的話，能夠賺得三百枚銀幣，而且在維護北方地區上，或多或少也能夠有一些貢獻。

這羅倫斯當然也明白。

但是，三百枚銀幣是屬於羅倫斯的收穫。維護北方地區是屬於赫蘿的收穫。

這麼一想，羅倫斯不禁覺得如果與赫蘿一同前往約伊茲，就會有屬於兩人的收穫。

羅倫斯正是因赫蘿的決定而感傷不已。

他之所以無法完全接受赫蘿的決定，是因為不明白為何寧願要捨棄兩人的共同利益，也要選擇具現實性利益的一方。

「汝啊，咱們的旅行有幾人？」

赫蘿的問句簡短，但發問內容明確。

羅倫斯的腦袋在空轉。

赫蘿的琥珀色眼珠瞥了羅倫斯一眼。

「……三個人……」

「汝認為寇爾小鬼去約伊茲能夠有什麼收穫？」

聽到赫蘿的話語後，羅倫斯感到一陣暈眩。

「沒、沒有……不過……」

「寇爾小鬼是因為順著事態發展，才會跟咱們一起旅行。他甚至不惜暫時放下心中大志。寇爾小鬼是個韌性很強的孩子，但終究是個孩子。他跟咱們一起旅行其實沒有什麼太深入的理由。因為受了傷，所以想要療傷。就這麼單純。」

赫蘿的語調顯得極度冷漠，這證明她並非只是隨口說說；或許赫蘿趁著羅倫斯不在場，艾莉莎也不在場的時候，問出了寇爾的內心話也說不定。

如同羅倫斯明白知道自己的決定會影響在其行商路線生活的多數人，赫蘿也理解自己的決定會給小小群體的同伴帶來影響。

「是叫溫菲爾沒錯唄？在那裡遇到哈斯金斯那個大笨驢後，寇爾小鬼似乎思考了很多事。」

「遇到哈斯金斯先生後？」

「嗯。寇爾小鬼在思考為了故鄉，自己應該做些什麼比較好。也把因為療傷而暫時壓在最深處的記憶挖了出來。」

羅倫斯發現在生意場合以外的地方，觀察力並沒有自己認為的犀利。

不僅對赫蘿這樣，對寇爾也不例外。

原來是這樣啊——羅倫斯驚訝地這麼想著時，赫蘿露出淡淡苦笑說：

「雖然咱也沒什麼資格批評別人，但汝那表情透露出汝沒有察覺到一絲一毫。」

「嗚……」

羅倫斯不禁發出呻吟聲，但因為知道無法含糊帶過，也就老實地點了點頭。

「真是……再來是上次在雪山上的遭遇。看見那個弗蘭丫頭的生存方式後，寇爾小鬼總算從沉睡中醒來。那樣的生存方式……嗯，就是從咱們狼的角度來看，也會覺得雖然愚蠢，卻直率得清高。哈斯金斯的年紀太大，所以會採取比較沉悶的手段。就這點來說，弗蘭那丫頭就如帶有尖角的冰塊般美麗。」

赫蘿的評價讓羅倫斯感到意外。

不過，稍微思考了一下後，羅倫斯又覺得以赫蘿的個性來說，理所當然會這麼想。只要是為了重要的人，就算是已成為過去的回憶，也要賭上自己的一切去追尋；這本來就很像赫蘿會感到憧憬的行為。

羅倫斯思考著這般事情時，發現赫蘿用不悅的眼神瞪著他。

「哼。然後，給寇爾最後一擊的人是那個死腦筋。」

志在學習教會法學的少年，碰上了自崇拜異教之神的村落出身，為了讓教會存活下去而拚命奮鬥的嚴肅少女。
這想必也是關鍵性的一擊。
「這個城鎮的教會也出了一點力。寇爾小鬼好像是來到這裡後，才第一次看見具有規模的大聖堂。能夠做出這般建築物的組織，肯定有力量足以守護村落；看見大聖堂後，讓寇爾小鬼有了這樣的想法。」
說著，赫蘿補上一聲嘆息。
現在羅倫斯總算明白，比任何人都愛黏著赫蘿的寇爾，為何會難以向赫蘿啟齒。
赫蘿自稱是約伊茲的賢狼，在人們眼中，其模樣無疑是異教之神。
在這般存在的赫蘿面前，這不是能夠提出來商量的事情。
如同費隆不可能前往德林商行、藥商不可能前往酒吧、天平工匠不可能與兌換商深交的道理一樣，寇爾不可能與赫蘿商量這種事情。
在寇爾心中，赫蘿並非像姊姊般獨一無二的存在，而是勉強及格的賢狼。
寇爾看見赫蘿的真面目也不會害怕。別說害怕了，甚至還會緊緊抱住赫蘿的尾巴。就連有這種性情的寇爾——或者說正因為寇爾有這樣的性情，才沒有忘記赫蘿是賢狼的事實。
這麼一來，羅倫斯也漸漸明白赫蘿為什麼要羅倫斯放棄與她前往約伊茲，而選擇前往奇榭。
赫蘿必須選擇有收穫的答案。

比起兩人共同收穫，不如選擇三人各有收穫。以作為前往奇樹讓三人之旅劃下句點的理由來說，沒有什麼理由比這點更合適了。

赫蘿並非選擇奇樹作為告別之地，而是作為再出發之地。

「這樣多少會賺到一些利益，那個肉包子也會南下，是唄？可以要那肉包子帶寇爾南下。而且，雖然那個死腦筋的頑固程度讓咱受不了，但或許那樣的頑固態度或許正好適合寇爾小鬼。看狀況怎麼發展，也可以讓寇爾小鬼去那個村落的教會工作。」

赫蘿最後的提議當然是在開玩笑。

不過，就是開玩笑，赫蘿也沒說出寇爾可以與她一起走的玩笑話。

「咱說，汝啊。」

隔了一段時間後，赫蘿語調平靜地開口：

「實際在世上生活之後，才知道時間意外地漫長。在人生的旅途上，願望能夠幸運實現的機會少之又少。只要看看幫咱們繪製地圖的弗蘭就會明白。就算下了那麼大的決心，還是難以含笑死去。」

比起只聽到星星點點的描述，並靠著頭腦理解的話語，活過漫長歲月，也看過無數人生盡頭的赫蘿的話語，有著難以比較的沉重感。

「咱們應該笑著過日子。而且，只要有朝一日再一起笑就好了，不是嗎？」

為了能夠再次歡笑，現在不能被一時的感傷牽著走，而必須做出具現實性的判斷。

「跟做生意一樣。」

「唔？」

「吃虧就是占便宜。」

聽到羅倫斯說道，赫蘿有些感嘆地「呵」了一聲，皺起了臉。

赫蘿那難看的笑容，想必是因為夾雜著不甘心的情緒。

羅倫斯當然不可能一直讓赫蘿暢所欲言。

而且，羅倫斯也沒忘記自己說過的話。

羅倫斯說過由赫蘿做出決定，然後大家提供協助。

狹小的巷子變得愈來愈狹窄，於是羅倫斯讓赫蘿走在前方。

赫蘿的背影顯得非常嬌小，儘管就在伸手可觸的地方，那背影看起來卻彷彿稍縱即逝。

到了奇榭後，羅倫斯將必須真正目送赫蘿的背影遠去。

的確，改天再一起笑就好了。這並非生離死別，所以沒什麼好怕的。這種常見的離別他見得多、也體驗無數次了。

儘管理智的一面能夠理解這道理，羅倫斯仍然無法揮去內心的不安。如果羅倫斯讓內心這般茫然的不安情緒暴露出來，眼前這隻狼肯定不是大笑，就是生氣。

是我不夠相信赫蘿嗎？羅倫斯忍不住捫心自問。

赫蘿不是那麼無情的傢伙。這宛如烙印在羅倫斯的心頭般再清楚不過了。

那到底是什麼原因呢？

羅倫斯注視著赫蘿嬌小的背影。

他恨不得緊緊抱住那背影，並且永不分離。

儘管知道很愚蠢，但似乎只有這麼做才能夠讓自己鎮靜下來，

羅倫斯感到極度自我厭惡，也很清楚這股情緒其來有自。

他緩緩吸入一大口氣，再以更緩慢的速度吐氣。

第四幕

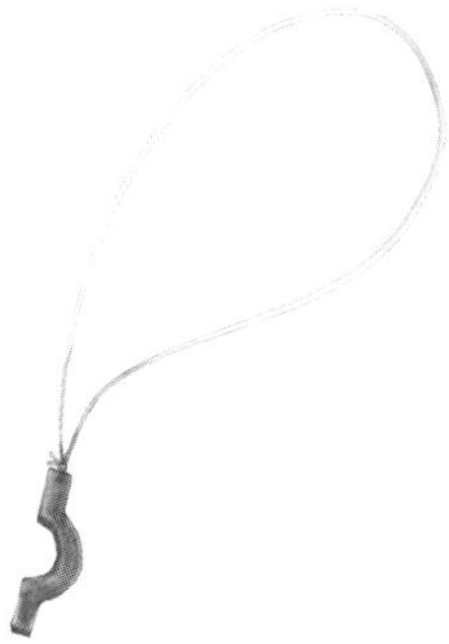

隔天早上，四人共進了早餐。

不過，儘管對旅人來說，出發前吃早餐是很普通的事情，然而在艾莉莎眼中，卻是極度奢侈的行為。

為了妥協，最後四人吃了難以撕下的乾巴巴黑麥麵包及少量的豆子。

因為光吃這些會口渴，所以艾莉莎允許大家喝稀釋過的葡萄酒。

「那麼，關於接下來的安排。」

聽到羅倫斯開口說道，除了赫蘿之外，其他人都投來了視線。

「今、明兩天先做準備，動作快一點的話，應該會在後天出發。今天吃完早餐後，我打算先到費隆先生那裡去，然後讓魯．羅瓦先生也加入我們的討論。」

看見寇爾代表所有聽眾點了點頭後，羅倫斯對著艾莉莎說：

「妳也應該跟魯．羅瓦先生討論一下接下來該怎麼安排比較好吧？」

與其說在撕麵包，艾莉莎的動作更像在扯著麵包。儘管如此，艾莉莎還是沒掉落半點麵包屑，並小心翼翼地把麵包送進嘴裡。

這般動作看起來也像是集中精神訓練修養，而最了不起的地方是，艾莉莎能夠一邊忙著動作，一邊認真聆聽週遭的人說話。

「是的。還有，我也想寄信給村子，所以也要拜託魯．羅瓦先生幫忙。」

羅倫斯點了點頭後，把視線移向赫蘿。赫蘿像小孩子一樣一顆一顆地拋著豆子，然後用嘴巴去接。

「妳呢？」

這時赫蘿正拋起豆子張著嘴，並露出尖牙等著豆子掉下來。

雖然赫蘿把視線從豆子移向羅倫斯，但幾秒鐘後，還是用嘴巴漂亮地接住了豆子。

赫蘿輕輕咬著豆子，連同稀釋過的葡萄酒喝進肚子裡。

「如果汝答應讓咱在這世上創造出新的巨狼傳說，咱根本沒什麼好準備的。」

只要知道方向和位置，赫蘿不如靠自己的狼腳跑去，也比較安全且迅速。

也沒有必要特地去找費隆，詢問人類專用的道路狀況。

「如果妳願意讓我得意洋洋地跟別人炫耀巨狼傳說的真相，我就答應妳。」

赫蘿皺起鼻頭，而艾莉莎還是繼續吃飯，只在嘴角浮現淡淡笑意。

羅倫斯邊說：「真是的。」一邊嘆了口氣後看向桌子，桌上擺著摺疊整齊的地圖。

「不過，咱留在這裡也無聊。」

「那麼，就這麼決定了。」

大家在這之後各自用完早餐，艾莉莎輕咳一聲後，開始對著寇爾解釋聖經。赫蘿開始梳理起尾巴，羅倫斯也決定趁著停留在城鎮的時間，好好整理鬍子。

去到奇榭後，想必會遇到一些麻煩事，而且在抵達奇榭之前，還得經歷一段辛苦的路程。思及於此，羅倫斯不禁覺得，光是靜靜待在朝陽籠罩下的中庭水井旁，就顯得非常珍貴。

雖說寧靜，但隱約可聽見遠方傳來人們活動的吵鬧聲，這般寧靜與身處森林或草原時感受到的寂靜不同。

雖然過去羅倫斯獨自旅行時，就非常喜歡這股寧靜，但自從多了旅伴後，他似乎變得更加愛不釋手。

現在就惆悵成這樣，以後到底有沒有辦法獨自走下去啊？

羅倫斯自嘲地笑笑後，告訴自己應該會有辦法走下去。

羅倫斯必須繼續走下去，而且他也告訴過自己好多遍，這次的離別並非永別。

此刻會有不安，純粹是羅倫斯自己想太多。

「……好了。」

羅倫斯用手拍了拍身上的麵包屑。

新的一天即將展開。

原本以為，以傭兵為對象做生意的商店會度過十分悠哉的早晨時光，結果發現根本不是這麼回事。

的確，傭兵是在馬車駕座上大聲發出鼾聲，同時有技巧地坐著睡覺沒錯，但四周的男子們卻是慌張地忙著整理行李。從散發出來的氣氛以及說話方式，羅倫斯本以為是男子們是樂師，但後來發現似乎是從出生到現在，只在戰場上開過店的商人們。

或許是因為早就不再害怕死亡，男子們顯得開朗無比。

「今天還剩下一趟而已。有時候忙起來，一天可能要出十趟、二十趟。」

商人們出發後，店裡宛如暴風雨散去般一片安靜。

費隆毫不害臊地在一直放在桌上的隔夜酒杯裡倒酒，然後這麼說。

「有這麼多傭兵啊？」

羅倫斯驚訝地詢問後，雜貨商露出別有含意的笑容。

「畢竟請款單都是寄給遠處的領主大人。如果人脈夠廣，又擁有銷售路徑，只要左手進貨，右手賣出商品，就能夠大賺一筆。」

費隆該不會也用了同樣手段，為了投機而囤積商品吧？

羅倫斯腦中浮現這般想法，但沒有說出口。

不管什麼人用了何種方式賺錢，只要世上一切順利運作，就不會有問題。
「那麼，今天你們一家子全到齊，是有什麼事嗎？」
「弗蘭小姐的地圖寄來了。」
聽到羅倫斯這麼說，即使在昏暗的店內，也看得出費隆的表情明亮起來。
「喔！那真是太好了！」
費隆一副就等著羅倫斯遞出地圖的模樣，伸出手來。
然而，羅倫斯沒有特地帶地圖來。
看見沉默氣氛降臨在費隆的笑臉與羅倫斯之間，赫蘿大笑了出來。
「是在一個叫做托爾金的地方。」
「喔，托爾金是個好地方。」
費隆重重地坐上椅子，然後一邊拿起羽毛筆，一邊答道。
「但有點大就是了。」
在地圖上，約伊茲也被畫成托爾金地區的一小部分。
不過，只要到了那一帶，想必赫蘿光靠嗅覺就能夠找到約伊茲。
「托爾金有一座小村落。與其說是村落，更像給樵夫或獵人過夜的小屋部落。」
「名字是？」

赫蘿問道。

寇爾與艾莉莎原本一副興致勃勃的模樣，眺望著收在書架上的古老羊皮紙束，以及掛起的刀劍。這時，他倆不約而同地回頭看向赫蘿。

「那地方沒有名字，也不是一個有規模到必須取名字的部落。是不是有人告訴妳，說妳在托爾金出生？」

赫蘿聽了，似乎想要回答「是約伊茲」。

然而，赫蘿只是動了動嘴角，最後沉默地點了點頭。

「對我們這裡的人來說，管它叫托爾金還是什麼名字，那裡都只是一大片森林和高山。不過，妳就想自己是出生於雄偉的大自然就好了。」

費隆的口吻帶著些許輕挑，或許也有鼓勵赫蘿不要鑽牛角尖的意思。

不過，赫蘿的表情根本不見絲毫緩和，反而突然變得嚴肅。

「那裡的森林，以及高山，還很豐腴嗎？」

赫蘿一字一句，像在叮嚀似地緩慢問道。

費隆以羽毛筆尖頂著敞開的帳簿，托腮看向赫蘿說：

「豐腴到令人難以置信的程度。聽說在那裡抓得到很大隻的鹿。」

「狼呢？」

「狼？」

赫蘿直直注視著費隆。

身為知道赫蘿真實身分的人，羅倫斯不禁為此刻的沉默感到心驚膽跳。

費隆突然看向天花板，所以羅倫斯幾人也追著其視線看去。

「那一帶有很多勇猛的狼。」

赫蘿吸入一大口氣，嬌小身軀跟著緩緩膨脹起來。

這時如果批評赫蘿的表情像快要哭出來，赫蘿肯定會露出尖牙否定。

「據說也有很多傭兵的祖先是狼。若祖先是托爾金的狼，想必會成為戰場上的好夥伴吧。」

如果有人不是人類之子，就只能是神之子，不會是動物的後代或轉世。

這是教會一再佈道的教義，加上艾莉莎也在場，費隆卻像閒話家常似地隨口說出這句禁語。

費隆絲毫沒有要顧及艾莉莎感受的意思。

這名以傭兵為對象做生意的男子，如經過研磨的利刀般，精準地掌握到在場所有人在各自的立場上，會把什麼事情看得重要。

「妳……」

費隆說到一半，忽然停頓下來。

有人出生於北方地區，又從南方來到這裡，再加上出生地點不明確的話，其身世不太可能會是什麼愉快的故事。或許費隆是有了這樣的想法，才會停頓下來。

「總之，你們會去奇榭吧？還是會有幾人留在這裡？或者是前往托爾金？」

「我們打算去奇榭。可以請您告訴我們從奇榭到托爾金的路徑嗎？如果您認為到那邊再另外找人問路比較好，那我們會照您的話去做。」

費隆彷彿在說「不需要這麼麻煩」似的揮了揮手。

然後，費隆閉上眼睛，並用羽毛筆的羽毛搔了搔下巴說道：

「奇榭與托爾金之間，有一條被稱為皮草大道的路。雖然這路名很常見，但在那一帶是非常重要的道路，專門用來運送唯一能夠換成金錢的皮草。除非積雪真的太深了，否則應該能走才對。在那途中的領地上，八成會遇到一群被稱為布倫納傭兵團的傢伙。我來寫介紹信好了。萬一遇到了什麼事情，那些傢伙會是很好的同伴，他們的可靠程度絕對超乎想像。」

費隆或許是擅自對赫蘿的身世做了想像而感到同情，也可能是為了看弗蘭的地圖而想要賣人情——八成兩者都有吧。雖然羅倫斯這麼心想，但也沒理由拒絕。

「謝謝您。」

看見赫蘿似乎無法順利找到話語而啞口無言，羅倫斯便代她答謝。

模糊的古老記憶與傳說相疊後，終於化為地圖。

只要先有了形體，接下來一切就會變得很簡單。

通往約伊茲的路線愈來愈清晰了。

羅倫斯彷彿看到赫蘿噎著似地，拍了一下赫蘿的背。

「那麼，另外這兩位呢？其中一位是彼努吧？」

費隆拿起羽毛筆指向艾莉莎與寇爾兩人。

雖然寇爾表現出忐忑不安的模樣，但艾莉莎沒有顯得慌張。

「不，我是有事找魯．羅瓦先生。」

艾莉莎挺直背脊，然後以甚至顯得冷漠的語調，咬字清晰地答道。

費隆有些驚訝地眨著眼睛。

然後，費隆先咳了一聲，跟著以充滿戲劇性的口吻這麼說：

「只要是那男人做得到的事情，我大概也都做得到。」

「真的嗎？那麼，我想要寫信。」

看見艾莉莎既不驚訝，也沒有笑出來，費隆似乎覺得有些掃興。

不過，看見費隆無力地回答一聲「喔」，艾莉莎一副受不了的模樣笑了出來。

艾莉莎似乎懂得以不同於赫蘿的方式應付男人。

如果要問誰的方式比較好，恐怕很難定出勝負。

「我這裡有紙也有筆。如果妳不會寫字，要不要我代筆呢？」

「不，不需要這麼麻煩。只是，我沒有錢。」

聽到依舊如此直截了當的發言，費隆再次挺起胸膛。一旦做過一次愛面子的行為後，想要撤回似乎很難。

「管它要紙錢還是什麼錢，我都會記在魯．羅瓦的帳上。妳大可放心。」

艾莉莎直直注視著逞強的費隆。

不久，艾莉莎緩緩露出笑容說：「拜託你了。」

魯．羅瓦正為了準備旅行物資而到處奔走；費隆一副事不關己的模樣為眾人說明。

雖然天花板另一端有堆積如山的物資，但費隆似乎完全沒有要分給魯．羅瓦的意思。

艾莉莎忙著寫信時，費隆也開始做起自己的工作，於是羅倫斯三人決定到店外曬太陽。

雖然路上來來往往的行人很多，但看久了也不會覺得膩。

「一旦找到了，接下來的動作還真是簡單。」

不知道是不是貼心地想讓羅倫斯與赫蘿獨處，寇爾在道路對面探頭看著鞋子工匠的工作坊。

像寇爾這般年紀的男孩，大多會在某處的工作坊或商行打雜。

一名從外頭回來、看似師父的男子方才敲了一下寇爾的頭，寇爾慌張地指向羅倫斯兩人，看來寇爾似乎被錯認是在偷懶的小伙子。

「一旦決定好目的地，接下來只需把臉朝向那個方位，然後交互踏出雙腳就行。」

赫蘿坐在店前方的石階上，雙肘頂著膝蓋，悠哉地托腮眺望著寇爾的背影。或許是因為一直曬太陽，身體也暖了起來，所以赫蘿看起來有些想睡的樣子。

「單純且明快。」

聽到羅倫斯的話語後，赫蘿閉上眼睛呵呵笑著。

「嗯。也不會迷惘。」

赫蘿的側臉顯得爽朗，看起來就像剛剛剝去蛋殼的水煮蛋一樣。感覺上，赫蘿似乎完全揮去了在腦中纏繞糾結的各種思緒。

這麼一來，似乎只有羅倫斯一人還拘泥於要不要一起去約伊茲的問題。

為了掩飾不甘，羅倫斯刻意地嘆了口氣，然後挺起身子伸懶腰。

「不過，在城鎮過得這麼悠哉，還真會讓人不想旅行。」

羅倫斯一起眼睛仰望天空說道。赫蘿也抬起頭，微微張開一隻眼睛，看向羅倫斯說：

「如果是這樣的理由，咱就會認真考慮。」

因為懶得與赫蘿鬥嘴，羅倫斯聳了聳肩沒理會赫蘿。

等艾莉莎寫完信，已過了很長一段時間。

雖然艾莉莎說起話來有條有理，一旦要把思緒整理成文章時，卻似乎無法順利寫出來。艾莉莎的手和臉頰都沾上了墨水，整個人看起來也像是瘦了一些。

「……另外兩位呢？」

「給了他們零錢後，就跑去港口那邊了。妳也要去嗎？」

艾莉莎沉默地搖了搖頭。

羅倫斯仔細一想，才想到如果一直住在狹小的村落裡，根本沒有機會把自己的想法寫成文章。艾莉莎肯定光是要決定怎麼稱呼艾凡，就花了不少時間。

羅倫斯思考著這些事情，環視屋內一圈後，這回換成他詢問艾莉莎說：

「費隆先生呢？」

「我也不知道……我隱約記得寫信寫到一半時，好像看見他從桌子上站了起來……」

羅倫斯一看，發現應是通往中庭的門呈半開狀態，並且盡可能地讓昏暗的店內多照射到一些光線。

儘管艾莉莎是一個聖職者，獨自留下他人在店內的舉動還是太粗心了。

不過，也可能是店內根本沒有什麼東西好偷吧。

最頂尖的商人光是靠著「信用」兩字，就能夠拓展商店的生意。

而且，信用是偷不走的東西。

「如果我們也離開的話，可能不太好喔。」

「……說的也是。可是，那個……」

「嗯？」

羅倫斯反問後，艾莉莎露出精疲力盡的表情，一副過意不去的模樣說：

「我可以去呼吸一下外面的空氣嗎？」

羅倫斯笑著目送了艾莉莎的背影。

關門聲傳來後，昏暗的店內只剩下羅倫斯一人。

羅倫斯坐在椅子上，再次緩緩環視了店內一圈。

店內雖不算狹隘，但也稱不上寬敞。雖然沒有什麼裝飾感，但同時也沒有浪費空間。店內只擺設著具機能性的桌子、椅子以及書架。明明打掃得很乾淨，卻不像刻意在強調店內有多麼整潔。這裡的一切不多也不少，給人非常穩定的感覺。

羅倫斯用鼻子深深吸進一口氣，從嘴巴吐出氣來。

店內十分安靜，可說是一個能夠讓人安穩工作的理想環境。

不過，如果自己是這間店的老闆，或許有必要多裝上一扇窗。

為什麼呢？因為赫蘿喜歡在晒得到陽光的地方梳理毛髮。

腦中浮現這般想法後，羅倫斯揮了揮手拂去自己的幻想。

這般幻想的色彩一天比一天濃，反覆幻想了好幾次後，也變得愈來愈有具體感。
雖然羅倫斯不覺得自己會有這般幻想不好，但他知道與赫蘿一起旅行的這段時間，應該把幻想藏匿起來。
一起開店吧——就算對象不是賢狼，也必須把這句話放在心中。
「奇樹啊。」
羅倫斯喃喃說道，然後笑笑。
既然赫蘿都不在乎了，羅倫斯當然沒有權利發表各種意見。因為當初已說好由赫蘿做出決定，而羅倫斯幾人提供協助，並且是以能力所及提供協助。
雖然羅倫斯沒去過奇樹，但至少聽過有關奇樹的事情。
據說奇樹是一座建造在平緩山丘上、高低起伏略為明顯的城鎮，擁有非常豐富的自然資源。有時候甚至有人會形容奇樹是一座被森林吞噬的城鎮。因此對赫蘿或寇爾來說，奇樹或許是一個好地方。
嚴格說起來，艾莉莎算是出生於視野遼闊的村落，所以或許會覺得奇樹有些偏僻也說不定。
不過，不管艾莉莎會不會覺得偏僻，奇樹似乎都是一個好地方，也讓人能夠比較安心。
奇樹距離王都恩狄瑪不遠，想必也會有豐富的酒和食物。
奇樹很適合作為告別之地。

羅倫斯托起腮，並試著說出口：

「很適合作為告別之地。」

對於就是死不了心的自己，羅倫斯甚至開始覺得自己可愛。

為什麼赫蘿有辦法那麼乾脆地死心呢？還是說，把一起看見約伊茲當作為旅行的最佳結局一事，真如赫蘿所說，是過度感傷的愚蠢想法呢？或者是，只有羅倫斯如此重視對方呢？

羅倫斯在記憶之中看見了赫蘿的笑容。

赫蘿的笑臉前方有一個羅倫斯不認識的存在。

羅倫斯腦中浮現幾乎像在遷怒的想法。這時——

「喲？那位聖女寫完信了啊？」

費隆打開敞開一半、通往中庭的門回到店內後，立刻這麼說。

「她好像絞盡腦汁了呢。」

「哈哈。這是好事啊。」

因為費隆的語調實在太過乾脆，羅倫斯不禁有些好奇地看向費隆。

這個以傭兵為對象做生意的男子，臉上掛著如少年般的惡作劇表情。

「因為那些習慣寫信給重要對象的人，幾乎都是些不幸的傢伙。不是嗎？」

只有確實睜大眼睛看世界的人，才能夠說出這樣的台詞。

羅倫斯用笑容掩飾不甘，然後嘆了口氣說：

「確實如此。誰都希望把時間拿去陪重要的人。」

費隆滿意地點了點頭，然後重重地坐在椅子上。桌上放著想必是艾莉莎折起的信紙，費隆拿起信紙迅速用目光掃過一遍。

費隆似乎不是為了閱讀內容，而是想要確認墨水乾了沒有。

「對了，有件事情讓我有些在意。」

費隆一邊折起信紙，一邊說道。那口吻聽起來，簡直就像是與羅倫斯聊到現在一樣。

羅倫斯腦中不禁一片混亂。

方才聊了什麼話題啊？羅倫斯正試著回想根本不存在的記憶時，費隆接續說出的話語如針般刺來：

「我跟德林商行聯絡過。」

之前費隆以「如果被人看見與德林商行一起行動會帶來困擾」為由，斷然拒絕了魯・羅瓦的請求。

那只是拒絕人的藉口嗎？

想到這裡時，羅倫斯改變了想法。

他心想，如果費隆不是搪塞魯・羅瓦，而是冒險與德林商行聯絡的呢？

「結果，中獎了。」

「……中獎？」

依寫作方法不同，就算字面上是代表運氣的字眼，閱讀起來的意思也會有無數變化，這正是語言的奧妙。

從費隆的表情，明顯看得出這不是什麼有趣的話題。

「我們商行是提供物資給傭兵，或從中斡旋。德林商行則是相反。雖然我們這兒的帳簿上沒有傭兵要到托爾金地區的記錄，但我想那邊的帳簿可能會有。」

費隆別無用意地摸著信紙。

「就算突然帶著俘虜去到那邊，依進貨地點不同，也有可能吃到閉門羹。傭兵們會事前告知商行哪些地區可能發生戰爭。」

「您的意思是？」

羅倫斯感到焦躁地反問道。

或許費隆是在試探羅倫斯會不會感到焦躁也說不定。

費隆露出了像在同情羅倫斯似的眼神。

「托爾金地區恐怕被列入征伐的地區了。」

費隆之所以會突然提到這件事，或許是覺得只能夠趁這個時候說出來。

只要是懂得體貼的人，想必都會盡力不想讓赫蘿這樣的女孩聽見不幸的話題。因為羅倫斯自己也是這樣的人，所以當然不會取笑費隆。

不過，既然費隆只傳達給羅倫斯知道，羅倫斯就必須親自傳達給赫蘿知道。

只針對這點來說，儘管知道自己是無理取鬧，羅倫斯還是忍不住想要斥責費隆不負責任。

「我不清楚征伐托爾金地區的目的是什麼。畢竟那裡有的，只有綿延不斷的肥沃森林。那裡幾乎找不到一個有名字的村落。或者他們是覺得正因為是這樣的地區，才適合抓人也說不定。再不然就是……」

費隆的視線看向不知何方，也拉遠了視線焦點。

「找到了礦脈。」

赫蘿詢問過費隆托爾金地區的森林或高山是否豐腴。只要思考這點，加上羅倫斯三人決定勇敢接受魯・羅瓦提議的舉動，任誰也猜得出來赫蘿最擔心的事情是什麼。

羅倫斯感覺到苦澀在口中蔓延開來，但他告訴自己這畢竟只是一個可能性。

費隆似乎也抱著相同的想法。

「不過，這也可能只是杞人憂天。照德林商行給的訊息，似乎只有一支傭兵團聯絡過他們，說可能會從托爾金帶回俘虜。」

如果是發現了礦脈，想必會是更大規模的征伐行動。實際上，那支傭兵團肯定是打算去鳥不生蛋的窮鄉僻壤大賺一筆，才會展開戰爭。

明明知道這樣肯定會有人遭遇不幸，羅倫斯還是大大地鬆了口氣。

羅倫斯不願思考這樣的表現是否符合教義。

赫蘿將獨自前往約伊茲，所以羅倫斯希望赫蘿能一路平安。

面對自己的利己態度，羅倫斯臉上甚至浮現了有些自虐的笑容。

就在此時——

「說到這個，那支傭兵團的旗幟正巧是狼的圖樣。」

「狼？」

費隆點了點頭，然後用手指敲了敲太陽穴說：

「那支傭兵團的名字也很特殊。雖然規模不大，但是一支頗具歷史的傭兵團。叫什麼名字來著……」

傭兵團的名字宛如不斷累積而緊緊附著的塵埃般，好不容易地從費隆口中剝落：

「繆里傭兵團。」

赫蘿也在故鄉擁有過友人。而羅倫斯不會忘記這些友人的名字。

悠椰、英堤、巴羅；赫蘿的友人淨是一些發音奇特、像某種暗號似的名字。

赫蘿在最後喃喃說出了一個名字：

繆里。

「儘管規模不大，但聽說是一支很有紀律的部隊。尤其是他們的首領，據說更是手腕了得。因為他們從來沒有跟我交易過，所以我只知道名字而已。」

聽到費隆的說明後，羅倫斯緩緩吸入空氣，然後吐出長長一口氣。

漫長歲月裡，據說帶著利牙的存在盡數上了戰場，最後終究在某處打敗仗，並化為塵土。當中多數存在是在與獵月熊交戰時死去，存活下來的存在也因為與人類交戰，而一個接著一個死去。這些是在凱爾貝時，從攸葛口中聽來的內容。

赫蘿一直試圖說服自己，現在之所以找不到居住在約伊茲的狼群蹤跡，是因為他們貫徹狼的榮耀而勇赴戰場，最後壯烈身亡。

然而，掌控命運的神明並非真的毫無慈悲心，而約伊茲的狼群似乎也並非那麼軟弱。

一支高舉狼的旗幟，並自稱是繆里傭兵團的部隊，布陣在赫蘿的故鄉——約伊茲附近。

羅倫斯不認為這純粹是偶然。如果想得直率一些，那就是赫蘿的友人繆里仍活在世上，並且因為聽到德堡商行的企圖，前往故鄉附近嚴陣以待。

這可是天大的好消息。

「不過，對你的那位同伴來說，這可能是令人擔憂的情報。要不要讓我多收集一些情報？」

聽到費隆的提議後，羅倫斯搖了搖頭。

名為繆里傭兵團的部隊就在約伊茲郊外。傳達這件事，想必對赫蘿而言勝過千言萬語。羅倫斯能夠輕易地想像出告訴赫蘿這件事實時，赫蘿會開心得說不出話來的模樣。

傳達捷報的傳令，永遠是受歡迎的工作。

為了讓赫蘿開心，羅倫斯也想要盡早告訴赫蘿這個消息。

但是，不想告訴赫蘿的心情也同樣強烈。

因為赫蘿如果聽到繆里的消息，一定會很開心。儘管很開心，赫蘿肯定還是會壓抑住自己的興奮心情，與羅倫斯幾人一起前往奇榭。然後，與羅倫斯幾人分手後，赫蘿一定會立刻甩開人類的外表前往約伊茲。

到時候羅倫斯必須目送赫蘿的背影遠去，也只能夠獨自坐在馬車上想像赫蘿在約伊茲與同伴重逢的光景。在那喜悅的光景之中，不會有羅倫斯的影子。

與繆里重逢，並充分沉浸在喜悅之後，赫蘿應該會告訴繆里人類如何協助她。如果繆里不討厭人類，想必也會回答一句「那真是太好了」。

在這之後，赫蘿與繆里會如何發展，羅倫斯連想像都不願意。

傭兵團不可能以女性的名字命名。

即使繆里與赫蘿的關係不可能成為戀人，繆里畢竟還是赫蘿的同鄉，而且是赫蘿甚至死心地以為早已死去的狼同伴。

羅倫斯清楚知道自己在一對巨狼面前，露出輕浮笑容忙著賺小錢的畫面，會有多麼愚蠢。繆里與赫蘿之間，根本沒有羅倫斯存在的空間，而羅倫斯也不是樂觀到覺得自己會受到歡迎。

羅倫斯突然好想高舉雙手高喊「萬歲」。

羅倫斯只能笑著告訴自己，至少經歷過了一趟愉快的旅行。

所以，羅倫斯笑著這麼說：

「世上一切真是難以如願呢。」

費隆直直注視著羅倫斯後，夾雜著嘆息聲嘀咕：「一點也沒錯。」

或許是呼吸到了外面的空氣而消除了一些疲勞，艾莉莎恢復平常那氣勢洶洶的表情回到店內。因為艾莉莎不是那種會偷聽別人說話的人，所以應該沒有聽到費隆與羅倫斯的對話，但似乎感受到了氣氛的微妙變化。

雖然艾莉莎投來困惑的眼神，但羅倫斯裝作沒發現的樣子。

告解必須發自內心、主動而為。

不過，如果能解開「是否應該把繆里的消息告訴赫蘿」這道難題，羅倫斯倒是願意去問一問神明。

如果赫蘿回來後就立刻告訴她，赫蘿肯定會滿腦子都想著繆里的事情。就算沒有這樣，也肯定會鎮靜不下來。

畢竟是赫蘿自己提出要前往奇榭，然後在奇榭分手的結論。事到如今，赫蘿怎麼可能說得出因為繆里傭兵團在約伊茲，所以要獨自火速前往約伊茲這種話。

羅倫斯心想，應該等到了奇榭再告訴赫蘿，而且是在分手之際說出來最好。

與赫蘿相處的時間真的只剩下少許時間而已。

雖然這樣的利己想法讓羅倫斯感到羞愧不已，但他希望至少在剩下的這段時間，赫蘿的注意力能夠集中在這次的旅行上。

問題是，羅倫斯有辦法隱瞞赫蘿到底嗎？

應該是沒辦法吧。

不過，赫蘿會刻意挖出羅倫斯所隱瞞的事情嗎？思考了這個問題後，羅倫斯不禁覺得答案會是否定的。姑且不說以前會怎樣，如果是現在，赫蘿就算察覺到羅倫斯隱瞞著什麼，想必也會一直保持沉默。

然後，當羅倫斯在離別之際告知繆里的消息，並說出一直隱瞞赫蘿的理由後，赫蘿肯定會大笑出來。

羅倫斯以符合商人的作風，以最具效果、最能夠為自己帶來利益的觀點，計畫好了一切。

聽說打從心底喜歡某人時，雖然轉動腦筋的速度會變快，但會變得更加彆扭。

雖然這樣的經驗很有趣，但希望這就是最後一次。

羅倫斯這麼想著，一邊自嘲地笑笑，一邊嘆了口氣。這時——

「喏！咱們帶禮物回來了！」

才發現大門被一鼓作氣打開，大嗓門的聲音隨之傳進店內。

因為店內似乎都是一些習慣各自過安靜生活的人，使得這般衝擊顯得特別強烈。

羅倫斯還來不及思考到底發生什麼事，便看見寇爾慢了一步走進來，跟著把裝了水的矮桶子重重地放在地上。隨後，氣喘吁吁的寇爾就這麼精疲力盡地倒在地上。

對寇爾的纖細體格來說，那桶子肯定相當重。赫蘿沒理會羅倫斯的同情心，一副得意洋洋的模樣挺起胸膛。

「喏！今天的午餐就吃這個。」

不知道什麼原因，說話的赫蘿也雙頰泛紅，甚至還流著汗。

羅倫斯心想「到底怎麼了」並走近一看後，不禁因為過重的腥臭味而掩住鼻子。

沒多久後，羅倫斯也明白了原因。

在寇爾搬來的桶子裡，有好幾條全黑的鰻魚游來游去。

「這鰻魚很大條唄？咱們在港口閒逛時，看見一只大桶子翻倒在地。桶子裡的滿山鰻魚，就像煤炭被風使勁吹起似地散落一地。」

因為寇爾倒在地上後，就這麼沒再站起來，艾莉莎擔心地蹲下來照顧寇爾，而一旁的赫蘿卻是笑容滿面。

赫蘿全身腥臭味，而且羅倫斯仔細一看後，發現衣袖也溼答答的。

「你們不會是偷回來的吧？」

「大笨驢！對方拜託咱們幫忙抓鰻魚，所以回禮給咱們。因為咱們最會抓鰻魚。喏！」

赫蘿把話題丟給寇爾後，寇爾投來疲憊的笑臉。

費隆也走了過來，他探頭看向桶子後，輕輕驚呼一聲。桶子裡的鰻魚確實又大又肥美。

「不過……總之應該先換衣服比較好。」

「嗯？嗯。確實有些弄溼了。那這樣，這些東西就交給汝去料理。喏！寇爾小鬼。」

赫蘿滔滔不絕地說道，試圖讓好不容易調整好呼吸的寇爾站起來。如果看見寇爾的疲憊模樣，相信任誰也會想要阻止赫蘿。

然而，實際阻止赫蘿的人不是艾莉莎，也不是羅倫斯，而是費隆的笑聲。

「哈！哈！哈！」

爽朗的笑聲傳來，讓人聽了甚至感到舒暢。

費隆抬頭仰望天花板，然後雙手叉腰大笑著。

就是在廣場上演戲的演員們，也不會表演費隆這樣的笑法。

「真是一群愉快的客人。不用這麼麻煩了，就使用我們家的熱水吧。而且料理也由我們來負責好了。」

「唔？真的嗎？」

「妳這樣子要是在外頭走動，不感冒才怪。我馬上去叫小伙子煮熱水。至於替換的衣服，這個嘛……」

說著，費隆思考了起來。這時羅倫斯總算插嘴說：

「這點小事不好意思麻煩您，我回去旅館拿替換的衣服。」

「嗯？喔，那就拜託啦。我就趁這段時間先把鰻魚處理一下。看來應該會是一頓意外豐盛的午餐呢。」

赫蘿在費隆店裡借熱水梳理，會不會被看見耳朵或尾巴啊？雖然羅倫斯閃過一絲不安，但又覺得赫蘿不太可能出這種錯。

寇爾在艾莉莎攙扶下站了起來。赫蘿牽起寇爾的手，在費隆帶路下，愉快地朝向店裡面走去。目送這般模樣的赫蘿走去後，羅倫斯無奈地嘆了口氣。

羅倫斯不禁覺得鑽牛角尖的自己愚蠢透頂。

不過，開朗的赫蘿轉眼間就趕跑了他的沉重思路，就是再閃閃發光的金幣，也比不上赫蘿的氣勢。

羅倫斯搔了搔頭，然後低頭看著在桶子裡游泳的鰻魚，並輕輕笑笑。

「那麼，我回旅館一下。」

艾莉莎一臉擔心地目送寇爾走去時，羅倫斯對著她這麼說，準備走出店外。

此時羅倫斯會回過頭，是因為在聽見艾莉莎的回答之前，先聽見了腳步聲。

「我也要回旅館。」

啪！鰻魚在桶子裡跳了一下。吃了一驚的艾莉莎像是在閃避污穢生物的模樣避開桶子，站到羅倫斯身旁。

或許艾莉莎是不想和鰻魚共處吧。

「我也去拿備用的衣服借他們。」

聽到艾莉莎的話語後，羅倫斯不禁感到納悶。

雖然沒有赫蘿高明，但羅倫斯也懂得如何識破人們的謊言。

不過，羅倫斯沒有拆穿艾莉莎的謊言，而是點了點頭走出店外。

就像每座城鎮一樣，雷諾斯的所有道路也都有路名。無論大小街道都立著木牌，木牌上也都標示著路名。這條小路雖然狹窄，但地面確實鋪上了石塊，也立著大大的木牌。

羅倫斯一邊走過木牌旁，一邊望著木牌時，艾莉莎靜靜地這麼說：

「我想了很多。」

羅倫斯本以為艾莉莎是在自言自語。

但是，艾莉莎沒有停頓地說下去：

「我幫不上忙嗎？」

「咦？」

羅倫斯以為自己聽錯了，但艾莉莎這回看向他，然後斬釘截鐵地說：

「我幫不上你們的忙嗎？」

蜂蜜色眼珠總是發出如此認真的眼神。

「尤其是你。其實你根本不想去奇榭。我說錯了嗎？」

羅倫斯回望著艾莉莎的大大眼珠，露出淡淡的笑容回答：

「真是令人意外的提議呢。」

雖然羅倫斯早就預料到艾莉莎可能會生氣，但艾莉莎的生氣態度與預料中的有些不一樣。

「應該不會意外吧。」

艾莉莎直直注視著羅倫斯。

路上十分擁擠，如果沒有認真看路，很容易會被馬車輾過去。

回答艾莉莎之前，羅倫斯先把艾莉莎拉向自己，讓根本不在乎行人的馬車先通行。

「很意外啊。」

羅倫斯把赫蘿拉近自己時，赫蘿不是害羞就是會撒嬌，但艾莉莎的反應卻是兩者皆非。

羅倫斯知道如果換成磨粉匠少年艾凡，艾莉莎的反應絕對不同。雖然這是非常理所當然的事情，但身為男人的羅倫斯，還是有一絲絲近似不甘的心情。

「我還欠你們人情。」

看見在旅館的那場互動後，艾莉莎或許有了很單純的想法。

赫蘿與羅倫斯之所以被迫必須做出痛苦的抉擇，是因為無法同時前往兩個地方。

既然這樣，只要有人代替前往其中一個地方，就能夠解決問題；與其說這般想法很單純又幼稚，不如說是非常符合艾莉莎作風的明快想法。

只是，即使德林商行沒有提出附加條件，這個方法還是解決不了問題。因為不管再怎麼袒護艾莉莎，還是很難說艾莉莎能在做生意上幫到忙。

「這是非常難能可貴的提議，但是……」

羅倫斯面帶笑容簡短地這麼說。

羅倫斯之所以沒有說出拒絕的理由，是因為他是真心地抱著感謝之意，而說出「難能可貴」

四字。

艾莉莎與赫蘿有過多番唇槍舌戰，卻沒有留下半點嫌隙。

商人只要利害關係一致，就是不共戴天之仇也願意合作，但即使是如此沒有操守的商人，也很難像艾莉莎這樣大公無私。

「這樣啊……」

艾莉莎像是打從心底感到失望，彷彿在嘆息似地說道。

「方便請問妳為什麼會提議這件事嗎？」

羅倫斯知道詢問這個問題或許是多此一舉。

對忠實於神明教誨的艾莉莎來說，幫助有困難的人想必比任何事情都要理所當然。

不過，商人的直覺讓羅倫斯忍不住這麼發問。

羅倫斯的耳朵比赫蘿更能夠敏銳地分辨出對方的話語是否毫無私心。羅倫斯感覺到除了不自私的親切心之外，應該有其他原因促使艾莉莎提出這般提議。

羅倫斯的猜測果然沒錯，艾莉莎沒有發脾氣。

「其中一個原因是，我受到雷諾斯教會的冷漠對待。」

經過皮草風波後，想必雷諾斯的教會也沒有餘力應付像艾莉莎這樣的無名小卒。

羅倫斯打算出言安慰時，艾莉莎露出感到傷腦筋的表情，簡潔地說：

「另一個原因是，因為跟我自己很像。」

「很像？」

出乎意料的答案，讓羅倫斯委實一驚。

艾莉莎點點頭，轉過頭來說道：

「是的，個性很像。明明真心話被看得一清二楚，卻又無比認真地說一些場面話。」

聖職者時而會深入人心，為人們排除苦痛，解消人們的不安。艾莉莎露出符合這般聖職者作風的表情。

羅倫斯急忙別開視線。

因為他覺得艾莉莎似乎能夠從他眼中看出內心一切想法。

「我也是說了違心之論才離開村子的。所以不覺得這件事情事不關己。」

語畢，艾莉莎也轉向前方。

羅倫斯驚訝地看著艾莉莎的側臉。

「妳不是有一個正當的理由……不是要尋找聖職者服務村落嗎？」

「是的。可是……」

艾莉莎露出有些迷惑的表情。

不過，艾莉莎不是那種會猶豫不決、煩惱個沒完的女孩。

「羅倫斯先生。」

艾莉莎看向羅倫斯，並呼喚了羅倫斯的名字。

她露出了連在特列歐村也不曾表現出來過的懦弱表情。

那是想要告解的表情，而此刻的聽眾只有羅倫斯一人。

身為年長艾莉莎許多的男子，羅倫斯應該表現出其度量。

「其實這種事情應該向神明告解才是。」

面對艾莉莎苦澀的表情，羅倫斯回以笑臉說：

「請放心。我也打算上天堂，所以可以幫妳傳話。」

以一個小氣的商人來說，能夠說出這句玩笑話算是表現可嘉。

艾莉莎露出像是看傻了眼，也像是感到困擾的奇妙笑臉。

不過，羅倫斯的玩笑話似乎確實發揮了作用。

艾莉莎面向前方擦了擦臉，並低著頭向神明輕輕禱告後，保持姿勢說道：

「我會想要找聖職者接掌教會，是因為不想擔任這個職務。」

羅倫斯告訴自己不能驚訝。聆聽告解的人只有一項任務，那就是聆聽。

羅倫斯先做了一次呼吸，然後靜靜地說：「然後呢？」

「我雖然身為聖職者，但有一個小小的夢想。」

艾莉莎抬起頭說道，那模樣就像符合其年齡的少女般顯得柔弱。
她露出泫然欲泣的表情，平常那倔強的神情已經消失無蹤。
艾莉莎絕對不曾在他人面前露出過這般表情。
如果有例外，也只有在磨粉匠艾凡身旁時，才可能窺見這般表情。
想到這裡後，羅倫斯發現了一件事情。
他發現艾莉莎握著手工雕刻的聖徽。
那想必是艾莉莎離開村落時，很重要的人交給她的雕刻品。
「可能的話，我希望能夠實現願望。我希望有一天能夠與艾凡──」
羅倫斯沒有讓艾莉莎繼續說下去。
「接下來的話不應該對我說，而應該只對本人說。」
聖職者不能結婚。
然而，只要村落裡有教會，就必須有人擔任該職務。
就算是一直獨力守護村落到現在的艾莉莎，也不願獨力努力終老。
場面話與真心話。
艾莉莎不僅看見羅倫斯與赫蘿的互動，還說羅倫斯與她很相像，讓羅倫斯難為情地不敢直視艾莉莎。

「不過，如果是基於這樣的原因……」

為了保持年長者的威嚴，羅倫斯說到一半停頓下來，然後仰望天空，深深吸了口氣。

停頓了好一會兒時間後，艾莉莎也已經完全鎮靜下來。

「我很開心。知道妳有這個心就已經足夠了──」

艾莉莎看向羅倫斯，那表情像是在感嘆自己的能力不足。

所以，羅倫斯補上一句：

「──商人什麼都好說，惟獨對借貸特別吹毛求疵。因此，我不會隨便說出這種話。」

而商人一毛不拔的程度，甚至到了會用借款束縛對方的地步。

羅倫斯猶豫著該不該加上這句話，但後來發現似乎沒有這個必要。

艾莉莎像是把這些話囫圇吞棗似地點了點頭，然後笨拙地露出笑容。

告知中午時刻的不規則鐘聲響起。直到鐘聲響了好幾次，最後留下餘音並消失在冷空中之後，羅倫斯才開口：

「不過，原來從旁人看來，我們的關係這麼明顯啊。」

艾莉莎抬頭仰望羅倫斯，還不可置信地瞪大眼睛說：

「你以為自己隱藏得很好嗎？」

艾莉莎那模樣彷彿在說「你會有這樣的想法才教人驚訝」，而被艾莉莎批評成這樣，羅倫斯也只能露出苦笑。

不過，艾莉莎沒有理會羅倫斯的反應，只是咳了一聲。

羅倫斯一看，發現艾莉莎像是要掩飾告解後的難為情似地，刻意裝出嚴肅的表情。

「那麼，雖然我的能力似乎不足以直接解決問題，但我畢竟是個聖職者。如果有人內心深藏痛苦，我還有這個能力聆聽對方的內心話。而且……」

艾莉莎的表情有些僵硬。

「我已經告解過了。」

這真是拙劣的討價還價。

不過，以個性誠實的艾莉莎來說，想必已經鼓起了很大的勇氣。

而且，艾莉莎方才說的有關艾凡的事情肯定是事實，而看見有人夾在真心話與場面話之間受苦，就會想靠自己的力量幫助對方消除煩惱，想必也是出自真心。

正因為艾莉莎如此多管閒事，才能夠使她成為一位了不起的聖職者。

「說得也對。」

羅倫斯把雙手舉高到肩膀的位置，做出投降的動作。

艾莉莎再次咳了一聲。

「恕我直言，兩位的態度很不自然。」

聽到如此直接的話語，羅倫斯也會感到有些煩躁。於是，羅倫斯這麼做出回應：
「我是人類，她是狼。我們的關係本來就不自然。」
聽到羅倫斯的話語後，艾莉莎倒抽了口氣，但還是不放棄地說：
「我不是這個意思。」
「不然是什麼意思呢？」
就在羅倫斯反問的瞬間——
「相愛的兩人為何不能攜手同行呢？」
聽到艾莉莎這麼說，羅倫斯的脾氣再好，還是會停下腳步。
當然了，羅倫斯並非因為生氣而停下腳步。
羅倫斯感到出乎預料的難為情，而不禁用手遮住半邊臉。
「我沒辦法理解。雖然你方才說她是狼，但父親留下的書本當中，這樣的故事也多到數不清……」
羅倫斯用另一手制止了艾莉莎繼續說下去。
他難為情得根本不敢看向艾莉莎。
羅倫斯望向他處，等待著內心的動搖平靜下來。
不需要等到赫蘿來批評羅倫斯像個少女，羅倫斯也發現了自己的純情，只是羅倫斯根本沒想到自己竟如此純情。

「……抱歉。」

隔了好一會兒時間後，羅倫斯才總算恢復些許商人風範說話。

羅倫斯的臉頰還有些燙，身體也冒著冷汗。

羅倫斯第一次知道原來除了詩詞之外，「相愛的兩人」這句話是如此具有殺傷力。

「可、可是，艾莉莎小姐。我們生活在現實世界也是不爭的事實。如同我們不可能同時出現在兩個地方，這不是光靠攜手並行就能夠解決的單純問題。」

就這點來說，赫蘿提出要去奇榭的理由可說相當完美。

赫蘿提出的理由實在太過合理，如果商人們聽了，都會競相鼓掌叫好。

「如果是這樣，為何不努力呢？什麼都不努力，就說這種話好嗎？你不是——」

「唔……」

羅倫斯也不確定自己吞下了多麼粗暴的話語。

不過，他的手牢牢揪著艾莉莎的胸口。

「……抱歉。」

羅倫斯立刻回過神來，並鬆開手。

艾莉莎沒有撫平皺成一團的衣服，而是用利刃般的眼神瞪著羅倫斯。

不過，艾莉莎似乎不是因為羅倫斯的粗魯行徑而生氣，而是在生氣羅倫斯明明因為聽到她的話語而發火，卻還是想隱藏真心話。

「我有……試著努力過啊。」

「真的嗎？」

聽到艾莉莎間不容髮地逼問，羅倫斯注視著艾莉莎。

羅倫斯之所以沒有再次發火，是因為發不了火。

「是不是真的……我也不知道。」

羅倫斯沒理會一副難以置信模樣的艾莉莎，逕自向前走。

傻眼的艾莉莎快步追了上來。

「你說不知道是什麼意思？」

「就是字面上的意思啊。我當然想跟那傢伙一起前往當初說好的目的地，也就是那傢伙的故鄉。但是，現狀不允許我這麼說。而且，只要理性地思考，就會知道要遵從那傢伙的意見比較好。為了那傢伙好，也為了我好，還有為了寇爾好，都應該這麼做。」

如果說這是成熟大人的決定，或許很體面吧。

聽到羅倫斯的話語後，艾莉莎想要說些什麼，但最後什麼也沒說。

艾莉莎痛苦地低下了頭。

羅倫斯當然也希望能與赫蘿一起去約伊茲，這甚至是他的願望。

然而，羅倫斯根本不可能推翻得了赫蘿準備好的理由。就算推翻得了，大概也要羅倫斯豁出去地大吵大鬧吧，但羅倫斯不認為赫蘿會為他的任性感到開心。

只有在確信故事會有美好結局時，才能夠放手一搏。

在結局之後，人生還是會繼續下去。

赫蘿曾經露出疲憊表情笑著這麼說：

實際在世上生活後，才知道時間意外地漫長。

若拋開一切後，還想在失去一切的狀況下活下去，這樣的人生似乎太漫長了。

羅倫斯與艾莉莎沉默不語地走著，最後終於看見了旅館。旅館一樓可看見正在吃午餐、裝扮看似工匠的男子或旅人，他們的樣貌各異，有的人看似開心地在用餐，有的人則不是。

「人生百變」並非是一種形容，而是事實。世上不可能一切順利，如果不一一妥協，根本不可能走下去。

雖說英雄們都度過無數生死關頭，但挑戰生死關頭的人，並非都能夠變成英雄。

其中多數人應該都死在半路上。

羅倫斯是一名旅行商人。旅行商人就是處事小心謹慎，也不會遭人責怪，而羅倫斯也應該這麼做。

羅倫斯安靜地爬上階梯。雖然沒聽見嘎吱聲響，但後方傳來了小小的腳步聲，看來艾莉莎似乎也跟著走回了旅館。

的確，在旁人眼中，羅倫斯的模樣會讓人感到心疼，甚至心疼到不忍心丟下羅倫斯一人。

不過，這就是現實。

羅倫斯一邊抱著極度自我憐憫的心情，一邊在心中這麼嘀咕。

然後，羅倫斯一副感到疲憊的模樣沉默地笑笑。這時——

「不會發生奇蹟嗎？」

艾莉莎的簡短話語傳來。

「不會發生奇蹟嗎？」

羅倫斯回過頭後，艾莉莎又重複了一次。

艾莉莎階梯爬到一半就停住，並且仰望著在樓梯平台上準備轉向的羅倫斯。

「你們在我們村子創造了奇蹟，並且解救了我們。創造出奇蹟的你們……」

艾莉莎吞下話語，那模樣看起來也像同時吞下了淚水。

「如果創造出奇蹟的你們，沒有因為奇蹟而解救，我怎能夠向人們宣揚神明的教誨呢？」

蜂蜜色的眼睛雖然像是要貫穿羅倫斯般瞪著他，但目光中不帶一絲近似敵意的情緒。

羅倫斯輕輕搔了搔頭，並從難受的艾莉莎身上挪開視線。

艾莉莎是一個徹徹底底的神僕。

「我知道這麼說很自私。可是——」

「不會，妳沒有說錯。只是我們……至少我不是那種廉正清白的人，沒辦法每次都因為奇蹟而解救。事情就這麼簡單。」

說罷，羅倫斯走下階梯，站在艾莉莎面前稍稍彎腰。羅倫斯摸著艾莉莎的衣服，然後撫平方才自己親手弄亂的皺摺。

艾莉莎沒有撥開羅倫斯的手，也沒有露出絲毫厭惡，而是一直注視著羅倫斯。

「那傢伙的故鄉附近，聽說有一支名為繆里的傭兵團。」

艾莉莎甚至沒有露出「你在說什麼？」的驚訝表情。

即使羅倫斯在最後對照了衣領的左右高度，拍了一下艾莉莎的肩膀，艾莉莎還是動也不動。

「繆里是旅伴在故鄉的同伴名字。旅伴以為在好幾百年前分手後，對方早就死去。」

羅倫斯轉身背對著艾莉莎，所以沒看見艾莉莎在這之後的反應。

雖然沒看見，但羅倫斯覺得艾莉莎的表情應該沒有太大改變。

「我想繆里應該還活著。我還沒把這件事情告訴那傢伙。我打算在到了奇榭後，要分手時再告訴她。」

「為什麼？」

身後只傳來簡短的話語。

「因為我希望那傢伙能夠專心面對與我的旅行。傭兵團不會以女性的名字命名。我知道很蠢，但我是在嫉妒。算了，就趁這個機會老實告訴妳好了。」

羅倫斯伸手握住門把，在轉身面向艾莉莎的瞬間說：

「我甚至還曾經希望繆里死掉算了。很過分吧？」

嘆了口氣的同時，羅倫斯打開了房門。

羅倫斯恨不得就這麼往前踏出一步，然後背著身子關上房門，把自己關在房間裡。

「要是奇蹟老是發生在我身上，那妳才更不該繼續向人們傳教。」

羅倫斯找出赫蘿的換洗衣物，並卸下行李。他心想，與赫蘿分手後，赫蘿擅自花大錢買下的衣服也必須再換回現金。

艾莉莎晚了一步也走進房間，從破袋子裡拿出一套衣服。

「確實是差勁透頂。上天應該會給你懲罰吧。」

艾莉莎直截了當的話語，反而讓人聽了感到爽快。

嘴角上揚的羅倫斯站起身子，準備迅速離開房間。

他沒料到艾莉莎會繼續投來話語：

「如果是這樣，那我更是沒辦法理解。」

羅倫斯回頭一看，發現艾莉莎正在生氣。

「我沒辦法理解你的用情那麼深，卻堅持用理性應對。這才真的叫做不自然。你應該做出一個抉擇。」

「妳關心過頭了。」

羅倫斯直截了當地說道。

為了表現最低限度的禮貌，羅倫斯刻意露出曖昧的笑容。

「這是我們之間的問題，也是我們做出的判斷。妳沒有權力表示意見——就算妳是傳教者也一樣。」

羅倫斯之所以像在找藉口似地在最後補上一句，是因為他確實是在逃避。

羅倫斯知道艾莉莎是出自親切心，才會表示意見。

但是，不能夠因為這樣就讓她暢所欲言。

「你說的沒錯。」

艾莉莎停頓下來，並做了一次呼吸後，淚水奪眶而出。

「但是，我很希望能夠還你們人情。我實在不覺得你們是已經坦然接受，才做出這樣的決定。所以，至少……」

「我是沒辦法接受事實。但那傢伙似乎不覺得有那麼嚴重。」

只有羅倫斯一人執著於一起去約伊茲這件事。

對赫蘿來說，能夠一起去當然最好，但在權衡輕重的時候就顯得不那麼重要。他的執著也只有這麼一丁點重量而已。

雖然艾莉莎毫不害臊地說羅倫斯與赫蘿是「相愛的兩人」，但是真是假還有待證實。羅倫斯當然可以抱著挖苦的想法來思考這件事情。正因為如此，所以聽到繆里的消息後，羅倫斯才會感到內心動搖。

然而，聽到羅倫斯的話語後，艾莉莎依舊直直注視著羅倫斯。蜂蜜色眼珠如同鑲入劍柄的寶石般，發出氣勢洶洶的光芒。

「既然如此，你不是更應該豁出去才是嗎？」

一時之間，羅倫斯聽不太懂艾莉莎在說什麼。

「我簡直像是看到了第二個艾凡。你那優柔寡斷的態度讓我氣到受不了。為什麼你不表現得更直率一點呢？為什麼你會認為吞下自己的意見是為對方好呢？神明會支持做出正確決定的人，根本沒有什麼好害怕的！」

艾莉莎滔滔不絕地說道，最後甚至因為呼吸急促而晃著肩膀。

這一長串的話語可以說合乎道理，也可以說不知所云。想必艾莉莎自身也不太清楚自己到底說了些什麼。不過，艾莉莎八成是把能用來表現情感的話語全說了出來。

只是，羅倫斯明白艾莉莎想表達什麼。也清楚知道當中有不少話語是艾莉莎的心聲。最重要的一點是，艾莉莎說羅倫斯明明「把這些事情全壓在理性之下」，而他卻批評赫蘿以理性來行事。

想要表現得有智慧似乎是非常愚蠢的事情。

「妳說的每件事情都是正確的。」

羅倫斯感到疲憊地說道。

這是沒有半點虛假的話語。

「但我只是一個商人。」

「既然是商人，就請你動腦想辦法。」

或許艾莉莎也搞不清楚自己在生什麼氣。

儘管如此，艾莉莎還是瞪著羅倫斯，並強勢地說：

「請不要祈禱。既然你說你們與神明教誨背道而馳，不夠資格讓奇蹟發生在自己身上的話，那就不要祈求，而像個商人動腦想辦法。」

世上居然有人會提出如此怪異的請求。

明明對自己一點好處都沒有，艾莉莎卻為了羅倫斯兩人的事情動了怒。

「你們商人不是都會用一些破天荒的方法嗎？你們不是有很多只能形容是魔法的手段嗎？或

者……或者如果是手段太卑劣，而讓你感到遲疑的話，請你放心。」

艾莉莎挺直背脊，朝向羅倫斯投來篤定的眼神。

「我會保證，你的所為絕對符合神明的教誨。」

此刻羅倫斯應該笑著帶過艾莉莎的話語。

如果詢問一百名商人，包括只是來湊熱鬧的對象在內，想必會有一百二十人表示應該遵照赫蘿的意見才是正確做法。而這一百二十人想必也會遞出酒杯要艾莉莎喝點酒，冷靜下來。

然而，艾莉莎的意見十分吸引羅倫斯。

艾莉莎的意思是要羅倫斯去動腦思考。

艾莉莎並非笨蛋。她當然多少明白赫蘿的想法才最具合理性。但她是在理解這件事之後，因為不忍看見羅倫斯兩人受苦，而提出這樣的意見。

既然如此，看在艾莉莎如此認真的份上，他好歹該動動腦才對。而且，艾莉莎也表示不管用了多麼卑劣的方法，她都會代為向神明解釋。要是先動腦思考過，結果依然走投無路，屆時再放棄也不遲。

雖然不可能選擇「單純只是豁出去」的做法，但如果提出能賺錢的方法，或許還有可行性。

而且，他只需針對一點動腦思考。那就是能不前往奇榭，就能針對位於遠方城鎮、連其內部狀況都沒掌握到的商行，逼迫對方賣出書籍。

先綁架商行老闆的女兒或妻子，然後威脅商行嗎？或是設法詛咒呢？或者是雇用傭兵去襲擊商行？

想像這些不可能發生的事情，讓羅倫斯也覺得頗有樂趣。

不過，艾莉莎會錯意了，商人並不會魔法。即使是不需要背著沉重現金就能夠搬運現金的匯兌體制，也只要整理一下其原理，就會知道匯兌體制絕非什麼不可思議的技術。

重點就是，匯兌體制是利用眼睛看不見的信用作為運河，如此簡單罷了。

匯兌體制並不是搬運施法後變得透明的現金，當中一定存在著某種原理或原則。

就算反過來利用信用，也只能夠偷走現金，而不能夠偷走別人的性命。

想到這裡後，羅倫斯腦中忽然閃過一個想法。

反過來利用信用？

羅倫斯覺得這句話很奇妙，並發覺到自己的腦袋空轉了幾秒鐘。

艾莉莎似乎察覺有異，打算出聲說話，但羅倫斯以手勢制止了她。

如果沒有前往奇榭，就真的買不到書本嗎？

羅倫斯覺得應該有什麼自己沒察覺到的事情。他覺得雷諾斯似乎處處藏有關鍵。那關鍵能夠讓羅倫斯牽起赫蘿的手，一同打開通往約伊茲之路的金色大門。

這股期待讓羅倫斯的心臟用力跳動到發疼的地步，抵達雷諾斯後的各種畫面一幕接著一幕閃過其腦海。

羅倫斯看向艾莉莎。

凡事都不會感到害怕的艾莉莎，似乎嚇了一跳地縮起身子。

羅倫斯相信不是自己多心，才會覺得艾莉莎嚇了一跳。

因為羅倫斯知道，只過了短短的幾秒鐘，他的臉上已重新掛著笑容。

「對了，如果我真的想出堪稱奇蹟的方法，妳要怎麼負責呢？」

這肯定是羅倫斯生來第一次說出「妳要怎麼負責呢」這種話。

羅倫斯不禁佩服起自己沒有舌頭打結。

「……我、我會祝福你們。」

然而，艾莉莎雖然有些畏縮，卻仍是個了不起的聖職者，所以羅倫斯決定先暫時不往自己臉上貼金。

如果沒有艾莉莎推一把，羅倫斯一定不會想出這個會讓人一笑置之、愚蠢又卑劣的方法。

羅倫斯兩人回到費隆的商行後，發現店內不見任何人。

通往中庭的門敞開著，羅倫斯忽然探出頭看向中庭後，發現大家正在用木炭生火，並準備搭一座簡易爐灶。
「喲？你們回來了啊？這邊還需要一些時間做準備，你們可不可以先在裡面等？」
不知道是花錢請來，或純粹是費隆的朋友，一名看似廚師的男子動作熟練地剖著鰻魚，小伙子們則是在男子四周忙得團團轉。
聽到費隆的話語後，羅倫斯點了點頭，並把頭縮回店內。這時，艾莉莎露出不安的神色注視著羅倫斯。
「是妳鼓吹我的喔。」
聽到羅倫斯以惡作劇的口吻這麼說，艾莉莎驚訝地縮起肩膀。
不過，艾莉莎的視線牢牢捕捉著羅倫斯，並且緊閉雙唇。
「我很感謝妳。讓我察覺到自己似乎變得比想像中還要老。」
羅倫斯笑笑後，稍微做了一下深呼吸。
羅倫斯準備走向商店最裡面。
「我父親在信上寫著……」
艾莉莎朝向羅倫斯的背影開口。
「他要我『走自己想走的路。』父親還告訴我，許多書本中儘管有因為妥協而過得差強人意的人生，卻幾乎沒有因為妥協而得到滿足的例子。還有……」

艾莉莎緊握住手工雕刻的聖徽，然後也在臉上盡可能地浮現惡作劇的笑容說：

「父親說有很多即使失敗了，卻很滿足的例子。」

做生意就是不斷地累積成功與失敗的經驗。

「當然。」

羅倫斯在費隆店內的走廊上邁開步伐。

羅倫斯很快就發現走廊上打掃得很乾淨，並且每天都會換氣。有趣的地方是，商店最裡面的走廊明明比較狹窄，天花板也比較矮，卻比招攬顧客入內的店鋪區域明亮許多。

而光線充足的地方，聲音也會特別響亮。

前進不久後，羅倫斯聽見了赫蘿與寇爾的愉快說話聲。

羅倫斯眼前的區域，似乎是把原本設有爐灶的廚房隔開來，前方可看見矮了幾層階梯的泥地板。而赫蘿與寇爾散發出腥味的髒衣服，則是摺疊整齊地放在走廊上。

羅倫斯掀開用來做區隔的布塊探頭一看，發現寇爾正赤裸著身子慌張躲閃，赫蘿則拿著提桶朝向寇爾背部潑灑送來的熱水。

「接招！紐希拉的熱水可是比這個熱上一百倍！」

赫蘿邊潑邊胡說八道。

不過，寇爾也毫不認輸，他正準備用手上的提桶從大桶子裡舀起熱水，所以兩人可說是半斤八兩。

發現羅倫斯出現後，寇爾慌張地把提桶藏在身後。

只有赫蘿一人露出彷彿在說「有新獵物出現」似的眼神。

「再玩下去會感冒的。拿去！」

看見兩人似乎早就洗好了澡，於是羅倫斯丟出較大條的毛巾。

寇爾用手接住毛巾，赫蘿則是用頭接住毛巾。

「我把替換的衣服也放在門口了。寇爾，你的替換衣服是向艾莉莎借來的，要記得跟人家道聲謝。」

「知、知道了！」

寇爾精神奕奕地答道，隨即打了一個噴嚏。

不管是赫蘿還是寇爾，兩人都是赤裸著身子。寇爾擦拭著身體，快步離開洗澡間拿取衣服。

「妳也一樣。」

聽到羅倫斯的話語後，赫蘿一副感到無趣的模樣嘆了口氣，不停抖動尾巴。

「真是的……沒有被任何人看見吧？」

赫蘿光是抖動尾巴就能夠漂亮地甩開水分，但頭髮就沒那麼容易了。

赫蘿用手抓起頭髮一擰，水珠立即滴答滴答地落下來。

「咱沒有那麼粗心大意……哈啾！」

纖細的身軀搭上水嫩的白皙肌膚，在經過水分滋潤後，宛如磨得發亮的珠子一樣。

不過，赫蘿打噴嚏的模樣十分滑稽，再加上她的個子嬌小，看起來極度孩子氣。

羅倫斯一邊嘆息，一邊幫忙赫蘿擦拭頭髮。

「午飯快好了嗎？」

「現在正在搭爐灶。可能還要一下子。」

「嗯。咱剛剛在港口聽到，最好的料理方式就是塗上樹果油拿去烤。」

赫蘿那美麗的秀髮吸了不少水。

就算粗魯地拚命擦拭，也擦不乾頭髮的水分。

「雖然在這種地方洗澡也不差，但還是在紐希拉那樣的地方泡澡，再配上被雪冰得透心涼的葡萄酒會更好，汝覺得呢？」

從毛巾底下傳來不知足的話語。可能是腳邊桶子裡的熱水已降了不少溫度，赫蘿看起來有些冷的樣子。

「畢竟那一帶的人都會這麼做，也將之視為商機，所以每樣東西都賣得很貴。」

羅倫斯從赫蘿頭上拿開毛巾，披在赫蘿肩上。

赫蘿撩起貼在額頭上的瀏海，嗯了一聲。

「喏！接下來擦身體。」

赫蘿賣弄風情地把一隻手叉在腰上，擺出誘人的姿勢仰望羅倫斯。

這時如果移開視線就輸了。

羅倫斯俯視帶點挑釁的琥珀色眼珠，然後緩緩閉上眼瞼。

「趕快擦乾身體，換上衣服。」

看見羅倫斯沒有動搖，赫蘿不悅地鼓起臉頰，感覺都快聽見臉頰膨脹起來的聲音。

羅倫斯不明白，赫蘿刻意這麼做，究竟是在意、還是不在意旅行即將結束呢？

不過，和演技高超的赫蘿相比，羅倫斯隱藏心事的技術就差多了。

赫蘿抬手摸著披在肩上的毛巾，然後總算蹙起一邊眉頭。

「換上衣服要做什麼？」

聽到赫蘿的詢問後，羅倫斯這麼回答：

「我想找魯．羅瓦先生。幫我找找吧。」

鎮上所有人都為了發橫財而囤積物資，而可憐的魯．羅瓦在這個沒有任何門路的城鎮裡，為了尋找物資而四處奔走。

不過，羅倫斯會要求赫蘿幫忙找到魯．羅瓦，當然不是為了向這名可憐男子伸出援手。

赫蘿當然也立刻察覺到這點。

赫蘿投來警戒的眼神說：
「要做什麼？」
滴答。水滴從赫蘿身上滴落。
熱水已經冷卻，四周空氣冰冷。
赫蘿溼答答的身體急速降溫，瞳色比平常更像冰塊般冷冽。
「約伊茲附近……」
羅倫斯在就快被赫蘿身上的水滴沾濕的距離下，俯視其面容說：
「有一支傭兵團。」
「……什麼？」
「聽說是叫……繆里傭兵團。」
羅倫斯趁著赫蘿感到驚訝時，說出更令人驚訝的話語。
很不可思議地，這麼做反而能夠讓人們的思緒變得極度清晰。
「幫我找魯．羅瓦先生。我想要立刻跟他見面。」
羅倫斯別開視線，一副「我要說的話就這麼多」的模樣準備挪開身子，卻被赫蘿揪住了胸口。
這時赫蘿的臉上甚至不帶一絲憤怒。
「汝打算怎麼做？」

「我要向他提議。」

赫蘿咧嘴露出尖牙，並從齒縫之間迅速吸入一大口氣。

在這口氣化為質量爆發之前，羅倫斯用手掌捧住赫蘿的左臉頰。

「我不是要反悔。」

羅倫斯彎下腰，讓自己平視赫蘿帶有紅色的琥珀色眼睛。

琥珀色的雙瞳十分清澈美麗。

「我是個商人。商人不會輕易地打破約定。」

羅倫斯這句話具有雙重含意。

羅倫斯挺起身子後，語調平靜地接續說：

「不過，我會在情況允許之下變更提議。」

「汝是說……」

赫蘿說到一半說不出話來。她像在鼓舞自己似地，用力搖晃一下仍揪在手中的羅倫斯胸口。

「意思是不去那個叫什麼奇櫛的地方嗎？」

「說不定就不去了。」

羅倫斯不禁覺得赫蘿的表情像是快要哭了出來，但他知道這是自己一廂情願的想法。

事實上，赫蘿應該是露出打從心底感到厭煩的表情。赫蘿心裡八成在想「這個大笨驢又打算做一些傻事了」。

「雖然咱覺得不太可能，但汝該不會是……」

「嗯。我在吃醋。」

羅倫斯以不疾不徐的口吻說道，望向赫蘿。

「妳問的是繆里吧？」

赫蘿露出極度驚愕的表情，彷彿可以聽到她倒抽一口冷氣的聲音。

「還是說繆里是女的？如果是這樣，就可以笑著帶過這件事情了。」

羅倫斯直直地注視著赫蘿後，赫蘿先別開了視線。

然後，赫蘿緩緩搖了搖頭說：

「可是，汝啊。咱跟繆里不是汝想像的那種──」

「不過，我可能會被迫獨自在馬車上想像你們重逢的畫面也說不定。坦白說，我不想要這種結局。」

羅倫斯抓起赫蘿纖細的手臂後，發現手臂變得相當冰冷。

羅倫斯取下仍然披在赫蘿肩上的毛巾，幫赫蘿擦拭臉部到頸部的部位。

「汝，打算怎麼做？」

「我會設法在不去奇榭的狀況下順利完成目的。所以，我想要立刻跟魯．羅瓦先生商量。當然了，應該也能夠做好安排，讓寇爾或艾莉莎不需要一起前往約伊茲才對。」

羅倫斯拿著毛巾從肩膀往上手臂擦去時，赫蘿一臉嫌煩地撥開毛巾說：

「做得到嗎？」

——就算說出的答案再怎麼精巧，只要有瑕疵，就會把你整得無地自容。

赫蘿露出如此犀利的眼神看著羅倫斯。

不知為何，羅倫斯臉上浮現笑容，因而不得不有些自嘲地說：

「我希望做到。因為這是我……」

說到這裡，羅倫斯明白了臉上浮現笑容的原因。

「因為這是我身為商人能夠豁出去的極限。」

赫蘿像是喝到苦水似地垂下頭，用厭煩的臉色仰望羅倫斯。

她似乎覺得我這個笨蛋真是沒救了。

果然，赫蘿開口說：

「大笨驢。」

這回羅倫斯直率地露出笑容，然後點了點頭說：

「如果事情沒能順利進行，我就死心。這是真心話。」

赫蘿能夠識破人類的謊言。

羅倫斯像是要用眼神確認似地看向赫蘿後，赫蘿不禁更壓低下巴並發出呻吟聲。

明明決定拋開一切豁出去，怎麼還能夠表現得如此乾脆？

赫蘿狐疑地注視著羅倫斯。

羅倫斯咳了一聲，說：

「妳不覺得我也變成熟了嗎？」

一路來，就算被毆打、被踹，甚至不惜丟出自己的財產和性命，羅倫斯也要保護赫蘿，並追著赫蘿不肯鬆手。

倘若因此而有所成長，那就表示這趟旅行還不錯。

赫蘿這回沒有露出笑容，也沒有生氣，而是連「極度驚愕」都不足以形容的神情。

看見羅倫斯的笑臉後，赫蘿一副精疲力盡的模樣，無力地垂下頭。

赫蘿的模樣，也像是立刻想要把臉埋進眼前的羅倫斯胸膛裡似地。

「真是大笨驢。」

赫蘿靜靜地說道，然後嘆了口氣。

撿起撥開的毛巾後，赫蘿粗魯地擦拭身體，再次說：

「真是一頭大笨驢！」

當大笨驢也無所謂。

羅倫斯一邊望著赫蘿粗魯地擦拭身體，一邊用輕鬆的心情這麼想。

艾莉莎說的沒錯，豁出去後，心情竟然能夠變得如此輕鬆。

赫蘿跨出水桶，發出清脆的腳步聲走過石板地，把毛巾丟向羅倫斯。

或許是因為剛剛洗過澡的緣故，赫蘿的尾巴高高膨起。

「是要找那個肉包子唄？」

「嗯。」

「真是的……午餐前一定要趕回來！」

赫蘿說著發出了深深的嘆息聲。

嚴格說起來，魯．羅瓦應該與動物非常相近。

這麼說不是指外表，而是指魯．羅瓦的銳利直覺。

這名正在商行卸貨場與人交涉的書商，聽到羅倫斯的腳步聲而回過頭。

而且，卸貨場絕非安靜的場所，而是一個充斥著怒吼聲、馬嘶聲，以及人們交談聲等各種聲音的吵鬧場所。

「您的表情很可怕呢。」

魯・羅瓦以開玩笑的口吻說道，但臉上不見一絲微笑。

「您怎麼搶了我的台詞？」

魯・羅瓦的語調之所以還算友善，八成是看見站在羅倫斯後方的赫蘿。

如果赫蘿沒有一起出現，這名書商說不定會把羅倫斯看成無法信任的敵人。

「如果您是要採買物資，我這邊採買了很多。」

魯・羅瓦巧妙地皺著右半邊的臉。

然後，魯・羅瓦回頭看向後方，冷冷地說：「還是不用麻煩了。」商行的人員似乎原本就不太願意接受強人所難的採買，所以只是揮了揮手而已。

「您身邊帶著女性又露出這種表情，小心會失去其他商人的信任喔。」

與羅倫斯擦過身時，魯・羅瓦這麼說。

羅倫斯聳了聳肩，然後斬釘截鐵地回答說：「這我已經有過經驗了。」

「您找我有什麼事呢？該不會是突然害怕起來了吧？」

在講求信用的世界裡，中途改變心意是最要不得的。

與中途改變心意比起來，失敗根本不是什麼壞事。

「不是。」

「那麼，是什麼事呢？」

「我有急事必須處理，所以不能前往奇榭。」

羅倫斯與魯．羅瓦並肩走出商行，朝向人煙希罕的方向走去。

原本並行的三人，不知不覺變成羅倫斯與魯．羅瓦走在一起，而赫蘿停下腳步與兩人隔開一段距離後，才跟了上來。

「您是認真的嗎？」

「旅伴也問了我一樣的問題。」

魯．羅瓦閉上嘴巴瞪著羅倫斯。

不過，魯．羅瓦的表情顯得困惑。這是因為他掌握不到羅倫斯的想法。

「您別跟我開玩笑了。這筆交易我可是看好會有千枚銀幣以上的利益。」

魯．羅瓦的表現就像傭兵為了鼓舞自己，而引以為傲地說「我曾與熊打鬥過，還打死了熊」一樣。

不過，羅倫斯並非因為這件事情而笑了出來。

而是因為在羅倫斯心中，如此巨額的交易與醜陋的嫉妒心竟然有著一樣的分量，所以讓羅倫斯感到好笑。

「抱歉。不過，我沒打算放棄已簽過合約的這筆交易。」

魯．羅瓦又大又圓的臉，終於整個扭曲變形起來。

羅倫斯輕輕咳了一聲，冰冷空氣因而刮進了口腔。

「奇樹的那家商行，應該是與德林商行有進行特別交易的大型商行吧？」

除非是大顧客，否則德林商行應該不可能接受全指定要褐色肌膚女孩的交易。

儘管因為掌握不到羅倫斯接下來要說什麼而有所戒心，魯．羅瓦還是緩緩點了點頭。

「如果是這樣，那家商行應該會常態性地與多家商行進行巨額交易，我想這樣的猜測應該沒錯吧？」

「……應該是吧。可是，那又怎樣呢？」

魯．羅瓦焦躁了起來。

不過，羅倫斯不願意跳過順序做說明。

羅倫斯扭動脖子發出喀喀聲響後，說了下去：

「如果是這樣，或許我能夠在不離開雷諾斯之下，幫助您採買商品。」

書商停下腳步，並直直注視著羅倫斯。

那模樣像是在發出沉默的宣言——宣言自己會針對羅倫斯接下來所說的每一字每一句，全神貫注地動腦思考。

看見魯．羅瓦突然停下腳步，羅倫斯也撇著頭佇足。

因為正好面向太陽，所以羅倫斯瞇起眼睛說：

「就是利用匯兌。」

「匯兌?要怎麼利用?匯兌只是一個方便搬運現金的手段啊。」

羅倫斯越過魯・羅瓦的龐大身軀,看向百無聊賴的赫蘿。

「利用匯兌騷擾對方。」

羅倫斯面向前方走了出去。雖然明顯看得出魯・羅瓦感到困惑,但羅倫斯有自信魯・羅瓦一定會跟上來。

而當魯・羅瓦跟上來時,就是決定勝負的時刻。

「羅倫斯先生。我不懂您的意思。」

俗話說,連貓也會被好奇心害死。

一旦知情,就無法不參與其中。

就算那方法有多麼卑鄙也一樣。

羅倫斯回頭看向魯・羅瓦。

「我們要讓多家商行同時直接發行匯兌證書,寄給奇榭那家商行。」

「咦?」

「而且是金額高達幾十枚金幣的證書。不,或許應該要一百枚或兩百枚。」

羅倫斯自覺順利在臉上浮現笑容。

畢竟羅倫斯說出的方法，是具有壓倒性財力優勢的人才辦得到的強勢舉動。

「所有商行都以不同名義，同時發行匯兌證書。這麼一來，那家商行一開始應該只會覺得事情很偶然，而不疑有他地兌換現金。不過，等到現金庫存開始見底，那家商行就會開始覺得奇怪。不過，當察覺到事有蹊蹺時，已經太遲了。等到商行用光現金箱裡的現金，兌換商會嗅出氣氛不對，然後哄抬兌換手續費。陷入窘境的商行會怎麼樣呢？就在商行手忙腳亂的時候，匯兌證書還是會一張接著一張送來。而且，這些匯兌證書當中也會包含一般交易對象的證書才對。就在商行分不清楚哪些是騷擾他們的證書，哪些又是不能招惹的對象所發行的證書之中，如果是一家大規模的商行，肯定還是會有顧客或交易對象陸續上門。拜託你們採買這個商品、請支付約定好的款項……商行將陷入一片混亂。」

身材圓滾滾的魯．羅瓦，擁有彷彿經過搓揉再撒上粉似的柔軟肌膚。

這柔軟的肌膚此刻如岩鹽般慘白僵硬。

「您就在這時候前往商行，然後這麼說：『貴商行如果有什麼困難的話，要不要我來接手處理匯兌證書呢？不過，這是有條件的。』」

當然了，魯．羅瓦到時接手的全是德林商行所發行的匯兌證書，所以事實上魯．羅瓦不需要準備現金。

事情如果進展到這一步，已經等於有了結論。

剩下的就要看魯・羅瓦的膽量與才學如何了。

「這時就跟對方說『對了，貴商行好像收藏了一本書喔』……」

「沒錯。」

羅倫斯像個在推銷商品的諂媚商人，露出大大的笑容。

魯・羅瓦像是看到什麼奇景似地，注視著滿面笑容的羅倫斯。

彷彿在說「真虧你想得出這種就是商人也會覺得卑劣至極的方法」。

不過，這是一個可行的方法。

當然了，這個方法也會有問題點。

「我明白您的意思了。可是……德林商行會答應嗎？」

魯・羅瓦會這麼發問，當然不是指德林商行會擔心失去信用。屆時德林商行將提供現金給多家雷諾斯的大型商行，然後要求各商行發行匯兌證書。這個時候，德林商行的名字已經消失得無影無蹤。

問題點在於，為了發行匯兌證書，必須有大量現金。

「應該會答應吧。畢竟雷諾斯的現金價值上漲。」

「啊！」

魯・羅瓦頓時恍然大悟。

德林商行應該能夠利用匯率行情，從這次交易大撈一筆才對。

「只要雷諾斯與奇榭的貨幣行情不同，就有從中獲益的可能性。而且，很幸運地，雷諾斯的貨幣行情肯定比奇榭強勢。要不要我計算給您聽呢？」

啪！魯．羅瓦用手拍打了自己的額頭。

他看似痛苦地呻吟，同時露出冷靜的眼神思考著。

如果羅倫斯提出的這個計畫，而德林商行也表示願意接受，就等於確保了書本的購入手段。

在前往奇榭的路上，不需要煩惱應該如何採買書本，也不需思考對方有沒有什麼習性或弱點能夠讓採買順利進行；若是一直煩惱下去，最後將會因為不穩定的未來帶來的不安，壓得喘不過氣來。

只要是遠離城鎮、孑然一身的商人，都絕對不會小看這種痛苦。事實上，魯．羅瓦來到雷諾斯後，就踢到鐵板而必須重新擬定銷售聖經的計畫。這類事情很容易發生，也能夠事先預知。

若能事先掌握必勝的方法，就能帶來無限的安心。

魯．羅瓦表現得像個尋求懺悔的信徒般望向羅倫斯。

「您是……認真的嗎？」

魯．羅瓦上鉤了。

羅倫斯簡短地說：

「當然。」

書商無力地垂下了頭。

羅倫斯三人就這麼直接前往了德林商行。

如果要告知計畫變更，當然是愈早愈好。

不過，想要讓快速前進中的馬車向右轉時，將會對身體造成不少的負擔。

羅倫斯當然也預想到這點，所以絕對沒有低估此舉的風險。

正因為如此，羅倫斯才會也帶著赫蘿再次前往德林商行。

這麼做，是為了讓德林商行看見一度為了借錢而把赫蘿當成抵押品，在那之後卻不惜捨棄金錢、贖回赫蘿的羅倫斯的決心。

再次到訪德林商行時，四位老闆似乎正在召開定期會議。

羅倫斯三人被帶到房間後，這回看見四位老闆一起出來迎接。

已經來到這裡，就不能回頭。羅倫斯不希望自己無法全力以赴而感到後悔。

這回魯．羅瓦沒有上場，而是由羅倫斯負責說明。羅倫斯說明了利用匯兌的強勢採買方法，以及對羅倫斯而言最重要的一點，也就是羅倫斯不前往奇榭的提案。

說明完畢後，不消說其他三位老闆，埃林基當然也是不動聲色。

不僅如此，埃林基還保持把雙手放在桌上的姿勢，語調平靜地這麼說：

「那麼，就照這個路線進行好了。」

反倒是提出提案的羅倫斯這一方，不禁懷疑起自己的耳朵。

羅倫斯忍不住反問說：

「可以嗎？」

埃林基刻意裝出驚訝的表情，彷彿在說「是您主動提議的吧？」

「不，當然了，是我們這邊主動提出提案，而且如果貴商行願意答應，那當然是再好不過了。

只是……那個，還有一件事情想要拜託貴商行答應……」

「您指的事情，是您本人不想前往奇榭吧？」

不久前費隆才來詢問過，現在又看見赫蘿出現在這裡。

就算反應遲鈍的人，也清楚知道是怎麼回事。

埃林基輕輕笑了一聲。

「如果是羅倫斯先生主動提出這個方法，那會跟我們當初談好的條件幾乎一致。另外，既然幾位主動提出這樣的提案，我們也沒有理由拒絕。因為我們也考慮過這個方法。」

「什……」

羅倫斯驚訝地抬起頭，但吃驚的並非只有他一人。

魯．羅瓦也是一臉愕然。

「不過，我們最終做出的結論是，一個正常人的頭腦應該不會想到這種終極的整人方法。而且，就算想到了，也不可能來向我們提議。我們更不可能主動提議，因為這樣幾位或許會起疑心也說不定。」

羅倫斯不太確定埃林基是不是在捉弄人。

不過，見埃林基揚起嘴角露出帶有諷刺意味的笑容後，羅倫斯猜想埃林基說的應該是實話。

「幾位累積的歲數與經驗之多，恐怕不會想出或做出這種既魯莽，又不懂瞻前顧後的事情，不是嗎？」

聽到埃林基的話語後，與羅倫斯坐在同一邊的人當中，只有赫蘿笑了出來。

奴隸商人朝向赫蘿露出可掬的微笑。

「男人能夠青春永駐的方法沒幾種。您會做出帶旁邊這位一起前來的判斷，可說相當了不起。我說的是真心話，不是在挖苦您。」

埃林基直視著羅倫斯。

羅倫斯不知該怎麼回答。

儘管如此，羅倫斯還是明白自己應該直率地接受埃林基的話語。

「我看見您同伴的那一刻，就大概猜出您的來意了。俗話說，兩人三腳。形容得真好。」

聽到埃林基的話語後，另一位老闆補充一句說：「但我們是四個人就是了。」

如果只有自己一人，就是埃林基等如此強大的商人，似乎也無法長途跋涉。

「我們已經了解您的提案內容了。關於細節部分，方便交給我們處理嗎？」

聽到埃林基帶有十足事務性的說法，羅倫斯與魯・羅瓦不約而同地立刻同意。

如果沒有交給埃林基他們處理，恐怕很難掌握到商行之間的聯繫，也難以準備現金。而且，利用如此惡劣的手段後，就算順利採買到書本，也難以帶出城鎮。

包含這方面的安排，羅倫斯與魯・羅瓦把一切瑣碎事項全委託給了德林商行處理。

取而代之地，羅倫斯與魯・羅瓦必須扮起黑臉。

埃林基幾人明明想到相同方法卻沒有提案，想必就是因為考慮到這點。

「我想這應該會是一次美好的交易。不過，有些同情被當成箭靶的商行就是了。」

埃林基似乎是真的感到同情的樣子，這讓羅倫斯無言以對。

越過桌面與埃林基幾人握手後，合約也正式做了變更。

對埃林基他們而言，握手是在締結合約前進行的動作。

嚴格說起來，應該是因為他們的生意與費隆他們的世界比較相近，才會有這樣的習慣。

「那麼，就請上天保佑我們成功吧。」

雙方就在這句話下結束了會面。

魯．羅瓦看向羅倫斯，並露出僵硬的笑容。

魯．羅瓦那模樣就像在說「沒想到我們真的這麼做了」。

羅倫斯也很想表達與魯．羅瓦同樣的感想。既然羅倫斯決定不前往奇樹，就代表這次交易必須由魯．羅瓦擔綱壞人的角色。

羅倫斯必須針對這點支付酬勞。

「關於我們約定好的手續費。」

「不、不，請您現在先別說這個。」

走出房間來到一片安靜、彷彿聲音全被吞噬了似的走廊上後，羅倫斯搭腔說道。

「那麼，晚點再討論。」

「不，我不是這個意思。」

說罷，魯．羅瓦稍微觀察了一下四周。

埃林基幾人還沒走出來，似乎還在房間裡討論事情。

四周只看見一名相貌聰穎的少年，保持按住房門的姿勢站在隔了一小段距離的位置。

「可是……」

「等到一切都結束後，再來討論這件事情也還來得及吧。」

說罷，魯．羅瓦露出壞心眼的表情仰望羅倫斯。

「的確，我將負責扮演壞人的角色。不過，也有可能很輕易地就攻陷對方。如果是這樣的狀況，而我卻沒有支付這筆大生意的手續費，會讓我很過意不去。而且，雖然我不是要學費隆先生，但最重要的一點是……」

魯．羅瓦露出笑容。

露出笑容後，魯．羅瓦宛如回到少年時光般，綻放著天真無邪的丰采。

「我希望借您人情。您真的是旅行商人嗎？我實在不太相信。」

每天過著就像老是在撿掉在地上的零錢似的生活時，羅倫斯多麼渴望聽到他人這麼說，但諷刺的是，羅倫斯卻是在有了比金錢更重要的存在後，才經常被人這樣誇獎。

不知道是不是顧慮到羅倫斯的心情，赫蘿站在稍微隔開距離的位置。羅倫斯瞥了赫蘿一眼後，回答：

「以一個旅行商人來說，我完全不合格。所以，您的說法並沒有錯。」

魯．羅瓦愉快地露出笑容，但赫蘿臉上不見一絲笑意。

可能是因為羅倫斯又駁回赫蘿的提案，赫蘿才會板著臉。而且，羅倫斯還是因為嫉妒赫蘿的故鄉同伴，基於這種讓人笑不出來的理由，才駁回提案。

不過，赫蘿的模樣也不像在生氣，或許說赫蘿是打從心底感到驚愕比較正確。如果詢問赫蘿這樣的答案正不正確，肯定會得到惱羞成怒的一拳。

「不過，羅倫斯先生。您真的不用在意。我這個人啊，一旦看見對方擺臭臉，就忍不住會用笑臉去逼迫對方接受。」

聽到魯．羅瓦的話語後，赫蘿在兜帽底下偷笑著，讓羅倫斯覺得很不甘心。

在費隆的商行遇到魯．羅瓦時，魯．羅瓦正是實踐了這般做法。

魯．羅瓦會拿針去刺對方的良心，然後企圖讓事情朝向如其所願的方向進展。

「所以，這次正是我夢寐以求的狀況。獵物愈大，就會愈有成就感。」

艾莉莎對於魯．羅瓦的評價也是正確的。

正因為魯．羅瓦的欲望強烈，所以能夠信任。

羅倫斯點了點頭，回答：「期待看見您的活躍表現。」

終幕

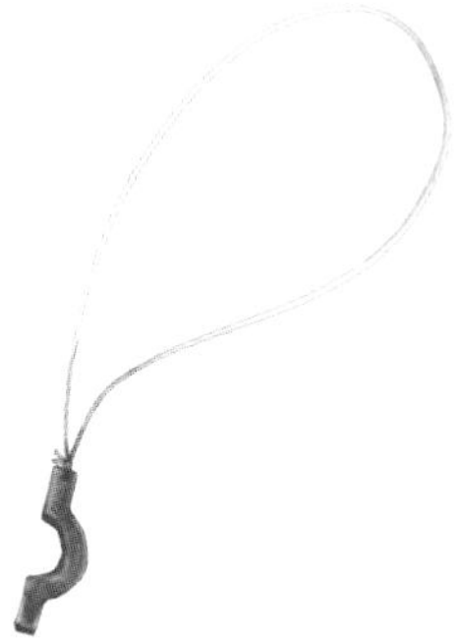

費隆的商行裡已經烤好一大堆肥滋滋的鰻魚等著我們回去。

羅倫斯這麼告訴魯・羅瓦後，魯・羅瓦表現出比赫蘿更開心的模樣，提議：

「既然這樣，就要買很多烈酒才行。這條河川抓到的鰻魚，搭配烈酒來吃最美味了。而且，我們也要慶祝簽訂……應該說要慶祝變更成功。」

聽到魯・羅瓦的玩笑話，羅倫斯露出苦笑。

「費隆先生他們也在，應該找一家店買足夠的酒給大家喝。」

「啊，我來買好了。相對地，希望您能夠分一些貨給我。」

魯・羅瓦可能已經放棄在雷諾斯採買旅行物資了。

雖然沒打算作為交換條件，但既然魯・羅瓦都開口這麼說了，羅倫斯決定接受其好意。

「那麼，可以麻煩您去買酒嗎？」

「包在我身上。兩位請先回去吧，但要記得叮嚀大家，在我回去之前都別開動喔。」

留下這段話後，魯・羅瓦消失在人群之中。

魯・羅瓦一離開，就連站在如此喧鬧的街上，也會覺得突然安靜下來。

雖不知道以「具有存在感」來形容魯・羅瓦恰不恰當，但他確實是一個聒噪的人物。

羅倫斯兩人很有默契地踏出腳步後，赫蘿忽然這麼說：

「現在所有麻煩事都解決了吶。」

雖然聽到充滿挖苦意味的話語，羅倫斯卻是沒有一絲厭煩。

因為羅倫斯覺得「麻煩事」這字眼，確實很適合形容這一連串的事情。

「這是商人的鐵則。踏上旅途前，必須盡可能地減輕身上的負擔。」

「哼。」

赫蘿用鼻子發出聲音，並露出有些不快的表情。

儘管如此，當羅倫斯牽起赫蘿的手時，赫蘿還是沒有將他甩開。

或許赫蘿是在做最低限度的反抗，強調自己仍對羅倫斯決定豁出去的舉動感到不解。

羅倫斯仰望著從雷諾斯任何地方都看得見的教會尖塔，並且在心中找藉口：「總之，這都是得到神明允許的行為。」

這時，赫蘿指向旁邊的岔路。

「那是捷徑唄？而且，咱快被人群擠得頭暈了。」

羅倫斯也抱有同感。

雖然人們會因為天氣冷而喝酒來暖和身體，但如果喝過量也會覺得不舒服。

稍微偏離人群，走進小巷子的那一刻，立刻感覺到有別於德林商行的寂靜，讓羅倫斯甚至覺得身體變得輕盈些許。

赫蘿似乎也感同身受，像在嘆息似地輕輕吐了口氣。

小巷子儘管狹窄，卻打掃得很乾淨，感覺舒服極了。

這條小路就像雖然節儉，卻讓人知足的樸實生活一樣。

對於像在大街上進行的大筆生意，羅倫斯雖不敢說沒有興趣，但想必不會再強求這種追著錢跑的生活。他會與赫蘿前往約伊茲，並在看過赫蘿與繆里遠超乎他所想像的平凡重逢後，就會將暫時結束與赫蘿的旅行。

在那之後，想必羅倫斯會重回行商路。

然後，如同赫蘿開玩笑說「希望一個回憶能夠笑上五十年」一樣，羅倫斯覺得自己也會做出類似的舉動。

這些回憶，足以讓羅倫斯期待根本不知道何時可能發生的重逢。

到時候應該不會有遺憾。至少心中會留下「自己已盡了全力」的滿足感。

羅倫斯想到這裡時——

「喏，汝啊。」

赫蘿若無其事地說道。

「嗯？」

羅倫斯應聲後，赫蘿在兜帽底下露出感到有些困擾的表情。

「咱有點事情想問汝。」

赫蘿會想問什麼事情呢？

羅倫斯抱著純粹的好奇心，反問：「什麼事？」

「嗯。汝為什麼……那麼拘泥於要一起去約伊茲？」

赫蘿的臉上彷彿寫著「問了不該問的事情」。

事實上，赫蘿確實問了不該問的事情，而羅倫斯自身也是在聽到赫蘿的詢問後，才發現這個事實。

「呃、嗯，汝啊，別露出這種表情。咱真的覺得很不可思議。汝又不是笨蛋，汝的頭腦應該很靈光才對。明明這樣，汝為什麼還是不願意接受咱的提案？聽到汝說是在嫉妒繆里時，咱差點就相信了，但是……那只是後來才出現的理由唄？汝在提到繆里之前，就很想跟咱一起去約伊茲。咱想不通汝這麼堅持的理由……」

赫蘿難得被羅倫斯的氣勢壓倒，說到最後甚至結巴起來。

羅倫斯心想，自己的表情八成足以讓赫蘿有這般反應。

羅倫斯急忙用手撫摸自己的臉，試圖讓表情恢復正常。

「有那麼奇怪嗎？」

羅倫斯當然不是指他的表情。

而赫蘿想必也知道這點。

即便如此，赫蘿還是遲疑了一會兒後，才別過臉去點了點頭說：

「嗯。」

「……」

羅倫斯不知道應該如何形容此刻的心情。

他心想，此刻的心情應該最接近失望吧。

羅倫斯以為自己豁出去後，儘管會生些悶氣，赫蘿還是會感到開心。

沒想到此刻卻落得這般糗樣。

羅倫斯的內心突然變得空空如也。他在驚愕之餘，也產生一股不知所措、近似死心的茫然感。身體好輕，彷彿瘦到只剩下皮包骨似地，甚至連徐風吹襲也擋不住。

「難道不奇怪嗎？汝啊，咱不是說過好幾遍了嗎？就算現在分別，也不是今生永別。喏，咱說的沒錯唄？」

能夠與像赫蘿這樣的美麗女孩手牽手走在狹窄小巷子裡，又聽到這般話語，羅倫斯肯定是個幸福的男人。

但是，羅倫斯還是無法接受這般事實，而斜著身子看著赫蘿。

羅倫斯當然明白這並非今生永別。對旅行商人而言，分開個一年或兩年非常理所當然，而羅倫斯也不是不能忍受。

羅倫斯自己也不知道為什麼，只有對象是赫蘿時，會無法忍受分別。

因為真的太喜歡赫蘿了嗎？還是因為羅倫斯是人類，而赫蘿是狼呢？

羅倫斯想得到的淨是這些原因，但這些根本都是確認再三的事實。

他找不到話語回答赫蘿。

所以，赫蘿先開了口：

「咱在想，其實這時候應該是咱要生氣才對。因為這代表著汝不信任咱，不是嗎？」

赫蘿說的沒錯。

羅倫斯喜歡赫蘿，也相信赫蘿應該也喜歡他。

羅倫斯希望自己能夠相信赫蘿喜歡他。

但是，像是受到艾莉莎指責時也一樣，羅倫斯就是無法全盤相信。

羅倫斯不知道原因是什麼。

因為商人總會對人們、對商品抱有疑心，才會無法掏心掏肺地信賴他人嗎？

「雖然咱不想這麼說，但就是說咱覺得受傷，也不會有人責怪咱唄……咱根本沒說過分開後就這麼不再見面。咱如不把話全說出來，汝就不會懂嗎？」

聽到赫蘿的話語後，羅倫斯驚訝地盯著赫蘿。

「怎、怎麼著？」

「妳剛剛說什麼？」

如不把話全說出來，汝就不會懂嗎？

羅倫斯覺得這句話裡似乎藏著重大秘密。

到底是什麼重大秘密呢？

只知道是一個非常重要且深入骨髓，不動如山的秘密。

羅倫斯陷入了長考。

在安靜的小巷子裡，羅倫斯與赫蘿手牽著手，他比思考能夠不前往奇榭的方法時更認真地思考著。

赫蘿也一邊觀察羅倫斯的反應，一邊皺著眉頭思考著。

「啊！」「啊！」

兩人的聲音會這麼重疊在一起，應該不是偶然。

「汝啊，該不會……」

「嗚……不是。」

赫蘿驚訝地看著羅倫斯，羅倫斯掩住嘴巴別過臉去。

不可能有這種蠢事吧？

羅倫斯對著自己這麼說，但他想得到的也只有這個可能性。

然後，一旦認為是這個可能性後，就覺得不可能有其他原因。

天氣明明如此寒冷，羅倫斯卻覺得臉頰像照著大火般灼熱。

赫蘿投來了更灼熱的視線。

「嗯……原來如此吶。」

羅倫斯許久不曾聽到赫蘿這般像在打量人，然後思考如何宰割對方的說話方式。

羅倫斯像個小孩子一樣嚇得縮起身子。儘管如此，羅倫斯還是升起一股勝過恐懼的好奇心，而忍不住轉頭看向赫蘿。

赫蘿端正的五官之中，帶有紅色的琥珀色眼珠，發出異樣閃亮的光芒。

「哎，咱承認自己有時候確實也會這樣。嗯……」

羅倫斯感覺都快聽見了赫蘿舔舌頭的聲音。

他放棄掙扎地閉上眼睛。

第一次來到雷諾斯時，面對赫蘿打算結束旅行的要求，羅倫斯牽起她的手這麼說：

——我喜歡妳——

那麼，聽到這句話後，赫蘿說了什麼嗎？甚至應該問，赫蘿給了答覆嗎？

「呵，汝真是大笨驢吶。」

赫蘿以毫不掩飾壞心眼的語調說道。

若手持傳說中的長槍，就連對手是恐怖的巨龍，也能一擊殺之，羅倫斯做好被這般長槍刺穿胸口的準備。

就在這個瞬間——

「哼。」

輕輕傳來一聲像是覺得受不了的嘆息聲。

然後，赫蘿鑽進了閉著眼睛準備接招的羅倫斯懷裡。

「汝以為咱會捉弄汝嗎？」

「……咦？」

羅倫斯睜開一隻眼睛看向赫蘿，下一秒鐘——

「大笨驢。」

因為羅倫斯縮著身子，所以赫蘿一伸直背脊，便拉近了兩人的身高差距。

雖然很丟臉，但羅倫斯不知道這樣的姿勢維持了多久。

當羅倫斯察覺時，已看見赫蘿難為情的笑臉出現在眼前。

「真是的，若沒得到答覆，就無法接受事實嗎？汝要不是商人，咱早就咬斷汝的喉嚨了。」

赫蘿在縮起身子的羅倫斯底下，這麼說，然後還鼓起臉頰。

「說起來，不是汝自己鼓吹咱的嗎？而汝現在卻落得這副德性！汝當初到底是為了什麼而鼓吹咱？」

「？」

羅倫斯傻傻地看向赫蘿後，赫蘿先是吃了一驚，然後微微顫動起臉頰。

「汝該不會真的只是要咱不客氣地跟那個死腦筋搶寇爾小鬼唄？汝說那些話當真只有這個意思嗎？」

還會有其他意思嗎？

羅倫斯回望著赫蘿發出紅光的眼睛，用呈現半癱瘓狀態的頭腦思考。

「喔……原來是這樣啊……」

「汝這個大笨驢……」

赫蘿露出感到不滿，又有些像是想哭的表情仰望羅倫斯。

不需要表現得像賢狼。這是羅倫斯以自己的方式，打從心底說出的話語。

如果赫蘿將這句話朝最好的方向解釋，就代表著羅倫斯願意接受赫蘿所有不符合賢狼作風的舉止。

而最不符合賢狼作風的舉止會是什麼呢？

不用說也知道答案。

儘管覺得丟臉，但就是在分開後，赫蘿也想再見到羅倫斯，也為了這件事情思考了很多。

看見赫蘿因為寇爾被人搶走，所以遷怒於羅倫斯，羅倫斯當然會覺得赫蘿難得做出這般甚至令人發笑的舉止。這是因為羅倫斯只看見事情的表面，才會有這樣的想法。赫蘿不開心、甚至遷怒於人的真正原因是，眼見旅行就快結束，自己卻無法揮去戀戀不捨的想法。

「汝真是不懂朝向對自己有利的方向思考事情吶。」

這是為了避免抱著期待、為了不讓自己懷抱夢想。

也是為了在得不到手或失去時，能夠盡量減輕傷痛。

如果說這是旅行商人的本性，或許很冠冕堂皇。

但事實上，這也不過是膽小的表現而已。

「尤其是在思考關於咱的事情時。」

赫蘿鼓起臉頰，用力拉扯羅倫斯的耳朵，讓羅倫斯的身體更往下彎。

被赫蘿捉弄到這般程度，羅倫斯再怎麼好脾氣，也會想反駁幾句：

「妳自己還不是一樣。」

「唔？」

雖然原本沒有這個打算，但羅倫斯從懷裡取出一封信件。

那是攸葛從凱爾貝寄來地圖時，同時寄來的信件。

「其實，我本來沒有打算讓妳看這封信。」

說出這般開場白後，羅倫斯仍是被赫蘿拉著耳朵，從信封裡取出信紙打開。

篇幅占了將近兩張紙的信紙上，可看見讓人無法從攸葛體型做聯想的纖細字體。

赫蘿一副根本就不記得自己拉住羅倫斯耳朵的模樣，被信紙吸引了目光。

第一張信紙上，在開頭的部分寫著：

——關於我們這些非人存在如何混在人類之中，並居住於城鎮做生意的方法——

「妳根本也沒必要感到焦躁。我會像個笨蛋一樣期待這種事情發生，這點……」

妳早就預料到了吧？

羅倫斯想要這麼說，但沒能夠把話說完。

赫蘿還是拉著羅倫斯的耳朵、依然呆呆地注視著信件；但，如水晶融化般的淚水此時從右眼奪眶而出。

赫蘿這般無聲無息的動作，讓所有時間都靜止了。

赫蘿回頭看向羅倫斯，露出破涕為笑的表情說道：

「咱就說過最討厭汝了。」

赫蘿咧嘴露出尖牙的無敵模樣，會讓人忍不住想要用畫框框起來。

「咱本來不想說的。」

這時，赫蘿把羅倫斯的耳朵更拉近自己，開了口：

「不過，咱……最喜歡汝這個大笨驢了。」

在這瞬間，不管是奇樹還是約伊茲，不管是繆里還是寇爾，一切都變得無所謂了。

光是聽到這麼一句話，聖經裡的所有文字都不再具有意義。

羅倫斯曾在空白合約書上大大簽上自己的名字，然後交給赫蘿。

羅倫斯希望得到的，是填滿赫蘿字跡的合約書。

「……真是的。雖然幾百年來，咱在村落麥田裡看過無數成雙成對的雄性與雌性，但就是在那村落，也找不到像汝這樣愚蠢的雄──」

羅倫斯沒讓赫蘿繼續說下去。

他保持縮起身子、耳朵被拉住的姿勢，緊緊抱住了赫蘿。

雖然表現出有些吃驚的模樣，但赫蘿把頭倚在羅倫斯的肩上，然後感到疲憊地嘆了口氣。

「哎，汝打算把寇爾小鬼兩人交給肉包子，是唄？汝為咱安排了最後一趟的兩人之旅。既然已經圓滿解決了事情，喏！」

赫蘿張開雙手抱住羅倫斯，並輕輕拍了一下羅倫斯的背部後，接續說：

「趕快回到店裡吃飯唄？」

說罷，赫蘿打算從羅倫斯身上挪開，但羅倫斯沒有放鬆手臂的力量。

「唔，汝啊……呵。別鬧了。」

赫蘿一邊笑笑，一邊還是表現出有些嫌煩的模樣說道，然後打算推開羅倫斯的胸膛。

或許是剛洗好澡的關係，赫蘿每動一下，就會散發出如春雨止歇時的氣息。

那是赫蘿香甜的芳香氣息。

羅倫斯輕輕吻了赫蘿的頸部。

「別鬧了，汝啊，還不快住手……」

赫蘿的語調變得急躁。

儘管如此，羅倫斯還是不肯鬆開手臂。

這裡是狹窄的小巷子，也已經聽不到大街上的喧鬧聲。

在這裡也看不見從雷諾斯任何地方都看得見的教會尖塔。

也就是說，就連神明也沒在注意小巷子裡的動靜。

「嗯？汝啊？別、別鬧了。汝該不會……」

如果要比力氣，羅倫斯不可能輸給赫蘿。

羅倫斯更加使力抱緊赫蘿，並將赫蘿壓在牆壁上，然後——

「喂！大庭……廣眾之下……」

赫蘿認真地使力推著羅倫斯。

「汝這個大笨……」

後來，羅倫斯根本沒聽見最後一個「驢」字。

抵達費隆的商行後，店內已是一片空蕩蕩，只聽見中庭傳來愉快的聲音。

大家似乎已經吃起了午餐。

羅倫斯與赫蘿兩人一起穿過通往中庭的門後，先是看見艾莉莎與寇爾瞪大了眼睛，而費隆慢了一步發現，魯．羅瓦則是噴出嘴裡的啤酒。

然而，赫蘿完全不在意大家的反應，還笑盈盈地牽著羅倫斯的手。

微妙的沉默氣氛降臨。這時，費隆口中喊著：「唉呀，鰻魚快沒了。」快步走回店內。魯．羅瓦也搭腔：「我也來幫忙好了。」

看完兩個大人的舉動後，寇爾準備向羅倫斯搭話，但艾莉莎將他拉回了店內。

現場只剩下羅倫斯與赫蘿兩人。

「大夥兒是怎麼了？」

赫蘿掛著笑臉，並顯得刻意地說道。

然而，羅倫斯沒有開口。羅倫斯並非無言以對，而是臉頰疼痛得張不了口。

在受到赫蘿那一擊後，有好一段時間羅倫斯的五感感受不到聲音及光線，甚至完全失去了平衡感。

「哦，鰻魚看起來烤得很熟了。」

鰻魚在爐灶上方冒著油發出滋滋聲響，正好烤得恰到好處。

赫蘿一發現小刀和盤子，立刻勤快地為羅倫斯切下一塊鰻魚。那也就算了，赫蘿最後還一副彷彿在說「嘴巴張開，啊～」似的模樣送到羅倫斯嘴邊。

羅倫斯板著臉沒有張開嘴巴。

因為羅倫斯希望至少能夠讓赫蘿知道他不是難為情，而是臉頰痛得張不開嘴。

「汝是覺得咱親手餵的食物吃不得嗎？」

聽到赫蘿的冷言冷語後，羅倫斯幾乎是條件反射性地張開了嘴。張開嘴後，羅倫斯痛得差點彎下腰。

另一方的赫蘿卻依舊是笑容滿面。

羅倫斯忍著痛，用力張開險些閉起來的嘴巴。

鰻魚確實又香又好吃。

不過，有些部位因為烤過頭而有些烤焦，吃起來帶有淡淡苦味。

羅倫斯嚼著鰻魚，愣愣地望向天空。

赫蘿就在身旁一邊怕燙地不停呼呼吹氣，一邊津津有味地大啖鰻魚。

教會尖塔就在視線前方。

羅倫斯彷彿看見神明在屋頂上托著腮，靜靜地俯視著此地。

完

後記

好久不見，我是支倉凍砂。這是第十四集。時間過得很快，我出道至今已經整整四年了。我怎麼記得不久前好像才在後記寫過已出道整整三年……真是歲月如梭啊！

相信這本作品出版時，應該已經早就迎接新年了，但我寫這篇後記時仍是十二月。所以，我想要稍微回顧一下這一年。我發現……今年似乎玩遍許多地方。我去了香港（那次是去工作！），冬天去了北海道滑雪，夏天去了北海道觀光，也去了沖繩和京都。也考到了潛水執照！

雖然去了這麼多地方，但我出道以來今年第一次一年出了四本作品，所以比起蜷曲在家，該玩樂的時候果然還是要大玩特玩。

所以呢，明年也要玩個盡興！這就是我明年的目標。不過，這一切也有可能是我會錯意，而相信「只要玩樂就能夠加快原稿進度」這種迷信罷了……

不過，當這本作品出版時，我也已邁入出道第五年，感覺上似乎要踏上另一段里程。但願我能夠好好努力去開始或完成一些事物。

話說回來，隨著出道年數增加，我的實際年齡也在增加。前陣子——還有在那更前一個月，我還參加了大學同學的喜宴。參加喜宴後，我才極度驚訝地發現自己在不知不覺中，也已經到了適婚年齡。順道一提，我不但沒有半套西裝，也不知道要怎麼打領帶。總之，後來我急急忙忙地跑去百貨公司買了西裝，也上網查怎麼打領帶。相較之下，屬於社會人組的同學們穿起西裝來就又帥又挺。不過，聽說社會人組當中，還有每月都會收到紅色炸彈的勇士（？），所以我在想，他們能夠表現得那麼從容不迫，也有可能是訓練出來的。如果每月都收到紅色炸彈，光是紅包就是一大筆支出呢。

對了，我看過有關中世紀歐洲的書，發現當時有很多婚禮習俗都辦得很隨性，舉例來說……哎呀，不能再說下去了，不然大家以後會少了很多樂趣！

寫著寫著，不知不覺中已經填滿了篇幅。

這本作品應該也會是新的里程碑。

那麼，我們下次見囉！

支倉凍砂

國家圖書館出版品預行編目資料

狼與辛香料 / 支倉凍砂作；林冠汾譯 . -- 初版 .
-- 臺北市：臺灣國際角川，2007.08-
冊；　公分 . -- (Kadokawa fantastic novels)
譯自：狼と香辛料
ISBN 978-986-174-451-3(第 2 冊：平裝). --
ISBN 978-986-174-492-6(第 3 冊：平裝). --
ISBN 978-986-174-560-2(第 4 冊：平裝). --
ISBN 978-986-174-646-3(第 5 冊：平裝). --
ISBN 978-986-174-783-5(第 6 冊：平裝). --
ISBN 978-986-174-949-5(第 7 冊：平裝). --
ISBN 978-986-237-310-1(第 10 冊：平裝). --
ISBN 978-986-237-458-0(第 11 冊：平裝). --
ISBN 978-986-237-645-4(第 12 冊：平裝). --
ISBN 978-986-237-775-8(第 13 冊：平裝). --
ISBN 978-986-287-026-6(第 14 冊：平裝). --

861.57　　96013203

Kadokawa
Fantastic
Novels

狼與辛香料 XIV

（原著名：狼と香辛料 XIV）

2011年2月9日 初版第1刷發行
2024年6月17日 初版第14刷發行

作者：支倉凍砂
插畫：文倉十
日版設計：渡辺宏一
譯者：林冠汾

發行人：台灣角川股份有限公司
總監：呂慧君
總編輯：蔡佩芬
主編：林秀儒
編輯：黎夢萍
設計指導：陳晞叡
美術設計：莊捷寧
印務：李明修（主任）、張加恩（主任）、張凱棋、潘尚琪

發行所：台灣角川股份有限公司
地址：104台北市中山區松江路223號3樓
電話：（02）2515-3000
傳真：（02）2515-0033
網址：www.kadokawa.com.tw
劃撥帳戶：台灣角川股份有限公司
劃撥帳號：19487412
法律顧問：有澤法律事務所
製版：巨茂科技印刷有限公司
ISBN：978-986-287-026-6